La memoria del agua

La memoria del agua

Emmi Itäranta

Traducción de Eduardo Iriarte

Barcelona • Madrid • Bogotá • Buenos Aires • Caracas • México D.F. • Miami • Montevideo • Santiago de Chile

Título original: *Teemestarin Kirja*
Traducción: Eduardo Iriarte Goñi
1.ª edición: junio, 2014

© Emmi Itäranta, 2012
Publicado originalmente por Teos Publishers, 2012. Publicado por acuerdo con Elina Ahlback Literary Agency a través de Sandra Bruna Agencia Literaria, SL
© Ediciones B, S. A., 2014
Consell de Cent, 425-427 - 08009 Barcelona (España)
www.edicionesb.com

Printed in Spain
ISBN: 978-84-666-5514-9
DL B 9702-2014

Impreso por NOVAGRÀFIC, S.L.

Todos los derechos reservados. Bajo las sanciones establecidas en el ordenamiento jurídico, queda rigurosamente prohibida, sin autorización escrita de los titulares del *copyright*, la reproducción total o parcial de esta obra por cualquier medio o procedimiento, comprendidos la reprografía y el tratamiento informático, así como la distribución de ejemplares mediante alquiler o préstamo públicos.

Prólogo

Ahora todo está preparado.

Todas las mañanas durante siete semanas he barrido las hojas caídas de las losas de piedra que forman el sendero de la casita de té, y cuarenta y nueve veces he escogido un puñado entre ellas para esparcirlas de nuevo sobre las piedras, de modo que el sendero no parezca barrido en exceso. Era una de las cosas en que siempre insistía mi padre.

Sanja me dijo en cierta ocasión que los muertos no necesitan ser complacidos. Es posible que no. Es posible que yo sí lo necesite. A veces no veo la diferencia. ¿Cómo iba a verla, cuando los llevo en la sangre y los huesos, cuando todo lo que queda de ellos soy yo?

Llevo siete semanas sin atreverme a ir al manantial. Ayer abrí el grifo de la casa y sostuve la boquilla del odre contra el metal. Le hablé con palabras amables y palabras malsonantes, y es posible que incluso gritara y llorase, pero al agua le traen sin cuidado las penas humanas. Corre sin aminorar o acelerar su curso en la oscuridad de la tierra, donde solo las piedras la oyen.

El caño dejó caer unas gotas, quizás una cucharada, en el odre.

Sé lo que significa.

Esta mañana vertí el resto del agua del odre en el caldero, traje a la casita de té un poco de turba seca del cobertizo y dejé el pedernal al lado del hogar. Pensé en mi padre, cuyos deseos traicioné, y en mi madre, a quien no vi el día que me convertí en maestra del té.

Pensé en Sanja. Ojalá estuviera ya allí donde yo me dirigía.

Una invitada cuyo rostro no me es desconocido viene por el sendero, tendiéndome una mano que estoy dispuesta a aceptar. El mundo no girará más despacio ni más aprisa cuando hayamos cruzado la puerta juntas.

Lo que queda es la luz sobre el agua, o una sombra cambiante.

PRIMERA PARTE

LOS GUARDIANES DEL AGUA

Solo lo que cambia puede quedar.

Wei Wulong, «El camino del té»,
siglo VII de la era del Antiguo Qian

1

El agua es el más versátil de los elementos. Eso me dijo mi padre el día que me llevó al lugar que no existía. Aunque andaba errado en muchos aspectos, en eso tenía razón, aún hoy lo creo. El agua camina con la luna y abraza la tierra, y no teme morir en el fuego ni vivir en el aire. Cuando te adentras en ella, se ciñe por completo a tu piel, pero si la golpeas demasiado fuerte, te destrozará. Una vez, cuando aún había inviernos en el mundo, inviernos fríos, inviernos blancos, inviernos en los que uno se embozaba, en los que podía enfundarse en ropa e incluso dejar fuera para entrar en calor, podría haber caminado sobre el agua cristalizada que se denominaba hielo. Lo he visto, pero solo en trocitos artificiales. Toda mi vida he soñado lo que sería caminar sobre un mar helado.

La muerte es compañera fiel del agua. Las dos no pueden separarse, y ninguna de ellas se puede separar de nosotros, pues son aquello de lo que en definitiva estamos hechos: la versatilidad del agua y la proximidad de la muerte. El agua no tiene principio ni final, pero la muerte tiene ambos. La muerte «es» ambos. A veces la muerte viaja oculta en el agua, y a veces el agua ahuyenta la muerte, pero siempre van juntas, tanto en el mundo como en nosotros mismos.

Eso también lo aprendí de mi padre, aunque ahora creo que lo hubiera aprendido igual sin él.

Puedo escoger mi propio principio.

Tal vez elija mi propio final.

El principio fue el día que mi padre me llevó al lugar que no existía.

Fue unas semanas después de que hubiera hecho los Exámenes de Ingreso, obligatorios para todos los ciudadanos el año que alcanzaban la mayoría de edad. Aunque me fue bien, en ningún momento se puso en tela de juicio que seguiría como aprendiz con mi padre en vez de continuar los estudios en la ciudad. Fue una opción que me sentí obligada a elegir, y por tanto tal vez no fue una opción. Pero al parecer alegró a mis padres, y a mí no me causó pesar, y eso era lo único que me importaba por entonces.

Estábamos en el jardín detrás de la casita de té, donde ayudaba a mi padre a colgar odres vacíos a secar. Aún tenía varios sobre el antebrazo, pero la mayoría colgaba del revés de los ganchos en la rejilla metálica. El sol se filtraba por sus superficies translúcidas cual velos. Lentas gotas surcaban su cara interna antes de caer finalmente a la hierba.

—Un maestro del té tiene un vínculo especial con el agua y la muerte —me dijo mi padre mientras examinaba un pellejo en busca de fisuras—. El té no es té sin agua, y sin té un maestro del té no es maestro del té. Un maestro del té consagra su vida a servir a los demás, pero solo asiste a la ceremonia del té como invitado una vez en su vida, cuando percibe que la muerte está cerca. Ordena a su sucesor que prepare el último ritual, y después de que se le haya servido el té, aguarda solo en la cabaña hasta que la muerte posa la mano sobre su corazón y lo detiene.

Mi padre lanzó el pellejo a la hierba, donde ya había un par más esperando. Remendar los odres no siempre daba resultado, pero eran caros, como cualquier otra cosa hecha de plástico no perecedero, y por lo general merecía la pena intentarlo.

—¿Alguna vez se ha equivocado alguien? —pregunté—. ¿Alguna vez pensó alguien que estaba a punto de morir, cuando no era así?

—En nuestra familia no. Oí hablar de un maestro del mundo pretérito que ordenó a su hijo preparar el último ritual, se dispuso a yacer en el suelo de la casita de té y volvió a entrar en su casa por su pie dos días después. Los criados lo tomaron por un fantasma y uno sufrió un infarto. El maestro del té había tomado la muerte del criado por la suya propia. El criado fue incinerado y el maestro vivió veinte años más. Pero no suele ocurrir.

Lancé un manotazo a un tábano que se me había posado en el brazo. Salió volando justo a tiempo con un intenso zumbido. Notaba la cinta de mi capucha antiinsectos muy ceñida, y me picaba, pero si me la quitaba atraería muchísimos insectos.

—¿Cómo sabe uno cuándo está a punto de morir? —indagué.

—Lo sabes —dijo mi padre—. Como sabes cuando estás enamorado, o como en un sueño sabes que la otra persona que está contigo es alguien conocido, aunque no reconozcas su cara. —Me cogió los últimos odres—. Ve a por los dos faroles de luciérnagas que hay en la galería de la casita de té y llénalos.

Me pregunté para qué querría los faroles, pues aún no era ni media tarde y en esa época del año el sol no se ahogaba en el horizonte al anochecer. Rodeé la cabaña y saqué ambos faroles de debajo del banco. Una luciérnaga de alas rígidas se revolvía en el fondo de uno. Lo agité para que volara hacia los groselleros. A esas luciérnagas les encantan las grosellas, así que seguí agitando las ramas encima de los faroles hasta que hubo un puñado de insectos soñolientos arrastrándose en su interior. Cerré las cubiertas y llevé los faroles a mi padre.

Se había echado un pellejo vacío a la espalda. Su expresión quedaba oculta tras la capucha antiinsectos. Le tendí los faroles, pero solo cogió uno.

—Noria, ha llegado el momento de que te enseñe una cosa —dijo—. Ven conmigo.

Cruzamos la marisma desecada que se extiende detrás de nuestra casa hasta los pies de la colina rocosa y luego empezamos a subir. No era un trecho muy largo, pero el sudor pringoso hacía que se me adhiriese el pelo al cráneo. Cuando llegamos a la altura donde comenzaba el jardín de piedras, me quité la capucha antiinsectos. Soplaba un viento fuerte y allí no había tantos tábanos ni mosquitos como en torno a la casa.

El cielo se veía puro y manso. El sol se me adhería a la piel. Mi padre se había detenido, tal vez para escoger un camino. Me volví para mirar hacia abajo. La casa del maestro del té con su jardín era una mota verde que flotaba en el paisaje desvaído de hierba agostada y piedra desnuda. Por el valle estaban desperdigadas las casas del pueblo, y al otro lado se alzaba la colina de Alvinvaara. Allende sus laderas, donde estaban las zonas de regadío, asomaba el tramo verde oscuro de un bosque de abetos. Aún más allá estaba el mar, pero desde allí no se veía ni siquiera en días luminosos. En la otra dirección estaba el entramado de troncos medio podridos del Bosque Muerto. Cuando era niña aún había algún que otro abeto que no me llegaba a la cintura siquiera, y una vez recogí todo un puñado de arándanos.

Por el linde del jardín de piedras corría un sendero, y mi padre se dirigió hacia allí. Por esa cara la ladera de la colina rocosa estaba llena de cuevas. Había ido a jugar allí a menudo cuando era más pequeña. Todavía recuerdo cuando mi madre me encontró jugando a duendes montañeses con Sanja y un par de niños más. Le gritó algo a mi padre, que había olvidado vigilarme, y me llevó a rastras por el brazo de regreso a casa. Estuve un mes castigada sin jugar con los demás niños del pueblo. Pero incluso después de aquello me escabullía a las cuevas con Sanja cada vez que mi madre se iba a hacer un viaje de investigación, y jugábamos a exploradores, aventureros y agentes secretos del Nuevo Qian en el desierto Mediterráneo. Había docenas de cuevas, si no centenares, y las habíamos explorado tan a fondo como creíamos posible. Seguíamos explorándolas en busca de pasadizos secretos y tesoros ocultos de esos sobre los que se leía en los viejos libros o en los dispositivos de historias, pero no encontramos nada salvo piedras ásperas y secas.

Mi padre se detuvo a la entrada de una cueva con forma de cabeza de gato y se adentró sin decir palabra. La entrada era baja. La roca me rozó las rodillas a través de los finos pantalones, y me costó trabajo llevar el farol y la capucha antiinsectos. Dentro el aire estaba fresco y tranquilo. Los faroles empezaron a emitir un leve destello a medida que el centelleo amarillento de las luciérnagas se hacía más intenso en la penumbra.

Reconocí la cueva. Discutí por ella un verano con Sanja, cuando quiso utilizarla como cuartel general de la Sociedad de Exploradores Fundamental y Crucialmente Importante del Nuevo Qian. Yo insistí en que había demasiado espacio inservible, porque el techo descendía abruptamente hacia el fondo, y quedaba muy lejos de casa para que fuera un almacén de comida práctico. Al final, nos decidimos por una cueva más pequeña y cercana a mi casa.

Mi padre gateaba hacia el fondo de la cueva. Le vi detenerse y apoyar la mano derecha en la pared —o eso me pareció—, y vi el movimiento de su brazo. La roca encima de su cabeza emitió un tenue chirrido al abrirse en ella un agujero oscuro. La cueva era tan baja en aquel extremo que cuando se sentó, la cabeza ya le quedaba a la altura del agujero, y se introdujo por él, llevándose el farol. Entonces le vi la cara, cuando me miró por el agujero.

—¿Vienes? —dijo.

Fui a gatas hasta el fondo de la cueva y palpé la pared donde le había visto abrir la escotilla. Lo único que alcancé a ver a la luz vacilante del farol fue la roca basta, pero entonces mis dedos localizaron una angosta formación parecida a una repisa detrás de la que había una amplia grieta, y descubrí una pequeña palanca oculta. Debido a la formación de la roca, resultaba casi imposible ver la grieta.

—Luego te explico cómo funciona todo —dijo mi padre—. Ahora, ven aquí.

Le seguí por la abertura.

Encima de aquella cueva había otra cueva, o más bien

un túnel que daba la impresión de zambullirse en lo más hondo de la colina. En el techo, justo encima de la escotilla, había un tubo de metal y un gancho de grandes dimensiones a su lado. No tenía idea de cuál era su función. En la pared había dos palancas. Mi padre accionó una y la escotilla se cerró. El brillo difuso de los faroles cobró intensidad en la oscuridad absoluta del túnel. Mi padre se desprendió de la capucha antiinsectos y el pellejo que llevaba y los dejó en el suelo.

—Puedes dejar la capucha aquí —me aconsejó—. No te va a hacer falta ahí delante.

El túnel descendía hacia el interior de la colina. Vi que el tubo de metal lo recorría en toda su longitud. No tenía sitio para caminar con la espalda erguida, y a veces mi padre rozaba el techo con la cabeza. La roca bajo nuestros pies era inesperadamente lisa. La luz de mi farol se aferraba a las arrugas que le hacía la camisa a mi padre en la espalda y la oscuridad se aferraba a las grietas en las paredes. Escuché el silencio de la tierra en torno, distinto del silencio a cielo abierto: más denso, más apaciguado. Y poco a poco empecé a distinguir un sonido que aumentaba y se prolongaba en su esencia misma, familiar y al mismo tiempo desconocido. Nunca lo había oído correr en libertad, impulsado únicamente por su propio peso y voluntad. Era parecido a sonidos como el de la lluvia repiqueteando contra las ventanas o el agua al verterse sobre las raíces de los pinos, pero este sonido no era manso ni angosto, no estaba sometido a confines artificiales. Me envolvía y me atraía, hasta estar tan cercano como las paredes, tan cercano como la oscuridad.

Mi padre se detuvo y a la luz del farol vi que habíamos llegado a una abertura entre el túnel y otra cueva. El sonido producía un aleteo vibrante cada vez más fuerte.

Se volvió para mirarme. La luz de las luciérnagas osciló sobre su cara como si fuera de agua, y la oscuridad siguió entonando su canto detrás de él. Pensé que iba a decir algo, pero se limitó a darme la espalda y entrar por la abertura. Le seguí.

Intenté ver qué había más adelante, pero el resplandor de los faroles no alcanzaba muy lejos. La oscuridad nos recibió con un retumbo. Era como el rumor del agua hirviendo al fondo de un caldero de hierro, pero más intenso, igual que el borboteo de mil o diez mil calderos cuando el agua acaba de empezar a hervir y el maestro del té sabe que es hora de retirarlo del fuego, o se desvanecerá en forma de vapor y nadie podrá atraparlo. Noté algo fresco y húmedo en la cara. Luego descendimos unos pasos, la luz de las luciérnagas alcanzó por fin el sonido y vi el manantial oculto por primera vez.

El agua brotaba del interior de la roca en hilillos, hebras y briznas brillantes, en enormes láminas que quebraban la superficie del estanque al fondo de la cueva cuando lo alcanzaban. Se retorcía en torno a las piedras y se ensortijaba formando espirales y remolinos sobre sí misma, se revolvía y danzaba y se desenmarañaba de nuevo. La superficie temblaba bajo la fuerza de aquel movimiento. Un estrecho arroyo corría desde el estanque hacia la repisa de piedra donde estaba la abertura por la que habíamos entrado, y desaparecía hacia el interior de la tierra debajo de la misma. Atiné a ver algo que parecía una mancha blanca en la pared de roca sobre la superficie del agua, y otra palanca en la pared, un poco más allá. Mi padre me indicó que siguiera hasta la orilla del estanque.

—Pruébala —dijo.

Sumergí los dedos en el agua y noté su fuerza. Se movía contra mi mano como si respirase, como un animal, como la piel de otra persona. Estaba fría, mucho más fría que cualquier otra cosa a la que estuviera acostumbrada. Me lamí los dedos con cuidado, tal como me enseñaron desde que era muy pequeña: nunca bebas agua sin haberla probado antes.

—Es dulce —dije.

La luz del farol se plegó sobre su rostro cuando sonrió, y luego, lentamente, la sonrisa se secó.

—Tienes diecisiete años, ya has alcanzado la mayoría de edad, y por tanto eres lo bastante adulta para entender lo que te voy a decir —comenzó—. Este lugar no existe. Este manantial se secó hace mucho tiempo. Eso cuentan las historias, y eso creen incluso los que saben otras historias, relatos sobre un manantial en la colina que antaño proveía de agua al pueblo entero. Recuérdalo. Este manantial no existe.

—Lo recordaré —dije, pero no entendería hasta más adelante la clase de promesa que había hecho. El silencio no es inútil ni irrelevante, y no es necesario para someter la mansedumbre. A menudo oculta poderes lo bastante grandes como para destrozarlo todo.

Regresamos por el túnel. Cuando llegamos a la entrada, mi padre recogió el pellejo que había dejado allí y lo colgó del gancho en el techo. Después de asegurarse de que la boquilla del odre seguía abierta, accionó una de las palancas de la pared. Oí un ruido eléctrico, similar a los de los aparatos de refrigeración de la cocina, y un bramido distinto al de antes, como cautivo dentro del metal. En un momento brotó del techo un fuerte chorro de agua directo al pellejo.

—¿Has hecho tú todo esto? —pregunté—. ¿O madre? ¿Lo planeó ella? ¿Lo construisteis juntos?

—Nadie sabe con seguridad quién lo construyó. Pero los maestros del té siempre han creído que fue uno de ellos, tal vez el primero que se asentó aquí, antes de que desaparecieran los inviernos y comenzaran estas guerras. Ahora solo el agua lo recuerda.

Accionó las dos palancas. El chorro de agua mermó y se detuvo poco a poco, y la escotilla volvió a abrirse.

—Tú primero —dijo.

Me dejé caer por la abertura. Cerró bien el odre y lo bajó con cuidado a la cueva, donde lo cogí de sus manos. Una vez cerrada de nuevo la escotilla, la cueva ya no parecía más que una cueva sin secretos.

El brillo difuso de las luciérnagas se esfumó enseguida a la luz del día. Cuando entramos en el jardín, mi madre, sentada bajo el toldo, levantó la mirada de las notas que tomaba de un grueso libro en el regazo. Mi padre me pasó su farol. Las sombras de las hojas oscilaron sobre las losas de piedra conforme avanzaba hacia la casita de té con el pellejo a la espalda. Iba a seguirle, pero dijo:

—Ahora no.

Me quedé quieta con un farol en cada mano y escuché cómo chocaban las luciérnagas contra las paredes de vidrio endurecidas al sol. No se me ocurrió abrir las cubiertas de los faroles hasta que habló mi madre.

—Te has quemado al sol —dijo—. ¿Adónde has ido con tu padre?

Las luciérnagas remontaron el vuelo y se perdieron entre los arbustos.

—A un lugar que no existe —dije, y en ese momento

la miré y supe que ella sabía dónde habíamos estado, y que ella también había estado allí.

Mi madre no dijo más, no entonces, pero la calma se desvaneció de su semblante.

Esa misma noche, a altas horas, cuando estaba tendida en la cama bajo una redecilla antiinsectos y observaba la luz anaranjada del sol nocturno sobre los pinos, la oí hablar con mi padre largo rato en la cocina. No alcancé a entender lo que decían, pero en sus palabras discerní un deje turbio que se propagó hasta mis sueños.

2

La tierra seguía exhalando el frío nocturno cuando fui a ayudar a mi padre a cargar los odres estropeados en el carrito enganchado al heliociclo. Las superficies de plástico rayado relucían al sol de la mañana. Sujeté con gruesas cinchas los pellejos, y cuando comprobé que estaban suficientemente asegurados, me eché la bolsa de algas al hombro y monté en el asiento del heliociclo.

—Vete al taller de Jukara —dijo mi padre—. Te hará descuento.

Jukara era el artesano del plástico más veterano del pueblo, y además, amigo de mi padre. Yo no confiaba en él desde que unos pellejos que reparó el año anterior volvieron a romperse después de haberlos utilizado unas pocas veces, así que no dije nada y me limité a mover la cabeza de una manera que pudiera interpretarse como un asentimiento.

—Y no pases fuera el día entero —añadió—. Mañana tenemos invitados. Tienes que ayudarme a limpiar la casita de té.

Le di al pedal para poner en marcha el heliociclo. Tenía roto uno de los paneles solares y el motor no tiraba, así que me vi obligada a pedalear la mayor parte del trayecto por el camino polvoriento entre los árboles de un vacilante verde dorado desperdigados en torno a nuestra casa. Solo cuando estaba ya en el linde del bosque cobró el vehículo una velocidad uniforme y silenciosa. Conduje el ciclomotor y el carrito con cuidado hacia el camino más ancho, bloqueé los pedales y reposé en ellos los pies mientras el vehículo avanzaba sin prisa camino del pueblo. El aire matinal me refrescaba los brazos desnudos y aún no había muchos tábanos. Me quité la capucha antiinsectos y dejé que el viento y el sol me acariciaran la cara. El cielo era de un azul seco y descarnado, la tierra estaba en silencio y vi animalillos pululando por el polvo de los campos en busca de agua.

Después de pasar por unas cuantas casas a las afueras del pueblo, el camino se bifurcaba. El que llevaba al taller de Jukara quedaba a la izquierda. Me detuve y vacilé, y luego seguí por la derecha hasta que vi la conocida cerca de madera azul astillada un poco más adelante.

Como la mayor parte de las casas del pueblo, la de Sanja era una de las del mundo pretérito, una casa de una sola planta con múltiples habitaciones, jardín y garaje de la época en que la mayoría de la gente poseía veloces vehículos de tecnología pretérita. Las paredes habían sido reparadas una y otra vez, y los padres de Sanja me contaron que mucho tiempo atrás tenía un tejado casi plano sin paneles solares, aunque me costaba imaginarlo.

Cuando me detuve delante de la cancela abierta, ella estaba en el jardín, vaciando en un cubo metálico el agua de un odre y maldiciendo. La puerta principal estaba abierta y el flujo apenas audible de un dispositivo de noticias brotaba de la casa a través de la malla antiinsectos de la puerta. Sanja no llevaba capucha, y cuando me miró, vi que no había dormido.

—Ese maldito impostor me vendió agua salada —dijo, recogiéndose furiosamente el cabello negro detrás de las orejas—. No sé cómo lo hizo. Probé el agua antes, como siempre, y era dulce. Sus precios eran desorbitados, así que solo compré medio pellejo, pero incluso eso fue tirar el dinero.

—¿Qué clase de recipiente tenía? —pregunté mientras atravesaba la cancela para entrar en el jardín con el helociclo.

—Uno de esos a la antigua usanza. Un recipiente grande y transparente encima de una tarima, con un tubo del que salía agua para vender.

—El timo del tubo doble —señalé—. Los vi en la ciudad el año pasado. Dentro de la tarima hay un recipiente secreto con agua salada. El tubo tiene dos posiciones, la primera extrae agua del depósito de agua dulce y la segunda, del recipiente oculto. El vendedor te deja probar el agua potable, pero luego cambia la posición del tubo y te vende agua salada.

Sanja me miró fijamente un momento y luego dijo:
—Qué idiota.

Me di cuenta de que hablaba de sí misma. Debía de haber gastado buena parte de su presupuesto semanal en agua salada.

—Podría haberle pasado a cualquiera —dije—. No tenías manera de saberlo. Convendría, eso sí, prevenir a otros.

Sanja dejó escapar un suspiro.

—Vi que otras personas le compraban agua en el mercado por la tarde, justo antes de cerrar. Lo más probable es que ya esté lejos de aquí, buscando al siguiente idiota.

Me abstuve de mencionar lo que estaba pensando: más de una vez había oído comentar a mis padres que cuando aumentaba el número de fraudes itinerantes era porque los tiempos estaban empeorando, por mucho que los dispositivos de noticias repitieran que el malestar era pasajero y la guerra estaba bajo control. En el mejor de los casos, siempre había escasez de agua, pero por lo general la gente se las apañaba con sus cuotas mensuales y los timadores no se molestaban en echarse al camino. Aunque los aguadores itinerantes que de tanto en tanto pasaban por los pueblos ponían precios muy elevados, también eran conscientes de lo fácilmente que podía peligrar su negocio, y no dispensaban un trato cordial a los rivales que vendían agua no potable. Las estafas no eran inauditas, pero esta era la tercera en nuestro pueblo en dos meses. Esa clase de incremento súbito solía indicar que por las ciudades corrían rumores fundados en torno a planes de cuotas más estrictas, tal vez incluso racionamientos, y parte de los estafadores de agua abandonaban los mercados sobresaturados de las ciudades en busca de lugares con menos competencia y clientes más crédulos.

—¿Vuelves a tener estropeada la tubería del agua? —pregunté.

—Ese pedazo de chatarra hay que arrancarlo y cambiarlo por uno nuevo —dijo Sanja—. Lo haría yo misma si tuviera tiempo. Minja volvió a enfermar la semana pasada, y no me atrevo a darle agua de nuestro grifo ni siquiera después de hervirla. Mi padre dice que es perfectamente potable, pero me parece que él tiene un estómago de hierro tras beber agua sucia durante tantos años.

Minja era la hermanita de dos años de Sanja, que enfermaba continuamente desde su nacimiento. De un tiempo a esta parte, su madre Kira tampoco se encontraba bien. Yo no se lo había comentado a Sanja, pero un par de veces, a la media luz de última hora de la tarde, había visto a una desconocida sentada junto a su puerta, una figura oscura y enjuta, no desagradable pero sí consciente de algún modo de que no sería bien recibida allí donde fuera. Estaba quieta y en silencio, aguardando pacientemente, sin decidirse a entrar, pero sin alejarse tampoco.

Recordé lo que me había dicho mi padre acerca de la muerte y los maestros del té, y cuando miré a Sanja, vi las sombras de las horas en vela en su rostro, que no contaba más años que el mío, y noté de pronto en los huesos el peso de la imagen de aquella figura que esperaba ante su puerta.

Hay cosas que no deberían verse. Hay cosas que no hace falta decir.

—¿Has pedido permiso para reparar la tubería?

Sanja lanzó un bufido.

—¿Crees que tenemos tiempo para pasar por todo el proceso de la solicitud? Tengo casi todas las piezas que necesito. Lo que no sé es cómo hacerlo sin que se den cuenta los vigilantes del agua.

Lo dijo de pasada, como si hablara de algo trivial y corriente, no de un delito. Me vinieron a la cabeza los vigilantes del agua, sus rostros inmóviles tras las capuchas antiinsectos azules, sus andares acompasados cuando patrullaban las calles estrechas en parejas, supervisando el uso mensual que hacía la gente de su cuota de agua e imponiendo castigos. Había oído hablar de palizas, detenciones y multas, y por el pueblo corrían rumores de cosas peores, aunque no sabía si eran ciertos. Pensé en las armas de los vigilantes: largos sables lustrosos con los que les había visto cortar metal, cuando jugueteaban en la calle con pedazos de tuberías de agua ilegales confiscadas en la casa de alguna anciana.

—Te he traído una cosa para reparar —dije, y empecé a aflojar las cinchas en torno a la carga de odres—. No corren prisa. ¿Cuánto me cobrarás?

Sanja contó los pellejos pasando el dedo por el montón.

—Media jornada de trabajo. Tres odres llenos.

—Te pagaré cuatro. —Sabía que Jukara lo habría hecho por dos, pero no me importaba.

—Por cuatro te puedo reparar uno de estos ahora mismo.

—También te he traído otra cosa. —Saqué un librito fino de la bolsa.

Sanja lo miró y dejó escapar una exclamación.

—¡Eres estupenda! —Su expresión volvió a nublarse—. Ay, todavía no he terminado el anterior.

—Da igual. Lo he leído muchas veces.

Sanja aceptó el libro a regañadientes, pero vi que estaba contenta. Como la mayoría de las familias del pueblo, la suya no tenía libros. Los dispositivos de historias eran más baratos y, a diferencia del papel, se podían adquirir en cualquier mercado.

Rodeamos la casa con los odres hasta el taller de Sanja, que ella misma había construido en el patio trasero. El tejado era de algas y tres paredes consistían en rejillas antiinsectos tendidas entre postes de madera. La fachada trasera de la casa hacía las veces de cuarta pared. Sanja cerró la puerta de malla metálica delicadamente entretejida a nuestra espalda y echó el pestillo para que no la abriera la corriente.

Dejé los pellejos sobre la mesa de dibujo de madera en mitad del taller. Sanja puso los demás encima y llevó uno a la larga mesa de trabajo apoyada contra la pared sólida. Mi padre había señalado el corte con colorante de remolacha; tenía la forma de una estrella irregular en la superficie del odre.

Sanja encendió el quemador solar y sus cables empezaron a tornarse de un rojo anaranjado. Sacó una caja con parches de plástico de debajo de la mesa y escogió uno. Observé cómo calentaba alternativamente el odre y el parche hasta dejar las dos superficies suaves y pegajosas. Colocó el plástico encima de la grieta y, tras asegurarse de que cubría el corte del pellejo, empezó a igualar la costura para que quedara bien ajustado.

Mientras esperaba, paseé la mirada por el taller. Sanja había llevado más desechos plásticos desde mi última visita un par de semanas atrás. Como siempre, las largas mesas estaban cubiertas de herramientas, cepillos, botes de pintura, soportes de madera, faroles de luciérnagas vacíos y chismes que ni siquiera sabía lo que eran. Aun así, casi todo el espacio estaba ocupado por cajas de madera rebosantes de chatarra y desperdicios plásticos. El metal era más difícil de encontrar, porque la mayoría de las piezas útiles las habían llevado a las ciudades décadas atrás para que el ejército las fundiera, y luego la gente había recogido de los cementerios del metal prácticamente todo aquello a lo que podía dar algún uso. Lo único que se podía exhumar ahora en esos lugares eran fragmentos desperdigados y sin relación entre sí.

Los desechos plásticos, en cambio, por lo visto no se agotaban nunca, pues el plástico del mundo pretérito, a diferencia del nuestro, tardaba siglos en degradarse. Buena parte era de tan mala calidad o se encontraba en un estado tan penoso que no se le podía dar ninguna forma útil, pero a veces, si se hurgaba más a fondo, aparecían tesoros. Los mejores hallazgos eran fragmentos de la tecnología averiada del mundo pretérito, metal y plástico entrecruzados y diseñados para hacer cosas que nadie hacía ya en nuestro mundo actual. De vez en cuando un fragmento de mecanismo abandonado podía seguir bastante intacto o repararse fácilmente, y nos desconcertaba que lo hubieran tirado en su momento.

En una caja debajo de la mesa encontré piezas de una vajilla de plástico rotas: tazas, platos, una jarra de agua. Debajo había dos rectángulos de plástico más o menos del tamaño y la forma de los libros que tenía en mi habitación en casa, y de varios centímetros de grosor. Eran lisos por un lado, pero en el reverso tenían dos agujeros blancos y redondos parecidos a ruedas dentadas. Uno de los bordes de un rectángulo estaba suelto y de su interior había brotado una maraña de cinta lisa y reluciente de un tono oscuro. Había un membrete impreso en el plástico. Resultaba bastante ilegible, pero distinguí tres letras: VHS.

—¿Qué es esto? —pregunté.

Sanja acabó de alisar la costura y se volvió para mirar.

—Ni idea —dijo—. Los encontré la semana pasada. Creo que eran recambios de alguna máquina de tecnología pretérita, pero no se me ocurre en qué se usaban.

Dejó el pellejo en un soporte. El plástico tardaría un rato en quedar sellado por completo. Cogió una mochila grande de la mesa y se la puso a la espalda.

—¿Quieres ir a rebuscar por ahí mientras se enfría el odre? —propuso.

Después de recorrer varias manzanas, iba a doblar por el camino que solíamos tomar para ir al cementerio del plástico, pero Sanja se detuvo y dijo:

—Mejor no vayamos por ahí.

La señal me llamó la atención de inmediato. Había una casa de madera junto al camino. La pintura desvaída y astillada había sido amarilla en algún momento, y a uno de los paneles solares del tejado le faltaba una esquina. El edificio no era distinto de la mayoría de las casas del pueblo: construido en la era del mundo pretérito y reconvertido posteriormente de acuerdo con las circunstancias del mundo presente. Aun así, destacaba entre las paredes pálidas y descoloridas y los jardines marchitos, pues era la única casa de la calle que tenía pintura reciente en la puerta principal. Había un círculo azul intenso en la madera desgastada, tan brillante que aún parecía húmedo. Nunca lo había visto.

—¿Qué es eso? —pregunté.

—Más vale que no hablemos aquí —dijo Sanja, y tiró de mí para alejarme de allí.

De la casa de al lado salió un vecino que evitó mirar la casa marcada y apretó el paso cuando se vio obligado a pasar por delante. Salvo por él, la calle estaba vacía.

Seguí a Sanja por un camino sinuoso. Miró en derredor y, al ver que no había nadie, susurró:

—Esa casa está vigilada. El círculo apareció en la puerta la semana pasada. Es la señal de un delito grave contra el agua.

—¿Cómo lo sabes?

—Me lo dijo mi madre. Un día la mujer del panadero se detuvo ante la cerca de la casa y como de la nada aparecieron dos vigilantes del agua para preguntarle qué andaba buscando. Dijeron que los que vivían en esa casa eran delincuentes del agua. No la dejaron marchar hasta que les convenció de que solo había pasado por allí para ofrecer tortas de pipas de girasol.

Yo sabía quién vivía en esa casa: una pareja sin hijos con sus padres ya mayores. Me costó trabajo imaginar que fueran culpables de un delito contra el agua.

—¿Qué ha sido de sus moradores? —pregunté. Me acordé de sus rostros corrientes y cansados y de su ropa modesta.

—Nadie sabe seguro si siguen ahí dentro o si se los han llevado.

—¿Qué crees que les harán?

Sanja me miró, se encogió de hombros y guardó silencio. Recordé lo que había dicho de instalar una conducción de agua ilegal. Miré a mi espalda. La casa y la calle ya no estaban a la vista, pero el círculo azul seguía reluciendo delante de mis ojos: un tatuaje dolorido en la piel del pueblo, tan sensible que nadie podía acercarse sin correr peligro, y cubierto de silencio.

Seguimos adelante dando un rodeo.

Cruzamos un arroyo poco profundo y fangoso que corría en hilillos cerca del cementerio del plástico. De niñas no nos dejaban ir allí. Mi madre decía que la tierra en torno era tóxica y el cementerio, un lugar peligroso para caminar, podías perder pie en cualquier momento y rasgarte la ropa o cortarte la piel con algo afilado. Por entonces acostumbrábamos a planear nuestras excursiones secretas al cementerio del plástico con mucha cautela, y por lo general íbamos entre el día y la noche, cuando no era tan oscuro como para necesitar faroles de luciérnagas ni había tanta claridad como para ser reconocibles desde lejos.

El cementerio del plástico era un paisaje amplio, escarpado y pulposo donde los rincones afilados y las superficies ásperas, las aristas rectas y las astillas melladas surgían de manera abrupta e impredecible. Sus valles extraños y angulares con forma de oleadas y cadenas montañosas cambiaban de forma sin cesar. La gente removía los montones de desechos de un lugar a otro, hollaba las planicies hasta dejarlas más compactadas, excavaba grandes hoyos y levantaba colinas a su lado en busca de plástico y madera útiles que no se hubieran deformado mucho bajo los estratos de basura. El olor y la visión familiares del cementerio aún me hacían pensar en las botas altas que siempre había llevado por miedo a arañarme las piernas, la aspereza de su material, lo calientes y resbaladizos que notaba los pies en su interior.

Ahora solo llevaba un par de zapatos de verano con suela de madera que no me llegaban ni a los tobillos, pero era mayor y hacía un día luminoso. El plástico muerto crujía bajo nuestros pasos, y en torno a nuestras cabezas encapuchadas revoloteaban estrepitosos tábanos y otros insectos. Me había bajado las mangas y ceñido a las muñecas, consciente de que si dejaba algo de piel al descubierto atraería más insectos. Al anochecer tendría los tobillos rojos e hinchados.

Iba atenta a cualquier cosa que mereciera la pena rebuscar, pero solo veía objetos sin interés: láminas destrozadas de mugriento plástico blanco, zapatos de aspecto incómodo con tacones altos partidos, una cabeza de muñeca descolorida. Me volví para mirar a mi espalda, pero Sanja ya no estaba. La vi unos metros más allá, acuclillada para sacar algo de un montón de desechos. Me acerqué cuando extraía algo que parecía una caja con tapa de un revoltijo de palanganas rotas, perchas retorcidas y largas astillas negras.

La caja tenía forma rectangular; nunca había visto

algo así. La superficie negra y arañada tenía aspecto de haber sido antaño lisa y reluciente. En cada extremo del rectángulo había algo parecido a una cavidad torneada cubierta por una malla metálica ajustada.

—Altavoces —explicó Sanja—. He visto unos parecidos en otros aparatos de tecnología pretérita. Se usaban para oír algo.

Entre los altavoces había una hendidura rectangular, un poco más ancha que mi mano. Tenía una tapa rota que se abría por el ángulo superior. En la parte de arriba del aparato había unos interruptores, una hilera de teclas con flechitas dibujadas que señalaban en distintas direcciones, y un botón más grande. Al girarlo, una aguja roja se desplazaba por una escala en la que había combinaciones numéricas que no tenían ningún sentido: 92, 98, 104 y así sucesivamente. En el extremo derecho de la escala se veían las letras MHz. En mitad del panel superior había una cavidad redondeada, un poco más grande que la del panel delantero y cubierta por una tapa medio transparente.

Supe sin necesidad de preguntárselo que Sanja iba a llevarse a casa aquel aparato. Se le veía en la cara que ya se estaba imaginando las tripas ocultas por el armazón, y a sí misma abriéndolo, memorizando el orden de los distintos componentes y derivando electricidad de un generador solar para ver lo que ocurría.

Merodeamos por el cementerio un rato más, pero solo encontramos la típica basura, juguetes rotos, fragmentos irreconocibles, platos inservibles e infinitos jirones mohosos de bolsas de plástico. Cuando dimos media vuelta para regresar al pueblo, dije:

—Ojalá pudiera cavar hasta el fondo. Igual así entendería el mundo pretérito, y a la gente que tiraba todo esto.

—Pasas mucho tiempo pensando en ellos —señaló Sanja.

—Tú también piensas en ellos. De lo contrario, no vendrías aquí.

—No pienso en ellos —matizó—. Solo en sus aparatos, lo que sabían y lo que nos dejaron. —Se detuvo y me puso la mano en el brazo. Percibí el cálido tacto de sus dedos a través del tejido de la manga y el ardor del sol en torno, dos clases diferentes de calor, una junto a otra—. No merece la pena pensar en ellos, Noria. Ellos tampoco piensan en nosotros.

He intentado no pensar en ellos, pero su mundo pretérito impregna nuestro presente, su cielo, su polvo. ¿Impregnó de alguna manera este mundo presente, este mundo que es, el suyo, el mundo que fue? Los imagino a la orilla del río que ahora es una cicatriz reseca en nuestro paisaje, una mujer ni joven ni vieja, o tal vez un hombre, da igual. Tiene el pelo castaño y contempla el agua que corre abundante, quizá fangosa, quizá limpia, y algo que aún no ha sido impregna sus pensamientos.

Me gustaría pensar que da media vuelta, va a casa y ese día hace algo distinto debido a lo que ha imaginado, y al día siguiente lo hace otra vez, y también al otro.

Veo, sin embargo, otra versión de ella, que se aleja y no hace nada distinto, y no sé cuál de las dos es real y cuál un reflejo en el agua clara y mansa, casi lo bastante nítida para tomarla por alguien real.

Miro el cielo y miro la luz y miro la forma de la tierra, los tres iguales a los suyos, y al mismo tiempo diferentes, y esa impregnación no cesa.

De regreso a la casa de Sanja hablamos poco.

Se quedó a la sombra de la galería cuando até el odre reparado al carrito y le di al pedal del heliociclo. El día ardía intensamente en lo más alto, y a ella se la veía pequeña, esbelta y de un color gris azulado en la sombra oscura.

—Noria —dijo—. El pago...

—Hoy mismo te traigo los dos pellejos —dije.

Cuando eché a andar hacia la casa del maestro del té, vi su sonrisa. Era fina e incolora, pero aun así una sonrisa.

A mi padre no le iba a hacer ninguna gracia.

3

A media tarde del día siguiente subí por el sendero de la casita de té hacia la cancela. Me detuve por el camino junto al jardín de rocas para coger un poco de menta. La arena pálida formaba ondas en torno a las piedras gris oscuro igual que agua en torno a islas abandonadas. Las tres plantas de té que crecían justo a orillas de la arena se alzaban hacia el cielo despejado cual llamas verdes. Me llevé a la boca las hojas de menta y seguí camino del altozano a la sombra de un pino junto a la cerca, desde donde se veía el camino a través de las sombras de los árboles dispersos. El calor más bochornoso del día ya había pasado y el atuendo ceremonial resultaba fresco y agradable sobre la piel. Aun así, notaba incómodas en los pies cansados las sandalias de suela dura, y me dolían los brazos.

Mi padre se había levantado tras dormir unas pocas horas a la luz dorado pálido de una noche blanca que ya se estaba convirtiendo en día. No solía despertarme tan temprano en días de ceremonia, pero esta vez no tuvo compasión. Yo sabía que era mi castigo tácito por haberme quedado hasta tarde en casa de Sanja la víspera. Me impuso una tarea tras otra, a veces tres al mismo tiempo, y cuando se levantó mi madre para preparar el desayuno, yo ya había rastrillado el jardín de piedras, acarreado varios pellejos de agua a la casita de té, barrido el suelo dos veces, colgado dentro y fuera faroles de luciérnagas decorados, oreado el atuendo ceremonial, fregado y secado tazas y teteras para luego colocarlas en una bandeja de madera, limpiado el polvo de la vasija de piedra del jardín y movido el banco de la galería tres veces antes de que mi padre quedara satisfecho con su ubicación exacta.

Por tanto, fui con alivio hasta la cancela a esperar a nuestros invitados cuando por fin me eximieron de las tareas de preparación. Apenas había probado bocado desde el desayuno, y masqué las hojas de menta para ahuyentar el hambre. A la luz pesada de media tarde me costaba mantener abiertos los ojos. El tenue tintineo de los móviles de campanillas en el jardín vibraba en mis oídos. El camino estaba vacío y el cielo era profundo encima de mi cabeza, y alrededor percibí minúsculos cambios en la textura del mundo, el movimiento mismo de la vida al crecer y decrecer.

Se levantaba viento y volvía a amainar. Las aguas ocultas corrían en el silencio de la tierra. Las sombras cambiaban lentamente de forma.

Al cabo, vi movimiento en el camino, y poco a poco empecé a distinguir dos figuras vestidas de azul en un heliococche conducido por una tercera. Cuando llegaron a la altura de los árboles, hice sonar la campanilla grande que colgaba del pino. Transcurrido un instante oí tres tintineos procedentes de la casita de té y supe que mi padre estaba listo para recibir a los invitados.

El heliococche se detuvo cerca de la cancela a la sombra de un entoldado de algas para los vehículos de invitados, y se apearon dos hombres con uniformes militares del Nuevo Qian. Reconocí al de más edad: se llamaba Bolin, un invitado habitual de la casita de té que venía cada pocos meses desde la ciudad de Kuusamo y siempre pagaba bien en agua y especies. Mi padre le tenía aprecio porque conocía la etiqueta de la ceremonia del té y nunca exigía un trato especial pese a su estatus. También estaba familiarizado con las costumbres locales, pues era oriundo de nuestro pueblo. Era un funcionario de alto rango y gobernador militar del Nuevo Qian en las zonas ocupadas de la Unión Escandinava. En su casaca lucía insignias con forma de un pececito plateado.

Al otro invitado no lo conocía de nada. Por los dos peces plateados que llevaba en el uniforme deduje que era de más alto rango que Bolin. Antes incluso de ver su rostro a través del fino velo de las capuchas antiinsectos, su actitud y sus ademanes me dieron la impresión de que era el más joven de los dos. Hice una reverencia y esperé a que se inclinaran a guisa de respuesta. Luego enfilé el sendero del jardín. Caminé delante de ellos a paso deliberadamente lento para darles tiempo a que se sumieran en el silencio pausado de la ceremonia.

La hierba delante de la casita de té rielaba al sol: mi padre la había rociado de agua a modo de símbolo de pureza, como era costumbre. Me lavé las manos en la vasija de agua que había llenado antes y los invitados siguieron mi ejemplo. Luego se sentaron en el banco a esperar. Un instante después sonó una campana en el interior de la casita de té. Deslicé la puerta de la entrada de invitados hacia un lado y les animé a que pasaran. Bolin se arrodilló con cierta dificultad ante la entrada baja y luego la cruzó a gatas. El oficial joven se detuvo y me miró. Sus ojos me parecieron negros y duros tras la capucha.

—¿Es la única entrada? —preguntó.

—Hay otra para el maestro del té, señor, pero los invitados no la usan. —Hice una reverencia.

—En las ciudades ya casi no hay maestros del té que exijan a sus invitados arrodillarse a la entrada —señaló.

—Esta es una cabaña antigua, señor. Se construyó para seguir la vieja creencia de que el té es patrimonio de todos por igual, y por tanto todos se arrodillan por igual antes de la ceremonia.

Esta vez no me incliné, y me pareció que su semblante traslucía fastidio antes de esbozar una rígida sonrisa de cortesía. No dijo nada más, pero se hincó de rodillas y traspuso la entrada. Le seguí y cerré la puerta a mi espalda. Me temblaron ligeramente los dedos contra el marco de madera. Ojalá nadie se diera cuenta.

El invitado mayor ya se había acomodado junto a la pared adyacente y el más joven se sentó a su lado. Yo tomé asiento al lado de la entrada de invitados. Mi padre estaba de rodillas delante de los invitados, y en cuanto nos quitamos las capuchas, hizo una reverencia.

—Bienvenido, mayor Bolin. Aguardábamos este honor desde hace mucho tiempo. Ha corrido demasiada agua desde su última visita. —Se estaba ciñendo estrictamente a la etiqueta, pero percibí cierta calidez en su voz, reservada únicamente para los amigos y los clientes antiguos.

El mayor hizo una inclinación a modo de respuesta.

—Maestro Kaitio, es un placer volver a estar en su casita de té. He traído un invitado conmigo, y espero que disfrute de su té tanto como yo. —Se volvió hacia su acompañante—. Le presento al comandante Taro. Acaba de trasladarse de una lejana provincia sureña del Nuevo Qian, y quería darle la bienvenida invitándole al mejor té de la Unión Escandinava.

Ahora que no llevaba la capucha vi con claridad que Taro era más joven que Bolin. Tenía la cara tersa y no había hebras grises en su cabello moreno. Su rostro no se alteró al saludar con una reverencia.

Después de que mi padre hubiera dado la bienvenida a Taro con otra inclinación, fue al lavadero y regresó al poco con un caldero. Lo dejó en el hogar en el suelo encima de la turba seca, que encendió con un pedernal. Las piedras crepitaron al entrechocar. Presté oído al susurro de su ropa cuando fue de nuevo al lavadero y regresó con una bandeja de madera en la que había dos tazas y dos teteras, una grande de metal y otra pequeña de loza. Dejó la bandeja junto al hogar y ocupó su sitio para ocuparse del agua del caldero. Yo sabía que al mayor Bolin le gustaba el té verde que requiere agua no demasiado caliente. «Cuando puedas contar diez burbujas en el fondo del caldero, es hora de verter el agua en la tetera —me había enseñado mi padre—. Cinco son muy pocas y veinte, más de la cuenta.»

Cuando el agua alcanzó la temperatura adecuada, vertió parte de la misma en la tetera grande. De niña había seguido sus movimientos e intentado imitarlos delante del espejo hasta que me dolían los brazos, el cuello y la espalda. Nunca conseguía el mismo flujo terso y al mismo tiempo desbordante que observaba en él: era como un árbol doblado por el viento o una hebra de cabello flotando en el agua. Mis movimientos parecían torpes o rígidos en comparación. «Intentas copiar el movimiento externo —me decía entonces—. El flujo debe salir de dentro y pasar a través de ti de manera implacable, irrefrenable, como la respiración o la vida.»

Fue solo después de empezar a pensar en el agua cuando comencé a entender a qué se refería.

El agua no tiene principio ni final, y los movimientos del maestro del té cuando lo prepara tampoco los tienen. Cada silencio, cada instante de inmovilidad forma parte de esa corriente, y si parece cesar, es solo porque los sentidos humanos no alcanzan a percibirlo. El flujo meramente aumenta y mengua y cambia, como el agua en el caldero de hierro, como la vida.

Cuando lo entendí, los movimientos empezaron a remitir de mi piel y de mis músculos tensos, sumergiéndose cada vez más, bajo la piel.

Mi padre vertió el agua de la tetera grande en la pequeña, que contenía las hojas de té. Luego escanció el té templado, apenas macerado, de la tetera pequeña en las tazas para calentarlas. Como paso final de la preparación, volvió a llenar la tetera pequeña y la remojó con el té de las tazas, empapando los laterales de loza de la tetera mientras las hojas segregaban dentro su sabor. Los faroles de luciérnagas que colgaban del techo lanzaban suaves parpadeos de luz sobre el agua a medida que se desparramaba por la bandeja. Respirando lentamente, me fui sumiendo en la ceremonia y asimilé las sensaciones a mi alrededor: el brillo de la luz amarillenta, la esencia dulce y herbosa del té, los pliegues de mis pantalones contra la pierna, el tintineo húmedo de la tetera de metal cuando mi padre la posó en la bandeja. Todos se entrelazaban y fundían en una sola corriente que respiraba a través de mí, persiguiendo la sangre por mis venas, atrayéndome cada vez más hacia el interior del momento, hasta que tuve la sensación de que ya no respiraba, sino que la vida entera respiraba a través de mí, poniéndome en contacto con el cielo por encima de mi cabeza y la tierra bajo mis pies.

Y entonces se interrumpió el flujo.

—Hay quien podría pensar que es un desperdicio de

agua considerable. —Las palabras fueron pronunciadas por el comandante Taro con tono grave y sorprendentemente suave. Me costó imaginar que alguien pudiera dirigir ejércitos con semejante voz—. Es poco común ver a alguien hoy en día que se pueda permitir gastar agua en una ceremonia del té íntegra de principio a fin —añadió.

Aunque yo no miraba a mi padre, percibí que se había quedado de piedra, como si una red invisible se hubiera tensado bajo su piel.

Una de las reglas tácitas de la ceremonia del té era que durante la misma la conversación quedaba restringida a comentarios sobre la calidad del agua y el té, la cosecha del año en las zonas de regadío, el tiempo, los orígenes y la delicada artesanía del juego de té o la decoración de la cabaña. No se hablaba de asuntos personales, ni se hacían comentarios críticos.

Bolin cambió de postura como si una luciérnaga se le hubiera metido dentro del uniforme.

—Como le dije, Taro, el maestro Kaitio es un profesional de prestigio. Es una cuestión de honor que haya mantenido intacta la ceremonia del té para quienes tenemos el privilegio de disfrutarla —dijo sin volverse. En cambio, observó a mi padre de hito en hito.

—Lo entiendo —dijo Taro—. Pero no he podido por menos de expresar lo mucho que me sorprende que un maestro del té de un pueblo tan apartado pueda permitirse semejante dispendio de agua. Y, como usted debe de saber, mayor Bolin, la ceremonia del té en cualquiera de sus variantes del mundo presente no es sino una reliquia impura y confusa de las variantes originarias del mundo pretérito, caídas en el olvido mucho tiempo atrás. Por tanto, sería absurdo afirmar que para mantener la tradición haga falta desperdiciar agua.

El rostro de mi padre parecía hecho de la misma roca inmóvil que oculta las poderosas corrientes subterráneas. Habló con voz muy queda:

—Señor, le aseguro que pongo en práctica la ceremonia del té exactamente tal como me la legaron a través de diez generaciones desde que el primer maestro del té se mudó a esta casa. No se ha alterado ni el más mínimo detalle.

—¿Ni el más mínimo detalle? —replicó Taro—. ¿Siempre ha sido costumbre que los maestros del té tomen como aprendices a mujeres? —Me señaló con un gesto de la cabeza y entonces noté que la sangre daba color y calor a mis mejillas, como solía ocurrirme cuando me prestaba atención algún desconocido.

—Siempre ha sido costumbre que los padres transmitan sus conocimientos a los hijos, y mi hija llegará a ser una excelente maestra del té de la que podré enorgullecerme. Noria, ¿por qué no sirves los dulces con el Primer Té?

La primera taza de té macerado, o el Primer Té, como era conocido, se consideraba la parte más importante de la ceremonia, y cualquier conversación inoportuna en esos momentos hubiera sido una afrenta grave no solo al maestro, sino también a los demás invitados. Taro guardó silencio mientras yo tendía un cuenco de algas con dulces de té que había preparado esa mañana con miel y harina de amaranto. Mi padre mantuvo el semblante impenetrable mientras servía el té en las tazas y ofrecía la primera al mayor Bolin y la segunda al comandante Taro. Bolin aspiró el aroma del té un largo momento antes de probarlo y cerrar los ojos mientras dejaba que el líquido permaneciera en su boca para degustar todo su sabor. Taro, por su parte, se llevó la taza a los labios, tomó un buen sorbo y levantó la mirada. Afloró a sus labios una sonrisa extraña.

—Bolin estaba en lo cierto —dijo—. Tiene usted una técnica asombrosa, maestro Kaitio. Ni siquiera los maestros del té de la capital, que reciben suministros de agua dulce de fuera de la ciudad con regularidad, son capaces de preparar un té con sabor tan puro. En otras circunstancias, hubiera dicho que este té se ha preparado con agua de manantial en vez de agua de mar purificada y desalada.

El aire de la habitación no se movió ni un ápice cuando mi padre posó la bandeja, y algo frío y pesado se me alojó debajo del corazón. Pensé en las aguas secretas que corrían en lo más profundo de las rocas silenciosas de las colinas.

No sabía quién era ese hombre ni cuál era el auténtico motivo de su visita; aun así, tuve la sensación de que en sus huellas, allí donde sus zapatos habían hollado las losas del sendero y desplazado las briznas de hierba tan sutilmente que solo el aire lo sabía, una figura oscura y angosta había casado sus pies con esas huellas y lo había seguido por el jardín hasta la galería de la casita de té. Era paciente e incansable, y yo no quería mirarla, ni abrir la puerta corredera y verla bajo los árboles o junto a la vasija de piedra, a la espera. No sabía si mi padre había sentido lo mismo, porque no dejaba que sus pensamientos se translucieran en su expresión.

El mayor Bolin bebió de su taza y dijo:

—Me alegra que su té haya impresionado al comandante. Lo han trasladado para que supervise el gobierno local y ahora trabaja mano a mano conmigo.

Taro se secó los labios.

—Estoy especialmente empeñado en mantener bajo control los delitos contra el agua —dijo—. Tal vez hayan oído que han aumentado de un tiempo a esta parte en la Unión Escandinava. —Hizo una pausa que colmó toda la habitación—. Estoy seguro de que nos veremos a menudo en el futuro.

—Lo celebro —respondió mi padre, e hizo una inclinación.

Seguí su ejemplo.

—En la capital lo tienen en gran consideración —continuó Bolin—. Yo diría que quien cuente con su protección es un privilegiado, aunque no quiero sugerir con eso que el Nuevo Qian no sea un lugar donde todos somos iguales. —Rio de sus propias palabras, y mi padre y yo sonreímos obedientemente.

Mi padre sirvió otra ronda de té. Ofrecí más dulces, y Bolin y Taro tomaron uno por cabeza. Taro volvió a dirigirse a mi padre.

—No he podido dejar de admirar su jardín, maestro. Es de lo más insólito ver semejante verdor tan lejos de las áreas de regadío. ¿Cómo consigue que su cuota de agua sea suficiente no solo para su familia, sino también para las plantas?

—Por motivos profesionales, la cuota de agua de un maestro del té es, naturalmente, un poco más elevada que la de la mayoría de los ciudadanos —señaló Bolin.

—Naturalmente —asintió Taro—, pero aun así me maravilla lo sacrificado que tiene que ser mantener un jardín así. Dígame, maestro Kaitio, ¿cuál es su secreto?

Antes de que mi padre pudiera decir nada, terció Bolin:

—¿No hemos dedicado ya suficiente tiempo a la charla superflua, cuando podríamos disfrutar del té en silencio y olvidarnos de las desgracias del mundo exterior durante un rato? —Tenía la mirada fija en Taro, y aunque su tono no era cortante, percibí un matiz oculto.

tas de las guerras del Petróleo, tal vez aún hubiera isletas de hielo, flotando por el mar desierto, silenciosas e inertes, acarreando las memorias del mundo pretérito en su interior, cediendo lentamente al agua y fundiéndose en su seno. Eran los últimos restos del enorme casquete de hielo que antaño cubría la parte superior del mundo, como un animal grande e inmóvil que vigilara los continentes.

A medida que iba haciéndome mayor, buscaba con mayor ahínco libros en los estantes altos del estudio de mi madre, ávida de cualquier cosa que pudiera ayudarme a entender e imaginar los inviernos perdidos. Pasé días y semanas estudiando los mapas desconocidos, las fotografías y los calendarios antiguos y extraños que medían el tiempo según los ciclos del sol en vez de los de la luna. En muchos de esos libros se hablaba de temperaturas, estaciones y clima, tierras sumergidas y océanos cuyas orillas retrocedían hacia el interior de los continentes, y en todos ellos se hablaba de agua, pero los libros no siempre coincidían en todo. Le pregunté una vez a mi madre qué quería decir eso. Ella se consideraba una científica. Si los científicos no coincidían entre sí, le pregunté, ¿significaba que nadie sabía? Lo pensó un rato y luego dijo que había distintas maneras de saber, y a veces era imposible decir cuál era la más digna de confianza.

Poco a poco aprendí que pese a los diagramas, las palabras raras y las explicaciones detalladas, los libros no lo contaban todo. Me preguntaba qué tacto tendría la nieve en la palma de la mano justo antes de fundirse en agua, o qué aspecto tendría el hielo un día de invierno en un paisaje vidriado por efecto del sol donde los perfiles de las sombras fueran nítidos, pero esas historias tuve que buscarlas en otros libros. Me decepcionaron los estantes altos y lo que albergaban, que tanto prometía y sin embargo pasaba por alto lo más importante. ¿De qué servía conocer la composición de un cristal de nieve si no se podía resucitar la sensación de su frialdad en la piel ni la imagen de su espejo?

La conversación de mis padres llegó a mis oídos más clara que antes. Ella había adoptado su tono sensato y las respuestas de él eran concisas. Me levanté para cerrar la puerta. El suelo de madera crujió bajo mis pies. Alcancé a percibir el aroma de los pinos en el aire frío que entraba por la ventana. Un tábano grande zumbaba entre el vidrio y la mosquitera.

Justo cuando cerraba la puerta, oí que el dispositivo de mensajes emitía mi señal de identificación pasillo adelante. Fui a la entrada, donde la luz del dispositivo lanzaba un parpadeo rojo. «Para: Noria», rezaba el texto en la pantalla. Descolgué el dispositivo de mensajes del soporte en la pared y posé el dedo en la pantalla para conectarme. Apareció el apellido de Sanja: «Valama.» Me sorprendió un poco. Sanja rara vez usaba el dispositivo de mensajes. Su familia solo tenía una cuenta conjunta, y habían comprado su dispositivo de segunda mano. Estaba fuera de cobertura la mayor parte del tiempo pese a los constantes intentos que hacía Sanja de sintonizarlo, o quizá precisamente por eso. Escogí la opción «Leer» en la pantalla y esperé a que apareciese el mensaje escrito con la letra saltarina de Sanja. «Ven mañana —ponía—, y trae todas las TDK. ¡Posible DESCUBRIMIENTO!»

«Descubrimiento» era uno de los términos más importantes en el vocabulario de Sanja. Por lo general quería decir que había encontrado uso para algo de lo que habíamos saqueado del cementerio del plástico. Yo no estaba muy convencida de que los usos que inventaba

El comandante lo miró un breve instante en silencio, se volvió lentamente hacia mi padre y no apartó los ojos de él mientras hablaba.

—Tal vez tenga razón, mayor Bolin. Tal vez me guarde las preguntas para otra visita, que espero tener ocasión de hacer pronto. —Y luego guardó silencio.

Después de eso solo se cruzaron algunas frases superficiales, ninguna relacionada con el agua, el sabor del té o el jardín. La mayor parte del tiempo el silencio se propagó por la casita de té y nos envolvió como un humo lento de incendios ocultos.

Se terminaron los dulces.

Se vació la tetera grande, luego el caldero.

La ceremonia concluye cuando no queda más agua.

Al final, los invitados hicieron una reverencia para despedirse y se pusieron las capuchas antiinsectos. Crucé en primer lugar la misma puerta corredera baja por la que habíamos entrado. Fuera, la fina telaraña del crepúsculo estival se había extendido entre el día y la noche. Las luciérnagas emitían su brillo difuso en el interior de los faroles colgados de los aleros. El mayor Bolin y el comandante Taro me siguieron hasta la cancela, donde el chófer del heliocoche levantó la mirada de la partida de mahjong que estaba jugando en su dispositivo portátil, echó un trago de un odre pequeño, irguió la espalda y se dispuso a emprender la marcha. Los invitados montaron en el vehículo y pronunciaron unas palabras formales de despedida.

Regresé a la casita de té. En torno a la quemadura del sol de última hora de la tarde el cielo era del mismo color que las pequeñas campánulas que crecían junto a la casa.

El aire estaba en calma y las briznas de hierba se volvían hacia la noche.

Fregué y guardé cuidadosamente tazas, teteras y demás utensilios, y después ayudé a mi padre a limpiar la cabaña. Cuando por fin empecé a vaciar los faroles, noté las extremidades pesadas. Las luciérnagas desaparecieron hacia los arbustos, donde vi revolotear entre las hojas su resplandor. Mi padre salió de la casita de té con su atuendo de maestro y la capucha en la mano. La luz líquida del cielo nocturno le trazaba líneas sobre la cara.

—Creo que has aprendido lo suficiente para que te conviertas en maestra del té en la próxima Fiesta de la Luna.

Eso fue todo lo que dijo antes de echar a andar hacia la casa, y aunque me sorprendieron sus palabras, el silencio que las siguió me inquietó más que cualquier cosa que hubiera podido decir.

Llevé los faroles vacíos de regreso a la casita de té, los envolví en tela uno por uno y los metí en el cofre de madera en el que se guardaban. Trasvasé las luciérnagas del último a un farol sin decoración que tenía como luz nocturna.

Paseé por los alrededores de la cabaña, entre los árboles y por la hierba durante un buen rato. El rocío nocturno me alivió el escozor de las picaduras de insectos en los tobillos. No vi la figura oscura y angosta bajo los pinos, cruzando el jardín de piedras ni sentada en la galería de la casita de té, pero no supe si fue así únicamente porque no miraba donde debía.

4

Me tumbé en la cama y escuché el lento crepitar de las luciérnagas que de tanto en tanto chocaban contra los laterales de vidrio del farol. No había necesidad de farol en realidad, porque el sol seguía siendo una esfera entre dorada y naranja en el horizonte, con la pesadez de última hora de la tarde. El cielo en torno era translúcido, y a través de la rejilla mosquitera de la ventana entraba algo de luz en mi cuarto. Al otro extremo de la casa se oían las voces quedas de mis padres, las palabras que ocultaban, asordinadas y oscurecidas por la distancia. Les había oído hablar así prácticamente todas las noches desde la visita del mayor Bolin y el comandante Taro, y luego mi madre se quedaba levantada hasta mucho más tarde de lo habitual. Procuraba ser sigilosa, pero oía sus movimientos cuando merodeaba entre su estudio y la cocina, y veía la luz difusa de su farol por la ranura bajo mi puerta al pasar de aquí para allá.

Tenía entre las manos uno de los viejos libros que quedaban en la casa, el relato de un viaje a través del invierno. Me lo sabía de memoria, y las palabras discurrían huidizas por las páginas ante mis ojos, zafándose de mis pensamientos. No estaba pensando en la historia. Pensaba en el mundo en que había sido escrita.

A menudo intentaba imaginar cómo habrían sido los inviernos en el mundo pretérito.

Sabía lo que era la oscuridad: todos los otoños en torno a la Fiesta de la Luna, la noche se cruzaba con el día para cambiarse de lugar y el año viraba hacia el invierno. Durante los seis meses de crepúsculo, ardían grandes faroles de luciérnagas en todas las habitaciones de la casa a todas horas, y además se encendían lámparas solares en la negrura retinta de la noche. Desde lo alto de la colina se alcanzaba a ver el resplandor de las ciudades en los cielos oscuros: la aureola lejana pero nítida de Kuoloyarvi hacia el este, donde estaban las zonas de regadío y el mar, y la chispa casi invisible de Kuusamo, hacia el horizonte del sur, a lo lejos. La tierra perdía su escaso verdor. El jardín aguardaba mudo y pelado el regreso del sol.

Imaginar el frío, por otra parte, era difícil. Estaba acostumbrada a llevar más ropa superpuesta durante la estación oscura y a acarrear turba de la marisma seca para chimeneas y braseros una vez que se agotaba la energía solar, por lo general poco después de las celebraciones del Solsticio de Invierno. Pero incluso entonces la temperatura al aire libre rara vez descendía por debajo de los diez grados, y los días cálidos me paseaba en sandalias, igual que en verano.

Cuando tenía seis años, leí en un libro del mundo pretérito acerca de la nieve y el hielo, y le pregunté a mi madre qué eran. Cogió uno de sus gruesos volúmenes de aspecto serio de un estante que quedaba muy alto para mí en aquel entonces, me enseñó las fotos —formas torneadas y elegantes, blancas y relucientes en extraños paisajes, luminosas cual luz cristalizada— y me explicó que era agua que había adoptado una forma diferente a bajas temperaturas, en circunstancias que en nuestro mundo solo se podían reproducir de manera artificial, pero que antaño habían sido una parte natural de las estaciones y la vida de la gente.

—¿Qué ocurrió? —pregunté—. ¿Por qué ya no hay nieve ni hielo?

Mi madre me miró y al mismo tiempo me atravesó con la mirada, como si intentara remontarse a través de pensamientos, palabras y siglos, hasta inviernos desaparecidos mucho tiempo atrás.

—El mundo cambió —dijo—. La mayoría de la gente cree que cambió por voluntad propia, sencillamente reclamó lo que era suyo. Pero durante el Siglo Crepuscular se perdieron muchos conocimientos, y hay quienes creen que el hombre cambió el mundo, sin querer o adrede.

—¿Qué crees tú? —pregunté.

Guardó silencio un buen rato y luego dijo:

—Creo que el mundo no sería lo que es hoy de no ser por el hombre.

Tal como la imaginaba, la nieve resplandecía blanca y tenue, como si miles de millones de luciérnagas hubieran dejado caer sus alas, cubriendo con ellas el suelo. La oscuridad se tornaba más transparente y resultaba más fácil de sobrellevar cuando pensaba en ella en contraste con aquel brillo trémulo de un blanco plateado, y sentía nostalgia de aquel mundo pasado que no conocí. Imaginaba fuegos acuáticos destellando en el cielo sobre la nieve radiante, y a veces en mis sueños los inviernos perdidos eran más luminosos que el verano.

Una vez hice un experimento. Llené un cubo de agua y vacié dentro todo el hielo que encontré en la nevera, luego lo llevé a hurtadillas a mi cuarto y cerré la puerta. Sumergí la mano en el rebozo helado del agua, cerré los ojos e invoqué la sensación de los inviernos del mundo pretérito sobre los que tanto había leído. Evoqué las blancas cortinas de nieve que caían del cielo y cubrían los senderos que conocían mis pies, cubriendo la casa que albergaba la memoria del frío en sus paredes y cimientos. Imaginé la nevada revistiendo las colinas, transformando sus superficies rocosas en paisajes tan tersos como el sueño e igualmente dispuestos a engullirte. Evoqué la corteza de hielo cristalina que aislaba el jardín, inmovilizaba el verdor de las briznas de hierba y petrificaba el agua en cubos y tuberías. Imaginé el sonido que harían las ramas heladas de los árboles, o los pellejos rígidos colgados de los ganchos, cuando el viento los hiciera entrechocar.

Pensé en el agua, infinitamente mudable, y pensé en el momento en suspenso, el momento detenido en un cristal de nieve o una astilla de hielo. Quietud, silencio. Y un final, o tal vez un principio.

El filo romo y pesado del hielo medio fundido se me clavó en los huesos. Abrí los ojos. El día al otro lado de la ventana ardía con una llama alta y resplandeciente, tornando lentamente la tierra en polvo y ceniza. Saqué la mano del agua. Tenía la piel roja y entumecida, y los dedos me dolían, pero el resto de mi cuerpo seguía caliente y no me sentía más cerca de los inviernos del mundo pretérito. No era capaz de imaginar un frío tan penetrante, un frío que lo abarcara todo. Sin embargo, una vez existió; tal vez aún existía en alguna parte. Mi madre me había contado que en mitad del océano del Norte, donde el día duraba seis meses y la noche dominaba la otra mitad del año, donde tuvieron lugar las batallas más sangrien-

coincidieran con la utilidad original de los objetos, pero aun así tenía curiosidad por ver lo que había descubierto. Cogí el bolígrafo del dispositivo del soporte en la pared, escribí «Antes de mediodía» en la pantalla y envié mi respuesta.

Ahora estaba más cerca de las voces de mis padres, que resonaban detrás de la ranura de la puerta de la cocina. Flotaba en el aire un tenue aroma a estofado de algas. Cuando me daba la vuelta para regresar a mi cuarto, oí que mi madre decía:

—¿Y si se lo dijeras ahora que aún no es demasiado tarde?

No alcancé a entender lo que murmuró mi padre como respuesta.

—Se encargaría de que nos dejaran en paz —continuó mi madre—. Si los militares se enteran... —Bajó la voz y el final de la frase se fue apagando.

Oí que mi padre caminaba de aquí para allá por la cocina. Cuando contestó, lo hizo con voz tensa y resuelta.

—Solo confío en Bolin en la medida en que se puede confiar en un soldado.

No me extrañó. Mi padre estaba convencido de que la mayoría de los oficiales del ejército eran ladrones, y yo no creía que se equivocara. Sin embargo, la respuesta de mi madre sí me sorprendió.

—Una vez confiaste más en él —dijo.

Mi padre guardó silencio un momento antes de contestar.

—De eso hace mucho tiempo.

Solo dispuse de un instante para preguntarme por el sentido de esas palabras antes de que mi madre dijera algo en voz baja, y entonces atiné a oír mi propio nombre.

—Es en ella en quien pienso —replicó mi padre—.

¿Preferirías que se convirtiera en uno de esos maestros del té de las ciudades? No son más que unos traidores, vasallos de los militares. Además, muchos siguen creyendo que va en contra de las enseñanzas dejar que las mujeres hagan de maestros del té. Su sitio es este.

—Podría aprender otra profesión —observó mi madre.

«Y yo, ¿qué? ¿Nadie va a preguntarme qué quiero?»

—¿Sugieres que trunque nuestra dinastía familiar de maestros del té? —La incredulidad insufló un matiz mordaz a la voz de mi padre.

No discerní la respuesta de mi madre, pero adoptó un tono más áspero.

—En realidad no se trata de Noria, ni del manantial. —Ahora mi padre parecía furioso—. Se trata de tu investigación. Necesitas financiación.

Di un lento paso hacia la cocina, con cuidado de no hacer el menor ruido. El asunto se estaba poniendo interesante.

—No estoy de su parte, pero tal vez me convenga que crean que lo estoy —dijo mi madre—. Los recursos acuíferos de las Tierras Perdidas no se han investigado debidamente desde el desastre. Si este proyecto tuviera éxito... —Las palabras volvieron a perder nitidez al bajar mi madre la voz, y solo alcancé a oír el final de la frase—: ¿... menos importante que tus antiquísimas creencias y tus vanas costumbres?

Mi respiración resonó tan fuerte en mis oídos que temí que la oyeran. Procuré espirar poco a poco y en silencio.

—Es posible que a ti te parezcan vanas, porque no eres una maestra del té —repuso mi padre con voz queda, y cada una de sus palabras dejaron su peso en el aire—. Aun así, algunas cosas corren tan profundas que no podemos detener su avance. Creer que la tierra y el agua pueden poseerse no es más que ignorancia. El agua no pertenece a nadie. Los militares no deben hacerla suya, y por tanto hay que guardar el secreto.

El silencio se propagó por la quietud del aire en penumbra entre ellos y yo, del otro lado de la puerta. Cuando mi madre volvió a hablar, no había la menor fisura en su voz cristalina:

—Si el agua no es propiedad de nadie, ¿qué derecho tienes tú a quedarte el agua oculta exclusivamente para ti, mientras familias enteras del pueblo se arriesgan a construir conducciones de agua ilegales para sobrevivir? ¿Qué te diferencia de los oficiales del Nuevo Qian, si haces lo mismo que ellos?

Mi padre no dijo nada. Oí los pasos de mi madre y me volví enseguida hacia el dispositivo de mensajes cuando salía de la cocina. Al verme, se detuvo en seco.

—Estaba leyendo mi mensaje y unas noticias —dije. Sin volver la vista me di la vuelta, crucé la casa hasta mi cuarto y cerré la puerta.

Fuera, el sol rozaba el horizonte entre jirones dorados en el cielo azul ahumado. Apenas había llegado a la cama cuando crujieron las tablas del suelo en el pasillo y llamaron a la puerta. Mi madre asomó la cabeza con expresión interrogante. Asentí y entró en la habitación.

—No es necesario que finjas que no nos has oído, Noria —dijo, y suspiró—. Igual es una conversación que deberíamos haber tenido contigo antes. A veces no lo sé.

—Parecía cansada—. Ya sabes de lo que hablábamos, ¿no? —Sacó un taburete de madera de debajo de mi mesa y se sentó.

—Sobre el manantial oculto —dije.

Asintió.

—Los tiempos están empeorando —dijo—. Pero pase lo que pase, sea cual sea la decisión que tome con tu padre, debes tener presente que lo hacemos por tu bien.

No la miraba. Fingía buscar un párrafo que había estado leyendo en el libro. Notaba las páginas rígidas y reacias.

—¿Qué te parecería vivir en una de las ciudades? —preguntó mi madre—. ¿En un lugar como New Piterburg o Mos Qua, o incluso en un sitio lejano como Xinjing?

Pensé en las dos únicas ciudades que había visto: Kuoloyarvi en el este y Kuusamo en el sur. Recordé mi emoción inicial al ver calles abarrotadas, grandes edificios abovedados y cubiertos con paneles solares y azoteas enteras convertidas en gigantescos faroles de luciérnagas con paredes de cristal transparentes y vegetación en el interior. Me fascinaron los puestos del mercado qianés en las estrechas callejuelas en los que vendían alimentos y bebidas extraños, sus olores intensos, especiados y a veces desagradables, perceptibles a varias manzanas de distancia. Deambulé con mi madre por los barrios daneses de Kuusamo, comprando bolsitas de golosinas de colores para llevármelas a casa, y el día que hice los Exámenes de Ingreso mi padre me invitó a comer en un restaurante caro con una selección de aguas importadas del mundo entero.

La emoción volvió a llamear en mi interior, pero entonces recordé los altos muros y los puntos de control que dividían las calles, los soldados omnipresentes y los toques de queda. Recordé el agotamiento que me sobrevino después de solo un par de días, la necesidad acuciante de alejarme del gentío, la añoranza del espacio, el silencio y el vacío. Me imaginé encantada de visitar ciudades y me imaginé asqueada de vivir en una de ellas.

—No sé —dije.

Mi madre me miraba fijamente.

—¿Y qué te parecería no llegar a ser maestra del té? —preguntó—. Podrías estudiar idiomas, o matemáticas, o ayudarme en mi investigación.

Lo pensé, pero no mucho, y respondí con sinceridad.

—Conozco la ceremonia del té; la he estudiado toda mi vida. No sabría ser otra cosa.

Mi madre guardó silencio, y vi que los pensamientos se le habían desbocado; se le daba mucho peor que a mi padre disimular sus sentimientos. Al cabo, rompí el silencio.

—¿Esa casa del pueblo, la que tiene la señal del delito contra el agua en la puerta?

—¿El círculo azul? —Se removió algo en su interior. Me llevó un momento darme cuenta de que era miedo—. ¿Qué quieres saber?

—¿Qué les ocurrió a los que vivían allí?

Mi madre me miró. Vi que buscaba las palabras.

—Nadie lo sabe. —Se acercó y me apretó la mano—. Querida Noria —dijo, e hizo una pausa, como si cambiara de parecer y callara lo que quería decirme—. Ojalá te hubiéramos dejado un mundo distinto. —Me acarició el pelo—. Ahora intenta dormir. Ya llegará la hora de tomar decisiones.

—Buenas noches —dije.

Sonrió. Fue una sonrisa fugaz, en absoluto feliz.

—Buenas noches, Noria —respondió, y se fue.

Nada más marcharse, me levanté, me puse de rodillas delante del armario de los libros y cogí una caja de la repisa inferior. A través de la fina capa de barniz percibí las hebras de la madera contra la yema de los dedos. Giré la llave en la cerradura y levanté la tapa.

En el interior había una colección aleatoria de objetos del mundo pretérito exhumados del cementerio del plástico. Un puñado de piedras multicolores lisas y tersas y, encima, una llavecita de metal retorcida a la que casi no le quedaban dientes. Debajo había tres rectángulos de plástico parcialmente translúcidos con los extremos un poco redondeados y dos orificios en forma de rueda en el centro. En todos se veían las mismas tres letras: TDK. En el interior de los rectángulos había una maraña de cinta fina y oscura que estaba rota. Siempre me había gustado el tacto de la cinta TDK: era liviana y tersa como un mechón de pelo, como el aire, como el agua. No tenía idea de lo que quería hacer Sanja con las TDK. Ninguna de las dos alcanzábamos a imaginar para qué las habían utilizado en el mundo pretérito, y si las había conservado era porque me gustaba acariciar la cinta de vez en cuando.

En el fondo de la caja brillaba un fino disco plateado que me traje a casa porque me pareció bonito. Lo cogí para contemplarlo una vez más. La cara brillante estaba ligeramente arañada, pero seguía tan luminosa como para ver mi propio reflejo. Cuando la alcanzó la luz del farol de luciérnagas, reflejó todos los colores del arco iris. En el lado mate había restos del texto que antaño lo cubría, y aún quedaban algunas letras: COM CT DISC.

Volví a dejar el disco y las TDK en la caja, la cerré y la metí en mi bolsa de algas, que colgaba del gancho en la pared junto al armario, lista para la mañana siguiente.

Cuando cerré los ojos, vi la distancia que separaba nuestra casa del pueblo y de otra casa, más deteriorada por las inclemencias del tiempo que la nuestra. En la puerta un círculo azul contemplaba fijamente la noche, su contorno tan afilado que hacía daño. La distancia no era mucha, y si lo miraba el tiempo suficiente, menguaría aún más, a tal punto que podría tocar la puerta de la otra casa, escuchar los movimientos tras ella.

O el silencio.

Sofoqué la imagen y la ahuyenté de mis pensamientos, a sabiendas de que no desaparecería.

5

Crucé la cancela abierta de la casa de Sanja y detuve el heliociclo junto a la cerca. Kira, la madre de Sanja, estaba junto a un arriate de girasoles altos, cortando la pesada cabezuela de una flor de grueso tallo. A sus pies había una cesta grande en la que ya había dejado varias cabezuelas, maduras con sus semillas rechonchas. Minja, la hermana de Sanja, estaba sentada en el suelo arenoso, intentando poner en equilibrio sobre tres bloques de madera apilados una piedra plana. La capucha antiinsectos que había heredado de Sanja le bailaba en la cabeza, demasiado grande, y la piedra se le caía entre los dedos una y otra vez.

—¡Noria! —exclamó Minja cuando me vio—. ¡Mira! —La piedra plana permaneció olvidada en su mano un momento mientras señalaba su obra con la otra mano—. Un pozo.

—Qué bonito —dije, aunque el ensamblaje no se parecía a ningún pozo que yo hubiera visto.

Kira se volvió. La delantera de su vestido de color polvo estaba salpicada del amarillo de los pétalos de girasol resecos. Se le veía el rostro cansado y pálido, enmarcado en el pelo moreno que se intuía sucio bajo la capucha, y la ropa le quedaba holgada sobre la delgadez de su cuerpo, pero sonreía. En ese momento se parecía mucho a Sanja.

—Hola, Noria —dijo—. Sanja lleva esperándote toda la mañana.

—Mi madre ha hecho un montón de pasteles de amaranto —dije, y saqué una caja de algas de la bolsa. La noté pesada en la mano—. Me ha dado esto para usted. No hay prisa para devolver la caja.

Vi la rigidez pasajera del semblante de Kira antes de que reapareciera su sonrisa.

—Gracias —dijo, y aceptó la caja—. Dale recuerdos a tu madre. Me temo que no tengo nada para regalarle. —Dejó la cabezuela recién cortada encima del montón en la cesta. El opulento aroma verde oscuro de los tallos me llegó en una vaharada.

—No importa.

—Es hora de bañarte con la esponja, Minjuska —dijo—. Si te portas bien, podrás jugar con el barco pirata.

Minja lanzó un gritito, se puso en pie y dejó caer la piedra plana encima de su obra. Los bloques cayeron al suelo, levantando una nubecilla de polvo en torno. Kira echó a andar hacia la casa con la caja de pasteles en una mano y la manita de Minja en la otra.

—Hasta luego, Noria —dijo.

Me despedí de Minja con la mano, pero ella solo estaba interesada en la promesa del barco pirata.

Rodeé la casa hasta la parte trasera. A través de las paredes de malla del taller vi a Sanja sentada en un taburete ante la mesa y hurgando en algo. Cuando llamé a uno de los postes que sostenían el techo, levantó la vista y saludó con la mano. Entré, cerré la puerta y me quité la capucha.

El aparato en la mesa delante de Sanja era el mismo que había encontrado en el cementerio del plástico unas semanas atrás. Reconocí su forma angular, la hendidura engastada en el panel anterior, las extrañas combinaciones numéricas y otra cavidad en la parte de arriba. Dos cables de energía conectaban el aparato al generador solar en el ángulo de la mesa.

—¿Las has traído? —preguntó.

Se había retirado el pelo de la cara con un pañuelo viejo y ardían en sus mejillas dos manchas rojas. Supuse que debía de haberse despertado temprano de pura emoción y había pasado la mañana mariposeando inquieta por el taller. Dejé la bolsa en la mesa y saqué la caja, de la que extraje las TDK.

—No entiendo para qué las quieres —dije.

Sanja desapareció bajo la mesa para revolver algo. Poco después volvió a salir con un rectángulo de plástico negro. Recordé haberlo visto unas semanas antes cuando vine a que reparase los pellejos. Al coger una TDK de la mesa, caí en la cuenta de lo mucho que se parecían los objetos. La mayor diferencia era el tamaño.

—He estado intentando averiguar para qué demonios se utilizaba esto —dijo—. Sabía que tenía que ser para escuchar algo, porque tiene altavoces, igual que un dispositivo de mensajes; el tamaño es distinto y es mucho más antiguo, claro, pero el principio básico es el mismo. Mientras diseñaba una tapa nueva para esa abertura rectangular de ahí delante, vi que dentro hay dos ejes, y uno giraba. Esos bloques de plástico —señaló el rectángulo de mayor tamaño— estaban al lado, y a fuerza de mirarlos, se me ocurrió que si la cavidad estaba hecha para un dispositivo como ese, de modo que los ejes encajasen en las ruedas dentadas del centro y tal, si fuera del tamaño adecuado... pero no era del tamaño adecuado. —Dio unos golpecitos con el dedo en el bloque de plástico con las letras VHS—. Es como si estos los hubieran fabricado para un aparato similar pero más grande. Qué mala suerte: el aparato adecuado y el recambio correcto, pero a una escala inadecuada. Luego recordé que sueles guardar toda clase de objetos raros, ¡y caí en la cuenta de que tenías las TDK!

Empecé a entender adónde quería llegar. Alisó todo lo que pudo una cinta TDK arrugada, anudó los extremos y volvió a enrollar la cinta dentro de la carcasa de plástico hasta que ya no colgaba.

Luego introdujo la TDK en la cavidad del aparato con altavoces.

—No entra —dije decepcionada, pero Sanja volvió la TDK del revés y entonces sí encajó con un chasquido.

—¡Ja! —exclamó, y yo también noté que afloraba una sonrisa a mis labios.

Sanja cerró la tapa y pulsó el interruptor del generador solar. Una lucecita verde que me recordó a las luciérnagas se encendió en el panel superior del aparato, junto a las combinaciones numéricas.

—Ahora solo tenemos que averiguar para qué sirven estos interruptores —dijo, y apretó un botón con el dibujo de un cuadrado. Se abrió la tapa del panel frontal. No pasó nada más. Sanja cerró la tapa de nuevo y probó un botón con dos flechitas. La máquina empezó a emitir un susurro. Sanja acercó la cara a la cavidad rectangular y entornó los ojos mirándola fijamente, alerta.

—¡Está girando! —dijo—. ¡Mira!

Tenía razón: el aparato hacía girar la cinta en el interior de la TDK de plástico tan deprisa que casi no se veía en qué dirección daba vueltas. Poco después emitió un chasquido y se tensó sin seguir avanzando, antes de chasquear de nuevo y quedar en silencio.

—¿Se ha roto? —pregunté con cautela.

Sanja frunció el ceño.

—No creo. Igual es que no queda más cinta. —Pulsó otra tecla con una sola flecha. El aparato empezó a emitir un leve zumbido y los altavoces emitieron un crujido. Sanja dio un brinco y se volvió para mirarme.

—¡Escucha! —dijo.

Los altavoces crepitaron, lanzaron un murmullo y luego siguieron murmurando.

Y murmuraron un poco más.

A Sanja se le descascarilló la sonrisa igual que pintura desconchada al sol mientras el tiempo se prolongaba entre nosotras, y el murmullo se remontaba a otra era y otro mundo cuyos secretos no estaba dispuesto a revelar. Al final, volvió a pulsar el botón con el cuadrado y la cinta se detuvo. Abrió la tapa, sacó la TDK y la sustituyó por otra después de anudar los extremos rotos de la cinta.

De nuevo los altavoces no emitieron más que un gorjeo chirriante.

Probó las tres TDK varias veces, haciendo girar las cintas de aquí para allá y volviéndolas de un lado y de otro, pero lo único que alcanzamos a oír fueron espectros de sonidos hundidos en el tiempo y la distancia, un silencio casi total que era más decepcionante que la ausencia de sonido. Si las cintas albergaron alguna vez algo comprensible, la tierra, el aire, la lluvia y el sol habían desgastado los ecos del mundo pretérito mucho tiempo atrás.

Sanja miró fijamente el aparato y empezó a dar vueltas a una TDK entre las manos.

—Estoy segura de que voy bien encaminada —dijo—. Esta pieza encaja en el aparato y traslada los sonidos que contiene a los altavoces. El dispositivo y las TDK debían utilizarse exactamente así. Si encontráramos una TDK en la que aún hubiera sonido...

Sanja tamborileaba con los dedos sobre la superficie de plástico de la TDK. Oí los chillidos de Minja en el interior de la casa, y la tenue voz de Kira, que tranquilizaba a su hija. Seguí con la mirada una arañita negra que tendía una tela en el ángulo encima del generador solar.

—Quizá... quizás haya más por alguna parte en el cementerio del plástico, ¿no? —sugerí—. O igual no las hicieron para perdurar. La tecnología del mundo pretérito era frágil.

A Sanja le cambió el semblante, como si el perfil de su cara hubiera quedado mejor enfocado. Levantó la tapa cuadrada del panel superior del aparato y palpó la hendidura torneada que había debajo con los dedos. Luego miró mi caja de madera abierta encima de la mesa de trabajo. Fijó los ojos en el disco plateado con un agujero en el centro. El disco parecía tener exactamente el tamaño adecuado para la hendidura redondeada del dispositivo de escucha. Sanja me miró y vi mis pensamientos reflejados en su cara.

—¿Puedo? —preguntó.

Asentí.

Sacó el disco de la caja y lo introdujo en la hendidura. Parecía hecho a propósito para el aparato. La protuberancia redonda en medio de la cavidad encajaba a la perfección en el agujero en el centro del disco. Introdujo el disco, que quedó ajustado con un leve chasquido. Cerró la tapa y pulsó el botón de la flecha. Vimos a través del recuadro de plástico que el disco empezaba a girar.

Esperamos.

Los altavoces no emitieron ningún sonido.

Vi la expresión de Sanja y yo también sentí la decepción. Entonces alargó la mano para enredar con los interruptores del panel superior. El primero que tocó hizo que la luz de luciérnaga se apagase y el disco rotara más lento, así que volvió a ponerlo en la posición inicial. Otro vez no dio ningún resultado. Cuando movió el tercero, los altavoces emitieron un chisporroteo tan intenso que las dos dimos un respingo. Fue seguido de un largo silencio, y luego una voz de hombre dijo con toda claridad en nuestro idioma:

«Este es el diario de la expedición Jansson, cuarto día. Sur de Trøndelag, cerca de la zona anteriormente conocida como la ciudad de Trondheim.»

Mientras la voz dejaba constancia del día, el mes y el año, Sanja lanzó un grito y yo reí. La voz continuó:

«Hemos empezado el día midiendo los niveles de microbios de las aguas del Dovrefjell. Los resultados aún no son concluyentes, pero parece que no hay discrepancia con los resultados de Jotunheimen. Si resulta ser así, nuestros cálculos sobre la recuperación biológica espontánea y el proceso de reconstrucción que está teniendo lugar en el área han estado muy por debajo de la realidad. Mañana vamos a sembrar bacterias purificadoras en las aguas y luego seguiremos hacia el norte de Trøndelag...»

El día se convirtió en un caparazón denso y ardiente que rodeó el taller, los tábanos trepaban por las paredes de malla antiinsectos, y nosotras escuchamos la voz del mundo pretérito. A veces se desvanecía casi por completo, saltaba un poco o se atascaba, hasta que el sonido volvía a encontrar su flujo. Sanja no lo detuvo ni intentó saltarse las partes aburridas. Había aguardado en el disco durante generaciones. Era parte de una historia que casi se había perdido en el tiempo en el cementerio del plástico. No hablamos, y no sé en qué estaba pensando Sanja, pero yo pensé en el silencio, los años y el agua que corrían incesantemente, arrastrándolo todo a su paso. Pensé en la inexplicable cadena de acontecimientos que habían hecho llegar esa voz de un paisaje extraño y un mundo perdido a esta mañana seca, a nuestros oídos, que entendían sus palabras aunque no comprendieran gran cosa.

La voz hablaba de la exploración de las aguas, mediciones de microbios, crecimiento bacterial, formaciones terrestres. De tanto en tanto había una interrupción prolongada del discurso, y empezamos a discernir partes independientes. Al principio de cada una la voz anunciaba una nueva fecha: la grabación pasaba del cuarto día al quinto y así sucesivamente. Tras el noveno día la voz cesó por completo. Esperamos la continuación, pero no llegó. Transcurrieron varios minutos. Nos miramos.

—Qué pena que no haya más —dijo Sanja—. Y qué pena que no fuera más interesante.

—Seguro que mi madre no piensa lo mismo —respondí—. La vuelven loca las cuestiones científic...

Los altavoces lanzaron un estruendo. Nos quedamos rígidas, a la escucha. Ahora hablaba una voz de mujer.

«Los otros no creen que deba hacerlo —decía—. Pero no tienen por qué enterarse. —La mujer hacía una pausa y carraspeaba—. Querido oyente —continuaba—, si eres militar, puedes tener la seguridad de que hice todo lo que estaba en mi mano para destruir estas grabaciones en vez de permitir que llegaran a tus manos. El que las estés oyendo probablemente quiere decir que fracasé de plano. —La voz se tomaba un momento para pensar—. Pero eso no ocurrirá hasta más adelante. Ahora mismo tengo que contar una historia y no va a hacerte ninguna gracia. Sé lo que habéis hecho. Sé lo que habéis hecho. Y si tengo oportunidad de decir algo al respecto, el mundo entero sabrá lo que ocurrió en realidad, porque...»

Se interrumpió de súbito. El disco seguía girando, pero la voz había desaparecido irrevocablemente. La grabación había terminado.

Sanja y yo nos miramos.

—¿Qué era eso? —pregunté.

Sanja intentó desplazar la grabación adelante y atrás, incluso probó con la otra cara del disco, pero quedó claro que habíamos oído todo lo que cabía oír.

—¿Qué año mencionó el hombre al principio? —pregunté.

Ninguna de las dos habíamos prestado atención al año. Sanja puso el disco desde el comienzo otra vez. Mientras escuchábamos, percibí en su rostro que había entendido lo mismo que yo. Sin darle más vueltas, habíamos imaginado que el disco era del mundo pretérito.

Nos habíamos equivocado.

—Es del Siglo Crepuscular —dije.

—No puede ser real —comentó Sanja, pero no parecía muy convencida—. No es más que una historia, como esos libros tuyos, o las historias de suspense que venden para escuchar en el dispositivo de mensajes, por capítulos.

—Entonces, ¿por qué iba a tener toda una hora de información científica aburrida, con el trozo interesante al final?

Sanja se encogió de hombros.

—Igual es que estaba mal escrita. Las historias para el dispositivo no siempre son muy buenas. Mi padre tiene unas cuantas.

—No sé. —Intentaba recordar en qué lugar del cementerio del plástico había encontrado el disco.

Sanja lo sacó del aparato con gesto decidido, lo dejó en la caja y cerró la tapa de golpe.

—Sea como sea, da igual —dijo—. Nunca llegaremos a saber qué iba a decir esa mujer. Al menos hemos conseguido que funcione el aparato.

Pero yo pensaba en inviernos desconocidos y relatos perdidos, pensaba en el idioma familiar y las palabras extrañas que habían quedado ardiendo a fuego lento en mi cabeza. Pensaba en la lluvia y el sol cayendo sobre el cementerio del plástico y royéndolo todo poco a poco. Y en lo que aún podía quedar.

Estaba casi segura de que recordaba dónde había hallado el disco.

—Podemos buscar más discos donde encontramos este —sugerí. Me estaba entusiasmando con la idea—. Podríamos intentar completar la historia. Aunque solo sea una historia, ¿no quieres saber cómo termina?

—Noria...

—Mañana podemos ir a pasar todo el día, llevarnos la comida y...

—Noria —me interrumpió—. Igual tú no tienes nada mejor que hacer que servir té y hurgar en el cementerio —dijo—. Pero yo sí.

En algún sitio de la casa Minja había empezado a llorar.

La distancia aumentó entre nosotras inesperadamente. Nos conocíamos desde que aprendíamos a caminar en la plaza del pueblo, cogidas de la mano de nuestra madre mientras dábamos nuestros primeros pasos vacilantes. Si alguien me lo hubiera preguntado, le habría dicho que Sanja era la persona con quien tenía más intimidad, salvo por mis padres. Y aun así a veces se retiraba a su concha, se apartaba, se situaba fuera de mi alcance, igual que un reflejo o un eco: un mero vestigio de lo que era un momento antes, ausente ya, más allá de palabras y roces. No entendía esos momentos, pero no podía negarlos.

Ahora estaba lejos de mí, lejos como las aguas ocultas, lejos como los inviernos extraños.

—Tengo que irme —dije.

Metí la caja de madera en la bolsa. La sensación de que habíamos encontrado un pasaje secreto a través del tiempo y el espacio hasta un mundo desconocido se había esfumado. El día la había reducido a cenizas.

Me calé la capucha y salí al calor abrasador.

De regreso a casa, la correa de la bolsa se me hincaba en el hombro, y estaba cansada. El sudor me resbalaba por el cuello y la espalda, y tenía el pelo pegado a la piel bajo la capucha. Las palabras grabadas en el disco me inquietaban. «La expedición Jansson.» Sonaba como algo salido de los viejos libros de mi madre. Y la mujer de allende todo ese tiempo —inesperada, escondida en el diario de viaje— había considerado que su historia era tan importante que la había dictado en secreto y había estado dispuesta a destruir la grabación entera antes que dejar que cayera en manos de los militares.

Quería averiguar qué había sido tan importante para ella.

A lo lejos vi unos vehículos de transporte desconocidos delante de casa. Me pregunté si habrían llegado invitados a la casita de té sin aviso previo; ojalá no fuera el caso. Mi padre detestaba las visitas que no había tenido ocasión de preparar con calma, y luego se pasaba días de mal humor.

Desvié el heliociclo del camino hacia el bosque y procuré atisbar el jardín entre los troncos.

El aliento se me atascó entre la garganta y el pecho cuando vi el azul de los uniformes militares. No había solo uno o dos, sino muchos.

Había un heliocoche conocido justo delante de la cancela bajo el entoldado de algas. Cuando llegué al jardín, vi aproximadamente diez soldados que trasladaban maquinaria de aspecto complejo de aquí para allá. Algunos instrumentos me recordaron fotos que había visto en los libros de mi madre. Habían levantado una verja provisional en torno a la casita de té, y delante de la misma montaba guardia un soldado con el sable al cinto. Mis padres estaban en la galería y un soldado alto con uniforme de oficial hablaba con ellos de espaldas a mí. Cuando oyó mis pasos, se volvió y reconocí la cara detrás de la capucha antiinsectos.

—Buenas tardes, señorita Kaitio. Es un placer volver a verla —dijo el comandante Taro, y se quedó esperando mi reverencia.

6

Lo denominaban investigación de rutina, pero sabíamos que no tenía nada de rutinario. Las investigaciones de rutina las llevaban a cabo una pareja de soldados y duraban unas horas a lo sumo. En cambio, un oficial de alto rango permaneció en nuestros terrenos casi dos semanas con seis soldados, dos de los cuales se turnaban para montar guardia ante la casita de té mientras cuatro registraban la casa y sus alrededores. Seguían rutas lentas y bien planificadas de un extremo a otro del jardín, de aquí para allá, examinando hasta el último centímetro. Llevaban en la mano pantallas planas de visualización. Los patrones multicolores que tomaban forma en ellas se parecían levemente a mapas, con sus bordes mellados y sus perfiles solapados y diversos.

Por los libros de mi madre, tenía una vaga idea del funcionamiento de las máquinas. Enviaban ondas de radio a la tierra que eran interpretadas por la pantalla, cuyos patrones indicaban la densidad y la humedad del suelo. Los soldados también llevaban diversos dispositivos para perforar y medir. Una de ellos, una mujer que rara vez cambiaba de expresión, caminaba con dos largos alambres metálicos cruzados en las manos. De vez en cuando se detenía con los ojos cerrados y observaba los alambres largo rato, como si esperase algo. Mis padres me dijeron que la casita de té estaba aislada y se estaba llevando a cabo una búsqueda intensiva porque los alambres de la mujer habían señalado con un rápido movimiento un punto en el suelo de la galería.

Mi padre contemplaba con tristeza el montón de tablas que iba creciendo delante de la cabaña mientras los soldados desmontaban el suelo.

—Ya nunca será lo mismo —murmuraba, los labios tensos—. Hoy en día es difícil encontrar madera así, y la pericia para construir una casita de té ya no se puede hallar en ningún viejo pueblo.

Esos días aleteaba entre mis padres un silencio preñado de inquietud, miedo bien oculto y cosas indescriptibles nunca mencionadas. Era como la superficie de un remanso de agua, extrema y forzada: la caída de una sola gota, el movimiento de una sola piedra en el fondo la cambiaría, provocando una onda y luego otra, hasta que el reflejo quedaría deformado, irreconocible por efecto de la inercia del movimiento. Evitábamos hablar de cualquier cosa que no fuera abiertamente cotidiana, porque la presencia de los soldados levantaba entre nosotros muros invisibles que no teníamos el valor de derribar.

Por la noche no me iba a la cama hasta haber comprobado que los soldados no se hubieran llevado los dispositivos de prospección hacia la colina, y por la mañana notaba el corazón denso y pesado cuando despertaba y me venía a la cabeza que tal vez habrían ampliado la búsqueda fuera de la casa y el jardín. Me era imposible desayunar hasta estar segura de que no era así. En sueños veía las aguas ocultas en la piedra, y en mitad de la noche despertaba con la sensación asfixiante en el pecho de que de algún modo, increíblemente, el rumor del manantial llegaba desde la colina hasta la casa. Escuchaba el silencio estático durante largo rato, hasta que el sueño volvía a engullirme.

Al principio pensé que mi madre fingía interés en el equipamiento de los buscadores de agua para mantener las apariencias y disimular su nerviosismo. Conforme pasaban los días, comprendí que tras ese comportamiento había un interés real que le costaba disimular. Se moría de ganas de averiguar más sobre el equipo, de probarlo ella misma, de aprender los mecanismos y sus aplicaciones. Habían transcurrido quince años desde que trabajara como investigadora de campo para la Universidad de New Piterburg, y la tecnología militar era mucho más avanzada que cualquier herramienta a la que tenían acceso los civiles. Caminaba con los soldados, les hacía preguntas sobre sus aparatos y tomaba notas mentales sobre algunas cosas para escribirlas luego en la privacidad de su estudio. Mi padre también se fijó y adoptó una actitud seca y distante hacia ella. Todo lo que callamos esos días se fue tensando a nuestro alrededor como una red que tal vez nos sofocaría y aplastaría si no encontrábamos pronto una manera de zafarnos.

Quería hablar con Sanja. Ojalá no me hubiera marchado de su taller tan de repente. Le había enviado tres mensajes para pedirle que viniera, pero no había recibido contestación. No estaba segura de cómo tomármelo, porque de todos modos Sanja solía no contestar en muchas ocasiones. Mientras mi madre deambulaba observando el equipo de los soldados, y mi padre permanecía junto a la casita de té, esperando por lo visto que su presencia mitigara los daños causados por los militares, yo me llevaba libros a mi cuarto y acampaba con ellos.

La grabación del disco plateado seguía preocupándome. Siempre había tenido una idea relativamente clara de cómo fue el mundo pretérito. Pese a todas mis ensoñaciones con el invierno y mi añoranza de la nieve, nunca había puesto en tela de juicio lo que me enseñaron en la escuela y lo que decían los libros. Había dado por supuesto que lo que se consideraba cierto era cierto, y nada importaba aparte de eso. Pero ¿y si no fuera así? ¿Y si las historias que perduraban no fueran sino fragmentos borrosos y distorsionados de un espejo; o peor aún: ¿y si alguien había hecho añicos deliberadamente el espejo para cambiar el reflejo? «Sé lo que habéis hecho. Y si tengo oportunidad de decir algo al respecto, el mundo entero sabrá lo que ocurrió en realidad», había dicho la voz del disco.

Después de haber desperdigado por el suelo los libros que había cogido, encontré dos mapamundis de grandes dimensiones. Los puse uno al lado del otro para compararlos. Uno mostraba el mundo pretérito de inviernos fríos y ciudades que se alzaban hacia el cielo. El otro mostraba el mundo presente.

Observé los perfiles de los continentes y los océanos, cambiados, apenas reconocibles.

Cuánto había cedido el mundo presente al avance de la sal y el agua.

Miré los lugares que más cerca tenía. El mar Blanco, al este de mi pueblo natal y Kuoloyarvi, no se adentraba tanto en la tierra, no quedaba tan cerca de nosotros como ahora. Los lagos y ríos de la Unión Escandinava se habían unido a extensiones de agua más amplias, y las viejas costas habían desaparecido mucho tiempo atrás.

No acababan ahí las diferencias.

Islas sumergidas, planicies litorales, deltas fluviales impregnados por la sal; y grandes ciudades, ahora espectros mudos de vidas pretéritas bajo la mortaja del mar, por todas partes, por todas partes.

En el viejo mapa los polos Norte y Sur aparecían en blanco. Sabía que eso representaba el hielo que a veces se había denominado hielo eterno, hasta que quedó claro que no era eterno, después de todo. Cerca del final de la era del mundo pretérito la tierra se había calentado y el nivel de los mares había subido mucho más rápido de lo que se podría haber previsto. Las tormentas desgarraron los continentes y la gente huyó de sus casas adonde aún había espacio y tierra seca. Durante las últimas guerras del Petróleo un enorme accidente contaminó la mayor parte de las reservas de agua dulce de las antiguas Noruega y Suecia, dejando esas áreas inhabitables.

El siglo siguiente se conocía como el Siglo Crepuscular, durante el cual en el mundo, o en lo que quedaba de él, se agotó el petróleo y de resultas de ello se fue perdiendo poco a poco la mayor parte de la tecnología del mundo pretérito. Permanecer con vida pasó a ser lo más importante. Todo aquello que no se consideraba necesario para la supervivencia cotidiana fue quedando atrás.

Pensé en las palabras registradas en el disco. La voz de hombre mencionaba Trondheim, Trøndelag y Jotunheimen. Formaban parte de las Tierras Perdidas, como se llamaban las áreas contaminadas de la Unión Escandinava. Si la expedición Jansson era real, ¿qué estaban haciendo en las Tierras Perdidas durante el Siglo Crepuscular?

¿Cómo había sido siquiera posible o seguro que fueran hasta allí? Casi quería creer lo que había dicho Sanja acerca de que la grabación del disco no era más que una historia. A mí me parecía real, pero sabía que era lo que pasaba con las mejores historias: podían tomarse por reales, aunque uno supiera que solo eran imaginarias. Aun así, el disco tenía algo que no acababa de convencerme. La historia carecía de la estructura de una historia concebida, inventada. Tenía la forma de la realidad y la verdad.

Cerré los libros y los apilé encima de la mesa, no sin antes doblar las esquinas de las páginas con los mapas.

Seis días después de la llegada de los soldados, Sanja se presentó inesperadamente a nuestra puerta. Había hecho andando todo el camino desde el pueblo, y llevaba atado a la espalda un fardo de pellejos vacíos. Eran los que había utilizado yo para llevarle agua en pago por las reparaciones que había realizado unas semanas atrás.

—Vamos dentro —la insté.

—Mi padre dijo que estáis sufriendo una invasión local —dijo Sanja cuando entramos en la casa—. ¿A qué demonios viene?

Se retiró la capucha antiinsectos. La ayudé a quitarse los odres y los colgué de un perchero en la pared.

—Supongo que creen que tenemos un pozo oculto bajo el suelo de la casita de té o algo así —respondí con más tranquilidad de la que esperaba.

—Debería haberme dado cuenta de que escondes un oscuro secreto —dijo Sanja, y su expresión se difuminó en una de esas sonrisas torcidas suyas—. ¿Es que no tienen nada mejor que hacer? Igual alguien se mosqueó con tu padre y les dio un chivatazo falso para fastidiarlo.

Sonreí, pero noté el rostro rígido. Me dio la impresión de que no tenía intención de mencionar nuestra riña, y yo tampoco sentí necesidad de hacerlo. Hay desavenencias que se arreglan solas, pensé. No había razón para reabrirla por la fuerza.

—¿Tienes prisa por volver? —pregunté.

Sanja negó con la cabeza.

Preparé té con hielo en la cocina. Los trozos de hielo crujieron en las tazas de loza cuando vertí la infusión amarillo pálido. Nos sentamos a la mesa y saqué unos higos secos de la alacena.

—Ojalá nosotros tuviéramos congelador también —suspiró Sanja, y tomó unos sorbos—. El año pasado intenté reparar uno, pero solo funcionó un par de semanas antes de estropearse del todo. Hubiera tenido que ir a la ciudad para comprar las piezas aunque me gastara el presupuesto de la comida de dos meses.

—¿No te parece raro que siga habiendo tanta tecnología del mundo pretérito en los cementerios del plástico, aparatos de esos que son sencillos de arreglar? —pregunté.

—¿Qué tiene eso de raro?

—En la escuela siempre nos decían que la tecnología del mundo pretérito era frágil y ya no se puede fabricar, y eso es lo único que dicen los libros.

—Y lo era. La mayor parte de lo que hay en los cementerios es porquería.

—¿Qué me dices de los libros?

—¿Qué pasa con los libros?

—¿Cómo es que no se conservaron más libros del mundo pretérito?

Sabía que en casa había más libros que en cualquier otra del pueblo, y mis padres me habían dicho que eran poco comunes incluso en las ciudades. Se imprimían pocos libros debido al precio del papel, y los volúmenes del mundo pretérito eran casi imposibles de encontrar, a menos que uno tuviera acceso a las bibliotecas estatales o los archivos militares. En la escuela solo habíamos usado dispositivos de lectura.

—La mayoría estaban en las grandes ciudades que quedaron sumergidas cuando variaron las orillas de los océanos —dijo Sanja.

—Sí, pero ¿alguna vez has visto un libro de historia escrito antes del Siglo Crepuscular?

—¿Qué sentido tendría un libro de historia en el que no figuraran el Siglo Crepuscular y la era del mundo presente?

—Aun así, no es posible que se perdieran todos bajo el agua, ¿verdad? Cuando quedaron sumergidas las ciudades, ¿por qué no rescataron más libros del mundo pretérito?

—No lo sé. —Sanja abrió las manos—. Igual no tuvieron tiempo. Primero tenían que rescatar a la gente. Igual...

La interrumpió un grito procedente del exterior. Me levanté y fui a la ventana. Vi a uno de los soldados —bajo, con gafas— haciendo gestos a otros dos, que se le acercaron. No oí lo que decían, pero tras cruzar unas palabras, los tres se dirigieron a la casita de té. Desde la ventana de la cocina no se veía la cabaña, y poco después los perdí de vista.

—¿Qué pasa? —preguntó Sanja.

—No lo sé. —No pude por menos de preguntarme si los soldados habrían encontrado algo, pero no había nada que encontrar en la casa, el jardín ni en la casita de té, ¿verdad?

Fue como si me echaran un jarro de agua fría sobre el corazón. Entendí, tal vez por primera vez, lo poco que me habían contado mis padres. ¿Habían encontrado los soldados un mapa que indicara la ubicación del manantial oculto en la cabaña? ¿Había alguna referencia al manantial en el libro del maestro del té del que mi padre solo me había permitido leer algunos fragmentos bajo su vigilancia? ¿O tal vez en alguno de los otros libros, pulcramente guardados bajo llave en una vitrina de cristal en el salón de la casa, en el que maestros del té ya fallecidos describían las ceremonias con meticulosidad? No lo sabía, y mi imaginación entretejió historias apresuradamente, ninguna de las cuales tenía un final feliz.

—No hace falta que vengas si no quieres —le dije a Sanja—. Lo más probable es que no sea nada.

Me siguió de todos modos cuando dejé la taza en la mesa, me puse la capucha y salí. El patio estaba sembrado de hoyos y montones de tierra que sorteamos, pero vi que el jardín de piedras y las plantas de té a su lado seguían intactos salvo por las huellas de botas que cruzaban la arena. Entre la tierra removida noté mis pasos vacilantes y el camino, extraño.

Cuando doblaba la esquina de la casita de té, vi a mis padres al borde de un hoyo de grandes dimensiones abierto en la hierba. Estaban uno junto a otro, y aunque no se miraban ni se tocaban, en ese momento se les veía unidos sin costura alguna, como las columnas de piedra de un edificio antiguo o los troncos entrelazados de dos árboles que vi en el Bosque Muerto años atrás. El comandante Taro estaba plantado al otro lado de la excavación, y los demás soldados se habían reunido en torno al agujero. Me detuve a unos pasos de mis padres. Sanja se paró a mi lado, y aunque no la miré, percibí su cercanía.

El hoyo era profundo y tenía los laterales escarpados, y el sol de media tarde que caía al sesgo no alcanzaba el fondo. Aun así, vi con toda claridad una especie de tabique duro artificial, y más abajo el agua oscura centelleaba como una lágrima en el ojo de la tierra. Intenté interpretar las expresiones de mis padres, y por segunda vez en muy poco tiempo tuve la sensación de que eran unos desconocidos. No sabía todo lo que sabían ellos, y tampoco sabía cuánto me habían contado.

Uno de los soldados extrajo agua del hoyo con una vasija de cristal sujeta a un rodillo metálico. Estaba turbia de barro, pero Taro cogió la vasija, se levantó la capucha, metió los dedos en el agua y se lamió las yemas.

—Por lo visto hay agua potable en sus tierras —dijo mirando a mi padre—. Supongo que no estaban al tanto de su existencia.

—De haberlo sabido, ¿se lo habría ocultado a usted? —respondió mi padre sin apartar la mirada.

—Usted y su familia ya pueden irse, maestro Kaitio —dijo Taro—. Puede estar seguro de que le informaremos de cualquier novedad.

Lentamente, mi padre se volvió para marcharse. Miró a mi madre, y me miró a mí y le cambió el gesto. Se volvió de nuevo hacia Taro y luego se acercó a paso tranquilo al comandante bordeando la excavación. Un par de soldados hicieron ademán de detenerlo, pero Taro les indicó que lo dejaran seguir. Mi padre se detuvo delante del comandante. Quedaron inmóviles en contraste con la tierra, el cielo y los restos destrozados de la cabaña, un oficial alto con uniforme militar azul y un hombre con el pelo ya entrecano y el sencillo atuendo de lino de un maestro del té.

—Cree que todo se puede poseer —dijo mi padre—, que su poder llega a todas partes. Sin embargo, hay cosas que nunca se someterán a cadenas artificiales. Bailaré sobre su tumba algún día, Taro. Aunque mi cuerpo ya no esté, lo hará mi espíritu, libre de la jaula de mis huesos.

Taro volvió la cabeza un poco, pero no apartó la mirada de mi padre.

—Pensándolo mejor —dijo—, ahora que hemos rastreado su finca, ya es hora de que pasemos a la casa. Liuhala, Kanto —llamó a dos soldados—. Acompañad de regreso al maestro Kaitio y su familia e iniciad la búsqueda. Que sea bien rigurosa.

Los soldados fueron hacia mi padre, que no hizo ademán de moverse. Pensé que iba a golpear a Taro, pero al cabo, tras mirarle de hito en hito, se giró y echó a andar hacia la casa sin volver la vista. Los soldados le siguieron de cerca. Mi madre, que había observado la escena en silencio, me cogió del brazo y fue tras él, arrastrándome consigo.

Caminaba a paso lento, y cuando ya no podían oírnos, me susurró:

—No tenemos nada que temer, Noria. He rastreado nuestros terrenos varias veces y sé que aquí no hay ningún manantial. No es más que agua de lluvia en el viejo pozo lleno de hormigón.

—¿Por qué no se lo has dicho? —pregunté.

—Es mejor que lo averigüen ellos mismos. Los abochornará y les hará marcharse. Es posible que incluso alguien se disculpe.

—Taro no, desde luego —dije, y recordé la expresión del comandante, la implacabilidad que traslucía.

—No, él no —convino mi madre.

Cuando entramos en casa, los soldados ya habían empezado a abrir cajones y armarios, sacando utensilios y dejándolos caer. Vi que mi padre se inclinaba hacia el suelo de la cocina. Se sujetaba el pecho con una mano y le costaba respirar.

—¿Estás bien? —preguntó mi madre.

Él no respondió de inmediato. Poco después irguió la espalda, ahuyentó el dolor de su semblante y dijo:

—No es nada. He notado que me faltaba el aliento.

He intentado recordar lo que hizo mi madre, hallar la confirmación en su voz o sus gestos de que no percibió más de lo que dio a entender en aquel momento. Otras veces he intentado rebatir esa noción, buscar algo que me permitiera tener la certeza de que lo percibió y comprendió que mi padre había empezado a despedirse de la vida. No encuentro lo uno ni lo otro, ningún indicio que me confirme una posibilidad o la otra. Hay una distancia entre nosotras que no consigo sortear, la distancia del tiempo, el cambio y los finales irreversibles, el pasado que nunca cambia de forma. Puesto que no puedo cruzar ese barranco, tengo que bordearlo y dejar que forme parte de mi vida, una de esas grietas rebosantes de sombras que no puedo negar y sobre la que nunca consigo arrojar luz.

Mi madre lo sabía. ¿O no?

Me acordé de Sanja, que nos había seguido unos pasos por detrás y se había quedado fuera. Dejé a mis padres en el vestíbulo, observando a los soldados que ponían las habitaciones patas arriba, y salí a acompañar a Sanja hasta la cancela.

Me detuve en la galería. No vi a Sanja de inmediato, pero luego la localicé. Estaba en el sendero de la casita de té. Un soldado rubio al que había visto a menudo en compañía de Taro, y por tanto suponía que era su suboficial de confianza, hablaba con ella. No oía lo que decían ni le veía la cara a Sanja bajo la capucha, pero tenía las extremidades tensas. El soldado le dijo algo y Sanja cambió de postura con gesto incómodo. Me acerqué. Sanja se sobresaltó al reparar en mí.

—Tengo que irme —se disculpó, no sé si ante mí o ante el soldado.

—Saluda a tu padre de mi parte —dijo el soldado, que echó a andar hacia la cabaña.

—Un antiguo compañero de clase de mi padre —me explicó Sanja cuando íbamos hacia la cerca—. Me ha hecho un montón de preguntas extrañas.

Ahora que pienso en Sanja, después de todo lo ocurrido, esa es una de las imágenes que me vienen a la cabeza por voluntad propia, más intensa que otras que he procurado evocar en vano: está delante de la cancela, el cabello negro derramado sobre la frente y las mejillas, el cuerpo esbelto y anguloso debajo del basto tejido de lino. La sombra de la capucha es nítida sobre su cara, y las siluetas entreveradas de las ramas en torno a nosotras son suaves como susurros cuando la alejan lentamente de mí.

No levanto la mano.

No pronuncio una sola palabra para detenerla.

Me quedo plantada y contemplo el baile de sombras de los árboles sobre su espalda, sobre sus brazos, me quedo muda y quieta, y ella se aleja y no vuelve la mirada.

Dos días después, los militares recogieron por fin el equipo y se fueron de nuestras tierras. El soldado bajo de gafas vino a darnos una lacónica explicación: el agua había resultado ser de lluvia acumulada en un viejo pozo subterráneo que no se usaba desde hacía décadas. Al avanzar la búsqueda, quedó claro que no había agua corriente en la casa ni en el jardín, salvo por la conducción de agua legal.

Lo último que hicieron fue forzar el cierre de la vitrina del salón y sacar las tres docenas o así de libros de los maestros del té encuadernados en cuero. Cuando empezaron a sacarlos de la casa, mi padre protestó.

—No van a encontrar nada importante ahí —dijo—. No son más que diarios personales de la familia. Además, podría haberles dado la llave si me la hubieran pedido —añadió con amargura.

Los soldados que se llevaban los libros ni siquiera se detuvieron a escucharle.

Se marcharon del jardín lleno de agujeros, y su intento de reparar los daños causados en la casita de té fue meramente simbólico. Mi padre apeló a Taro.

—¿De veras van a dejar la cabaña en semejante estado? ¿Sabe lo difícil que será encontrar alguien que la restaure?

Los ojos de Taro eran negros y duros.

—Maestro Kaitio —dijo—, como representante del Nuevo Qian tengo el deber de investigar cualquier pista que pueda conducir al descubrimiento de agua dulce. No es culpa mía si resultan falsas.

Así que se fueron, sin disculpas y sin compensación.

Había imaginado que las cosas volverían a ser como antes, pero el extraño silencio que habíamos adoptado perduró, una superficie de agua insólitamente mansa a nuestro alrededor.

Esperé a que alguna piedra se moviera.

Cuando ocurrió, no fue como esperaba.

Un par de semanas después de la investigación, oí a mis padres hablar de nuevo en la cocina.

—Volverán —decía mi madre—. No van a darse por vencidos.

—Ya no tienen motivo —respondió mi padre.

Mi madre guardó silencio largo rato y al final dijo:

—He tomado una decisión.

—Tenemos que hablar con Noria —repuso mi padre.

No tenía tiempo de volver a mi cuarto, así que fingí que iba hacia la puerta principal. Mi padre salió de la cocina. No me hizo falta volverme. Reconocí sus pasos y supe que se había detenido detrás de mí.

—Noria —dijo con voz queda. Me paré y lo miré. A la media luz del pasillo, con el crepúsculo gris azulado que se filtraba por las ventanas, se había posado sobre su cara una red de sombras—. Tu madre quiere hablar contigo.

Lo seguí a la cocina, donde mi madre estaba sentada a la mesa con una taza de té vacía delante. Fue como si las sombras nos siguieran y se entreverasen con el gran farol de luciérnagas que colgaba sobre la mesa, menguando su luz. Las vi en el rostro de mi madre.

—Siéntate, Noria —dijo.

Me senté. Mi padre tomó asiento al lado de mi madre. Eran un frente unido de nuevo, como al borde de la excavación, dos columnas de piedra, dos troncos de árbol entrelazados.

—Tu padre y yo hemos hablado. Los dos queremos ofrecerte una vida segura, pero tenemos opiniones distintas al respecto. —Y miró a mi padre, que tomó la palabra.

—Noria, si no quieres ser maestra del té, ha llegado el momento de que lo digas. Estoy convencido de que Taro nos dejará en paz ahora que ha registrado la finca. Dudo de que le pase por la cabeza buscar el manantial de la colina, y si lo hiciera, está tan bien oculto que es muy difícil que lo encuentre. Aquí estamos a salvo. Sin embargo, tu madre no lo cree así.

—Taro llevará lo que ha comenzado hasta sus últimas consecuencias —aseguró ella—. La vida no volverá a ser como antes. Ya se han acercado más de lo que crees, Noria.

—Pero ni siquiera han ido cerca del manantial —dije.

—Hay una cosa que no sabes —repuso—. Díselo, Mikoa.

—Ya sabes que usamos más agua que la mayoría de las familias —empezó mi padre—. Y sabes que una parte es la de nuestra cuota, pero otra parte procede del manantial. Seguro que has notado la diferencia.

El agua utilizada en las ceremonias del té siempre sabía dulce, como si acabaran de sacarla del manantial. Formaba parte del arte del té. Mi padre me había enseñado a probar siempre el agua del té y escoger la más dulce y limpia, si había elección. En caso contrario, usábamos el agua del grifo, que a principios de mes siempre sabía rancia y dejaba un regusto a pescado, como solía ocurrir con el agua de mar purificada. A finales de mes el sabor mejoraba considerablemente. A diferencia de lo que ocurría en la mayoría de las casas, no ahorrábamos agua, y nunca se nos acababa ni nos hacía falta comprarla a los comerciantes a precios desorbitados.

—¿Usamos el agua de nuestra cuota a principios de mes y nos pasamos al agua del manantial cuando se acaba? —pregunté—. Pero ¿cómo es que salen del mismo grifo?

—Sería muy difícil llevar toda el agua del manantial a la casa —explicó mi madre—. Resultaría muy sospechoso. Haría falta un heliocoche, recipientes de agua de gran tamaño y viajes frecuentes. Alguien se percataría tarde o temprano de que el maestro del té vuelve de la colina varias veces a la semana con barriles llenos de agua. No somos los primeros que se dan cuenta de lo poco práctico que sería. No sabemos cuándo se construyó la conducción, pero ya estaba instalada en tiempos del padre de Mikoa. No se menciona en ninguno de los libros de los maestros del té. El que la construyó, fuera quien fuese, era consciente de que resultaría muy peligroso dejar constancia por escrito. Las tuberías están instaladas con suma destreza: proceden de las profundidades de la colina, están ocultas en la tierra y se conectan con la cañería que suministra la cuota legal de agua tan lejos de la casa que no se podría rastrear el empalme registrando la finca del maestro del té. El único riesgo estriba en que hay que abrirla y cerrarla a mano desde la colina. Tuvimos suerte de que estuviera cerrada cuando llegaron los soldados.

—La tubería está tan bien oculta como el manantial —señaló mi padre—. Encontrarla es casi imposible sin saber su ubicación.

—Están acostumbrados a buscar agua, y sus aparatos son complejos.

—No tienen motivos para regresar.

—¡No tienen motivos para no regresar!

Se hizo el silencio entre ellos. Un momento después habló mi padre, dirigiéndose únicamente a mí.

—Tu madre está convencida de que la casa del maestro del té ya no es un lugar seguro donde vivir. —La miró de soslayo y esperó.

Vi que ella escogía sus palabras con cuidado.

—Noria, me han ofrecido una plaza de investigadora en la Universidad de Xinjing. La he aceptado.

—¿Vas a mudarte a Xinjing? —pregunté. No sabía

con seguridad a qué distancia se encontraba, pero sí que el viaje a la costa sur del Nuevo Qian era largo. El trayecto a través del continente debía de llevar semanas incluso en los trenes más veloces. Mi padre y mi madre se miraron.

—Ya eres mayor de edad y por lo tanto no podemos decidir por ti —dijo mi madre—. ¿Quieres ir a Xinjing conmigo, o quieres quedarte aquí con tu padre? No hace falta que lo decidas ahora mismo, pero tengo que partir antes de la Fiesta de la Luna, así que solo dispones de un mes.

Miré a mi madre. Miré a mi padre. Noté la garganta pastosa. En dirección al pueblo, a la altura de la casa señalada, los soldados preparaban las armas y no atendían a ruegos. En cualquier momento podían volver a centrar su atención en nosotros, si es que habían dejado de prestárnosla en algún momento. No tenía modo de saber cuál de mis progenitores tenía razón, y no podía quedarme y también ir.

No tenía claro qué hacer, y me preocupaba que mi respuesta quedara grabada en piedra. Aun así, el silencio era peor.

Abrí la boca y les dije lo que haría.

7

A primera hora de la mañana del octavo día del octavo mes cargamos el baúl de mi madre y sus bolsas de algas en el heliococh que mi padre le había pedido prestado a Jukara a cambio de un poco de agua dulce. Mis padres se acomodaron en el asiento delantero y yo me senté atrás bajo el techo medio abierto. Nos pusimos en marcha hacia Kuoloyarvi.

El olor del heliococh de Jukara me produjo una curiosa sensación de recurrencia. Me sentía mucho más joven, como si fuera de nuevo uno de aquellos escasos días maravillosos en los que mis padres me llevaban a la ciudad. Miré la mancha azul tirando a morado en el material áspero y desgastado del asiento. Había derramado un poco de helado de arándano derretido en el trayecto de regreso a casa cuando tenía once años. Mis padres se enfadaron conmigo, y froté el asiento hasta que quedó claro que nunca volvería a estar limpio del todo.

Por un momento me sentí como una caja qianesa de diversos niveles o una muñeca de madera del mundo pretérito de las que albergaban muchas muñecas, cada una dentro de otra. Una versión más joven de mí misma, o tal vez varias, anidaban bajo mi piel, columpiando desde el asiento unos pies que no llegaban al suelo, sin imaginar el día en que no tendría la seguridad de saber que mis padres estaban al alcance de la mano; o en el caso de que lo imaginara, descartándolo rápidamente.

El viaje a Kuoloyarvi duraba casi tres horas. Conforme nos acercábamos al mar, el paisaje iba cambiando lentamente. Una vez que quedaron atrás el pueblo y la colina de Alvinvaara, atravesamos los bosques de las áreas de regadío, su perfil mellado verde oscuro rasgando el cielo a lo lejos hacia nuestra izquierda. Siempre había sido mi tramo preferido del trayecto a la ciudad. De niña, soñaba con desviar el coche hacia el bosque y conducir entre los árboles altos, su sombra fresca en torno un refugio agradecido del sol abrasador. Pero descubrí enseguida que nunca podría hacerlo: los bosques estaban protegidos y cerrados a los civiles, igual que las plantaciones de comida y los pocos lagos que quedaban.

Luego, cuando el horizonte ondulado y centelleante de Kuoloyarvi con sus edificios abovedados y paneles solares empezó a vislumbrarse, vi las plantas desalinizadoras a lo lejos, a orillas del mar. Eran austeras, sólidas e inmensas, como una hilera de ancestrales gigantes de piedra ciegos. Su seguridad era célebre. Incluso los caminos que llevaban hasta ellas estaban vigilados, y había oído historias de viajeros detenidos solo por acercarse demasiado a alguna.

Era media mañana cuando llegamos al límite de la ciudad. Vi desde lejos que había más soldados de lo habitual. Por lo general solo vigilaban las entradas para mantener las apariencias, y no paraban a todos los viajeros. Esta vez, en cambio, había una larga cola de heliocoches avanzando lentamente hacia la ciudad, y al lado dos hileras que avanzaban un poco más rápido, las de quienes iban a pie. Ocupamos nuestro lugar al final de la cola de heliocoches. Cuando llegamos a la verja, un guardia de uniforme azul nos detuvo.

—¿Qué les trae a la ciudad? —preguntó.

—Voy camino de Xinjing —dijo mi madre—. Mi familia me acompaña a la estación de tren.

—¿Va hasta Xinjing, nada menos? ¿Se trata de algún asunto oficial?

—Sí, he aceptado un trabajo en la Universidad de Xinjing.

—¿Puedo ver sus billetes de tren, el pasaporte y la carta que demuestra su vinculación con la universidad?

Mi madre buscó en el bolso el dispositivo de mensajes de segunda mano que le había asignado la universidad. Posó el dedo sobre la pantalla para activar la «aplicación pase». La pantalla se iluminó y surgió la información relativa a la identificación de mi madre, incluida la reserva de billetes. Le tendió el dispositivo al guardia, que lo examinó. También sacó una carta en papel enviada de Xinjing. El guardia casi se quedó impresionado al ver papel de verdad, pero no dijo nada. Nos dirigió un gesto a mi padre y a mí.

—Y ustedes, ¿tienen algún documento de identidad?

—Me temo que no —dijo mi padre—. Antes no hacía falta pasaporte para entrar en la ciudad. ¿Hay alguna razón concreta para que así sea?

—Tenemos órdenes —contestó el guardia sin dar más detalles—. ¿Me permiten consultar sus huellas dactilares, por favor?

Nos entregó el multidispositivo y posamos los dedos en la pantalla. Aparecieron nuestros nombres y unos códigos numéricos, y mi padre le devolvió el aparato. Vi que el guardia garabateaba unas palabras en la pantalla con su bolígrafo.

—Usted y su familia pueden pasar, maestro Kaitio —dijo después de echar un largo y minucioso vistazo a la aplicación pase y la carta de mi madre. A mí me sonó más a orden que a autorización—. Usted y su hija deben notificárselo a los guardias cuando salgan de la ciudad —le advirtió.

Mi padre asintió, su boca, una línea fruncida, y puso en marcha el heliocoche para cruzar la verja.

Yo solo había ido a la estación de tren alguna que otra vez. Kuoloyarvi no era una gran ciudad, y la mayor parte del tráfico que venía a la Unión Escandinava llegaba en barco más al sur, a los puertos de la bahía de Ladoga en el mar Báltico. Solo había cuatro vías. El largo tren estaba en el andén con las puertas abiertas. El nombre de *Anguila Brillante* estaba pintado en el costado de la locomotora con caracteres decorativos. Había viajeros solitarios, parejas y familias que subían baúles a bordo y se despedían. Ayudamos a mi madre a meter el equipaje en el compartimento del vagón. Aún quedaba tiempo para que saliera el tren, pero dijo:

—No os quedéis a esperar. Os enviaré un mensaje en cuanto llegue a New Piterburg.

El trayecto en tren continuaría de New Piterburg a los Urales y de allí a través del Nuevo Qian hasta Xinjing. Pensé en todo lo que no vería por no ir con ella, cosas de las que solo había oído hablar: áreas de cultivo de algas en los mares costeros y fábricas que las transformaban en combustible, plantaciones de caucho y granjas de luciérnagas, barcos de navegación marítima y los salones del té grandes y suntuosamente decorados de las ciudades. Y en alguna parte, bajo las olas que las cubrían como un cielo siempre nublado, las ciudades fantasma del mundo pretérito, difuminadas y mudas cual recuerdos.

Mi madre me dio un beso de despedida.

—Te escribiré —dijo—. Y solo faltan unos meses para Año Nuevo. Entonces vendré de visita.

No sabía qué decir, así que permanecí un rato abrazada a ella.

Cuando por fin me soltó, me apeé para esperar y la vi por la ventanilla hablar con mi padre. Sus labios se movían, y cambiaban de expresión, pero el vidrio grueso ahogaba las palabras, haciéndolas inaudibles. Se abrazaron, y no conseguí entender por qué querían que su vida en común quedase desgarrada.

Me di la vuelta.

Un hombre de rostro cetrino entró en el edificio de la estación con una gran bolsa de algas al hombro.

Un grupo de soldados se acercó a la entrada, sus botas pesadas sobre los adoquines, las manos en la empuñadura de los largos sables.

Una niña con vestido azul de verano saltaba a la cuerda y canturreaba una melodía indefinida. Su madre comía pipas de girasol tostadas y miraba el reloj una y otra vez.

Al cabo, mi padre bajó del tren.

—¿Vamos? —preguntó.

Miré a mi madre, sentada junto a la ventanilla, pálida, tenue como una fotografía desvaída en un viejo libro en mitad del día luminoso. Me miró mientras nos alejábamos, siguió mirando incluso cuando yo ya no miraba, no me cabe la menor duda. Si sintió deseos de cambiar de opinión, apearse del tren y volver a la casa del maestro del té con nosotros, no hizo nada al respecto.

Antes de ponernos en marcha de regreso a casa, fuimos de compras al mercado qianés. En cuanto llegamos, supe que nuestro destino era un puesto donde vendía sus productos una mujer alta, de tez oscura y un poco encorvada. Se llamaba Iselda y la recordaba de cuando era niña. Mi padre le pidió que nos mostrara té de la mejor calidad que tuviera. Iselda puso tres bolsitas de tela en el mostrador y las abrió. Esperaba que mi padre las examinara una a una, pero en lugar de ello me hizo un gesto con la cabeza. Nunca me había permitido escoger el té sin darme indicaciones.

Cogí una tras otra las bolsas de tela. Las hojas del primer té eran de color negro verdoso y forma oblonga, y olían ligeramente dulces. El segundo té era de un color verde más luminoso, y tenía las hojas cerradas en capullos grandes que se abrirían en flores cuando se les vertiera encima agua caliente. Su aroma era fresco y ligero: alcancé a imaginar que en combinación con el agua del manantial de la colina produciría un aroma extraordinario. El verdor del tercer té estaba tiznado de plata y sus hojas, retorcidas en forma de gota. Lo que lo caracterizaba, no obstante, era el aroma. El aroma del tercer té «fluía». Era la única manera de describirlo. Su aroma era el té recién recogido, pero también el de la tierra húmeda y el viento que azotaba los arbustos, y rielaba como riela la luz sobre el agua, o la sombra: un instante era intenso en mis fosas nasales, al siguiente se ausentaba hasta quedar casi fuera de mi alcance para luego regresar de nuevo.

—Este —dije, y le pasé el té a mi padre.
—¿Cuánto? —le preguntó a la vendedora.

Iselda mencionó el precio de un liang, como era costumbre cuando se vendía té. Al oírlo, no me cupo duda de que mi padre lo rechazaría. Sin embargo, ni siquiera cambió de expresión. Le ofreció a Iselda un precio inferior. Me preparé para un largo regateo, pero Iselda se limitó a mirarle un momento y asintió.

—Hemos bajado medio liang —dijo mi padre—. Debería ser suficiente para la ceremonia de graduación.

Sacó una bolsita de tela vacía de la bolsa e Iselda fue calculando la cantidad de té que metía. También compramos un par de liang de otro té más barato para uso cotidiano, así como especias y comestibles que no se encontraban en el pueblo.

De regreso a casa intenté no mirar el asiento vacío del heliocoche. Volví la mirada hacia la ciudad, la llanura polvorienta y el estrecho brazo de mar en el horizonte, radiante al sol de media tarde como la cota de malla de un dragón gigante que se fuera perdiendo de vista poco a poco.

Tras la marcha de mi madre, mi padre se ocupó por completo con los preparativos de la Fiesta de la Luna. Había contratado a unos hombres del pueblo para que le ayudaran a restaurar la casita de té y el jardín, entre ellos Jan, el padre de Sanja. Me fijé en que Jan pasaba mucho rato mirando la madera cara y los pocos adornos selectos que mi padre había encargado a las ciudades; Jan era un albañil experto, pero rara vez tenía buenos materiales con los que trabajar. Mientras mi padre estaba ocupado con la supervisión de las reparaciones, las tareas de limpiar la casa y recoger la cosecha se me encargaron a mí. Los arbustos de bayas y los cerezos habían sufrido las consecuencias del alboroto provocado por la búsqueda de agua, y los soldados habían arrancado parte de la huerta. Aun así, no se había perdido todo, y yo me mantenía ocupada preparando mermelada de grosella, secando cerezas y ciruelas para el invierno, recogiendo las semillas de los girasoles y el amaranto en sacos, cosechando almendras y zanahorias. Además de todo eso tenía que pedir tartas para la fiesta al panadero, supervisar los pellejos, recoger el atuendo de maestra del té del sastre del pueblo y ensayar la ceremonia una vez al día con mi padre.

Por lo visto había decidido no hablar de la ausencia de mi madre. El quinto día después de su partida yo estaba limpiando la casa a fondo. Mi padre me vio ir cargada con un cubo de agua, un cepillo y unos trapos húmedos al estudio de mi madre. Cuando los dejé en el suelo y abrí la puerta, dijo:

—No hagas eso.

Le miré y luego desvié la mirada, porque no quería verle la cara.

—Déjalo como está.

—Si tú lo dices —contesté, pero pensé: «No puede quedarse así. No si tú lo quieres, y no si yo lo quiero. Se acumulará el polvo en torno a las patas de las estanterías y las arañas tejerán sus telas en los rincones, y las páginas mudas de los libros amarillearán entre las tapas. El cristal de las ventanas resbala hacia abajo como una lluvia lenta, aunque no lo veamos, y el paisaje al otro lado es distinto cada día: la luz llega desde otro ángulo, el viento mece los árboles más despacio o más aprisa, el verdor de las hojas desaparece y por el tronco camina una hormiga más o una menos. Aunque no lo veamos de inmediato, todo eso está ocurriendo; y si apartamos la mirada el tiempo suficiente, ya no reconoceremos la habitación ni el paisaje cuando por fin volvamos a contemplarlos. Esta casa es distinta desde que se fue, y los dos lo sabemos.»

Mi madre envió mensajes durante el viaje. Tenían un tono ligero en plan «cómo me impresiona el ancho mundo».

«No había visto un puerto tan grande en mi vida —escribió desde New Piterburg—. Ha crecido muchísimo en los últimos quince años. ¡Y tendríais que ver qué gente viaja en estos trenes! Ayer cené con una familia de cinco que había venido desde los Pirineos en barco e iba a los Urales. Os juro que lo único que evitó que sus hijos escandalosos hicieran descarrilar el tren fue la presencia de los soldados. Me acuerdo mucho de vosotros. Abrazos, L.»

«No tanto como nosotros nos acordamos de ti —le respondí para mis adentros—. Tienes a tu disposición todo un mundo que no han hollado nuestras huellas; no se puede esfumar silenciosamente ante tu mirada. Lo único que tenemos nosotros es esta casa y tu ausencia en ella, y protegemos la huella que dejaste, para que perdure un poco más, para que la reconozcas aún cuando vuelvas. Si es que vuelves.»

Me levanté temprano la mañana del día de la Fiesta de la Luna. El atuendo de maestra del té colgaba de la barra de la cortina delante de la ventana entreabierta, oscilando en la corriente. Aún no era momento de ponérselo.

Mi padre me había dicho la víspera que daríamos un paseo hasta la colina después de desayunar. Supuse que íbamos a coger agua del manantial para mi ceremonia de graduación, pero era consciente de que también había algo más. De otro modo, no me hubiera pedido que le acompañase. Me vestí con ropa sencilla y unos gruesos zapatos de montaña, y me comí el resto de las gachas de mijo que me había dejado en la mesa. Llené un odre pequeño, me lo eché al hombro y me metí un par de pasteles de pipas de girasol en el bolsillo. Cogí la capucha antiinsectos del colgador junto a la puerta cuando salía.

Encontré a mi padre rastrillando el jardín de piedras. Los albañiles y jardineros contratados habían hecho un trabajo sorprendentemente bueno. Solo quedaban algunos indicios de que habían removido el césped, y el jardín de piedras estaba igual que antes, salvo por las ondas estáticas de arena que habían desaparecido.

La casita de té había sufrido los daños más graves. Había sido necesario sustituir parte del suelo con una madera distinta, y el contraste entre las tablas viejas y las nuevas saltaba a la vista. Aun así, ahora la cabaña estaba entera y se podía utilizar. Le había recordado a mi padre que la imperfección y el cambio también eran propios del arte del té, y se les debía dar el mismo valor que a la perfección y la permanencia. Me miró y reparé en su sorpresa.

—Serás mejor maestra del té de lo que pueda ser yo —había dicho.

Salió del jardín de piedras y borró sus propias huellas con el rastrillo. La arena se extendía en medio de las piedras ásperas como un lecho marino desierto.

—Vamos —dijo—. Tenemos un largo día por delante.

Fuimos a la colina por la misma ruta que la primera

vez, cuando me llevó al manantial. En la ladera, justo antes de llegar al jardín de piedras, tomamos una dirección distinta. Poco después mi padre se detuvo y señaló pendiente abajo. Estaba dividida por un largo surco parecido a una acequia, desgastado por las piedras y la arena acumuladas en el fondo. Las paredes rocosas estaban sembradas de liquen.

—¿Sabes qué es eso? —preguntó.

Claro que lo sabía. Había visto muchos parecidos.

—El cauce de un arroyo seco —dije—. Debe de hacer décadas que no pasa agua por ahí, porque ha crecido mucho liquen sobre las piedras.

—Sabes interpretar bien el paisaje —me felicitó mi padre—. Pero aún tienes que aprender más. Tal vez debería haberte hablado de la esencia secreta del oficio de maestro del té mucho antes. Pero es costumbre que esa sabiduría no pase de maestro a aprendiz hasta el día en que el aprendiz se convierte en nuevo maestro. Cuando lleguemos al manantial, averiguarás de qué hablo.

Dimos la vuelta y mi padre me preguntó si era capaz de encontrar la entrada a la cueva con forma de cabeza de gato sin su ayuda. La ruta me resultaba conocida desde la infancia, así que la encontré sin dificultad. De nuevo a instancias de mi padre, busqué la palanca oculta al fondo de la cueva, abrí la escotilla en el techo y entré por ella al túnel que conducía hasta el manantial. Mi padre me siguió y me dio uno de los dos faroles de luciérnagas, su luz brillante en la penumbra. A medida que avanzábamos hacia el bramido del manantial, vi la humedad concentrada en las paredes del túnel.

Llegamos a la cavidad, donde el agua brotaba de la pared oscura en hilos relucientes hacia el estanque antes de volver a desvanecerse en el interior de la colina. Me detuve a la orilla del estanque. Mi padre se llegó al otro lado y bajó el farol de luciérnagas casi hasta el agua. Vi en las piedras la mancha pálida en la que apenas recordaba haberme fijado en mi primera visita. Medio metro o así por encima de la superficie palpitante del agua, había una robusta cuña de metal cubierta por una capa desgastada de pintura blanca clavada en la roca. Brillaba levemente en la penumbra.

—Esta es la parte del trabajo de maestro del té que no resulta visible para nadie más —dijo mi padre—. Desde tiempos ancestrales, los maestros del té han sido guardianes del agua. Se dice que en el mundo pretérito cada maestro del té tenía en sus tierras un manantial del que cuidaba. Los manantiales tenían cualidades diferentes: uno daba agua con poderes curativos, el agua de otro prolongaba la vida, el tercer manantial te daba tranquilidad de espíritu. También había diferencias en lo referente al sabor del agua. La gente venía de lugares lejanos para disfrutar del té que se preparaba con el agua de un manantial de renombre. El maestro del té tenía el deber de mantener el arroyo limpio y no sobreexplotarlo. —La cara de mi padre era como papel quebradizo por efecto del sol en el que las sombras de la cueva y la luz del farol pugnaban por hacerse sitio—. Como sabes, en el mundo presente se han agotado casi todos los manantiales, y el resto está en poder de los militares. Es posible que haya manantiales secretos como este en algún otro sitio, pero no sé de ninguno. Es posible que sea el último.

El peso de sus palabras y todo lo que había enterrado en ellas cayó entre nosotros. Dejó el farol a ras del manantial y señaló el agua. Bajo la superficie, cerca del fondo del estanque, vi otra cuña pintada de blanco, difuminada por el agua casi hasta resultar invisible.

—¿Va esa señal? —preguntó mi padre.

Asentí.

—Si la superficie del agua baja de ese nivel, significa que se ha sacado demasiada agua. El manantial tiene que reposar y recuperar fuerzas. El maestro del té debe asegurarse de que así sea.

—¿Cuánto tiempo?

—Varios meses —explicó mi padre—. Cuanto más, mejor. El manantial no se ha utilizado más de la cuenta en mis tiempos, pero ocurrió dos veces en tiempos de mi padre. Las dos veces lo dejó descansar casi un año antes de que se recuperase por completo.

—¿Y esa otra señal? —Indiqué la cuña en la roca encima de la superficie del agua.

—Tiene tanta importancia como la otra, o más, y hay que tenerla vigilada en todo momento —continuó mi padre—. Si el agua llega a esa altura, hay que derivar un mayor caudal de lo habitual a la conducción, y rápido, porque hay peligro de que aflore del subsuelo al canal seco que hemos visto fuera. Eso tampoco ha ocurrido en mi época, pero si no usáramos agua del manantial todos los meses, podría llegar a ocurrir.

—¿Con qué rapidez?

—No lo sé exactamente, pero creo que tardaría unos dos meses.

Ahora entendía por qué venía con tanta frecuencia a la colina.

—Tienes que aprender a controlar los niveles de agua y a usar el grifo, Noria. No voy a delegar en ti el trabajo por completo todavía, porque a partir de hoy vamos a compartir las responsabilidades del maestro del té en este pueblo. Pero algún día recaerá en ti, y por tanto te las enseño ahora.

Mi padre dio unos pasos hacia la pared de la cavidad. Cuando levantó el farol, vi una palanca que señalaba hacia la izquierda. Me hizo un gesto para que me acercara.

—Esto controla el flujo de agua que va a la conducción del grifo que usamos en casa. Está cerrado, porque aún nos queda parte de la cuota mensual, y el nivel del manantial no es más alto de lo normal. Ahora es un buen momento para desviar agua, porque nos hará falta agua natural para tu ceremonia de graduación, y estamos a mediados de mes. Hazlo tú.

Así la palanca y la volví hacia la derecha. El agua del estanque se revolvió como un animal inquieto, y aunque no aprecié mucha diferencia en sus remolinos, me dio la impresión de que a la par de ese bramido se oía otro, ligeramente distinto.

—Ahora llegará a casa por la tubería agua de la colina hasta que volvamos a cerrarla. Por lo general la cierro a las dos semanas, espero dos o tres más y la abro de nuevo. Lo más importante es venir aquí todas las semanas para comprobar el nivel del agua y controlar su consumo en consecuencia. La semana que viene te tocará a ti.

Mi padre llenó directamente del manantial los dos pellejos que había traído, y nos atamos a la espalda uno cada cual.

—¿Qué pasaría si el manantial se secara y no recuperase el nivel normal? ¿Si dejara de manar agua por completo? —pregunté cuando ya estábamos fuera de la cueva y caminábamos hacia casa.

—Viviríamos con la cuota de agua, como todo el mundo —repuso mi padre—. Tendríamos suficiente. El jardín sufriría las consecuencias en cierta medida, pero nos las arreglaríamos.

Guardó silencio un momento. El sol se había alzado hasta el cielo, ya lánguido por el otoño, pero aún caliente. Me bajé las mangas para que los insectos no tuvieran tanto sitio donde picar. Mi padre contemplaba el horizonte y vi que quería decirme algo.

—Los maestros del té del mundo pretérito sabían historias que se han olvidado en su mayoría —dijo en voz baja—. Pero de una queda constancia en todos los libros de los maestros que conservamos en casa. La historia cuenta que el agua tiene conciencia, que lleva en su memoria todo lo que ha ocurrido en el mundo, desde los tiempos anteriores al ser humano hasta este momento, que queda grabado en su memoria desde el mismo instante en que ocurre. El agua entiende los movimientos del mundo, sabe cuándo se la busca y dónde se la necesita. A veces un manantial o un pozo se secan sin motivo, sin explicación. Es como si el agua escapara por voluntad propia, retirándose al abrigo de la tierra para buscar otro canal. Los maestros del té creen que hay épocas en las que el agua no desea ser hallada porque sabe que será sometida de modos que van contra la naturaleza. Por lo tanto, cuando un manantial se seca es posible que sea por algún motivo contra el que no se debe luchar. No todo lo que hay en el mundo pertenece a las personas. El té y el agua no pertenecen a los maestros del té, sino que los maestros pertenecen al té y al agua. Somos los guardianes del agua, pero ante todo y sobre todo somos sus siervos.

Seguimos caminando en silencio. Los guijarros crujían bajo mis pies. Llegaba un aroma a lumbres encendidas proveniente de la dirección del pueblo.

—Pareces contenta —observó mi padre cuando llegamos a la casa—. Eso está bien. Hoy es un día para que estés feliz. —Me sonrió—. Por lo visto el repartidor de la panadería ha dejado las tartas para la fiesta a la entrada mientras estábamos fuera. ¿Las recoges y las llevas a la cocina, por favor?

Asentí y fui hacia la cancela, donde había tres cajas de tartas apiladas una encima de otra. Cuando me volví para mirar, vi que mi padre se había detenido y estaba inclinado. Su postura era rígida y dolorida, pero el día era radiante, yo tenía la cabeza en otra parte y olí en el viento las tartas recién horneadas. No volví a mirar a mi padre.

8

La memoria tiene una forma propia, y no es siempre la forma de la vida. Al volver ahora la vista atrás, busco en aquel día presagios y señales de lo que estaba a punto de ocurrir, y a veces me parece verlos. Es un consuelo extraño y vacío, un consuelo que nunca dura mucho. Los videntes del mundo pretérito leían las hojas de té para predecir el futuro. Pero no son más que hojas de té, residuos oscuros del pasado, y no representan otra pauta que la suya propia. Sin embargo, la memoria patina, resbala y se quiebra, y sus pautas no son de fiar.

Recuerdo estar en mi cuarto, el pelo goteando todavía del baño que me había dado, el agua resbalándome por el pecho y entre los omóplatos en finos riachuelos. Mi atuendo de graduación, el que llevaría en las ceremonias del té hasta que cedieran las costuras, estaba tendido en la cama, vacío igual que una piel aún no lucida o quizá ya despojada, esperando verse colmada de sentido y movimiento, o si no enterrada. La arista más afilada de este recuerdo es lo radiante del día al otro lado de la ventana: un núcleo abrasador de fuego rebosante de luz, más brillante que cualquier otro día antes o después, como si el cielo estuviera llameando a plena potencia antes de que el anochecer lo vidriara, antes de que cambiase mi mundo entero. Sé que no es posible. He visto días radiantes antes y después, y la luminosidad que recuerdo tiene un matiz antinatural, forzado. Pero ese día de mi vida ha adoptado la forma de la memoria, y es la única forma con la que soy capaz de evocarlo ahora. Es cierto, la forma íntegra ya no está a mi alcance.

Recuerdo ponerme el atuendo de maestra del té. Lo notaba nuevo y rígido sobre mi cuerpo.

Recuerdo recogerme el pelo en un moño con una aguja grande. Pesaba mucho por efecto de la humedad atrapada entre las largas hebras.

No recuerdo ir caminando hasta la casita de té, pero debí de hacerlo. No había ningún otro sitio al que pudiera haber ido.

Algo inquietaba a mi padre. Lo había sabido desde que entró en la cabaña por la entrada de las visitas y mirado en torno. Sospeché que yo había cometido algún error que no alcanzaba a identificar, pero la ceremonia había dado comienzo y no podía interrumpirse ya. El maestro Niiramo, a quien invitamos a venir de Kuusamo, había ocupado su lugar en un cojín junto a la pared del fondo y se había quitado la capucha antiinsectos. No me quedaba otra opción que esperar a que mi padre se sentara a su lado y seguir adelante.

A Niiramo se le había invitado por razones de protocolo. Siempre había dos maestros del té veteranos en la ceremonia de graduación, el maestro del aprendiz que se graduaba y otro maestro, un forastero. Niiramo celebraba ceremonias del té en Kuusamo y se llevaba bien con el régimen militar local. Mi padre no lo tenía en mucha consideración, pero era difícil conseguir que los maestros del té salieran de las ciudades durante la Fiesta de la Luna, que era por tradición un momento popular para las ceremonias, y Niiramo no había puesto demasiados reparos, con un poco de ayuda de Bolin.

La luz caía sesgada por la claraboya encima del hogar, proyectando una sombra marcada sobre el rostro de mi padre. Inhalé el olor a humo y madera y agua. Vi la juntura donde tenía apoyadas las rodillas en el suelo: al lado de una tabla de pino vieja, oscurecida y suavizada por el uso había otra más pálida y nueva que no había sufrido aún los arañazos y el maltrato del tiempo. Era consciente de las miradas de mi padre y Niiramo fijas en mí. No estaban allí como invitados, sino como jueces. Niiramo se había sorprendido al verme por primera vez, y ahora me miraba de hito en hito con una expresión que solo podía descifrar como leve desaprobación.

Noté mis movimientos grabados en piedra cuando empecé a preparar el Primer Té.

Contemplé el juego de té que había escogido para la ocasión: tazas y platillos de loza desgastada y sencilla con fisuras en el barniz y sin decoración alguna. Era de los más antiguos en la casa del maestro del té, otro vestigio del mundo pretérito; posiblemente lo usaron nuestros antepasados en su lejano hogar, mucho antes de que el mar empezase a reclamar islas y costas. Su color mate como el de las hojas al convertirse en tierra me reconfortaba, me atrapaba en la red de algo mucho más antiguo y fuerte que yo misma. Estaba en un sendero que cruzaba siglos enteros sin experimentar cambio alguno, y al mismo tiempo estaba siempre en consonancia con los cambios en la textura de la vida y era constante como la respiración o el latir del corazón.

Los ecos de los maestros del té que me habían precedido me atravesaban susurrantes mientras contaba las burbujas en el fondo del caldero y vertía agua en teteras y tazas. Pensé en su huella en la memoria del mundo: el flujo de sus movimientos que reflejaba yo en los míos, aquellas palabras suyas que citaba yo al hablar, el agua que había corrido por la tierra y el aire cuando caminaban ellos entre piedras y briznas de hierba, la misma agua que empujaba la arena hacia la costa y seguía barriendo el cielo. Sus ondas se propagaban a través del tiempo y el recuerdo, extendiéndose igual que los anillos en la superficie de un estanque, repitiendo eternamente el mismo dibujo. Esa curiosa sensación me transportaba y me retenía al mismo tiempo.

Me arrodillé ante el maestro Niiramo con la bandeja. Cuando tendió una mano para coger la taza, emanó de él un fuerte aroma a bálsamo perfumado mezclado con sudor. Tenía la piel bien conservada. Lucía un atuendo sencillo, pero me di cuenta de que la tela era cara y los botones eran un trabajo de orfebrería que no se veía a menudo. Saltaba a la vista que tenía más carne de la necesaria sobre los huesos. Hice una inclinación con la cabeza y le ofrecí la siguiente taza a mi padre.

Desvié la mirada hacia el rincón vacío donde habría estado sentada mi madre de haberse encontrado presente. Había enviado un mensaje de voz antes para desearme suerte y decirnos que su tren estaba a punto de pasar por la bahía de Aral. Intenté imaginar el paisaje que estaba cruzando, y por un momento tuve la sensación de percibir el olor polvoriento de los asientos acolchados del tren, oír las voces y los pasos de los niños que corrían por el estrecho pasillo y notar el movimiento constante del suelo bajo mi cuerpo. Pero cuando intenté ver el exterior, el color de la llanura no estaba claro y las formas en el horizonte se desdibujaban en un cielo extraño. El paisaje seguía inexplorado, y el espacio vacío en la habitación tomó la forma de mi madre, persistente como una sombra.

La ceremonia de graduación era más larga de la que se solía celebrar habitualmente. Además del té y los dulces, también incluía una comida ligera, y podía durar varias horas. Hubo poca conversación. Adopté el ritmo extraño y pausado en el que deben de sumirse los ahogados cuando el mar los alivia del peso de sus extremidades.

Imaginé una habitación colmada por un ligero envoltorio de agua que ralentizara todos los movimientos y amortiguase todos los sonidos, limpiándome por dentro y por fuera, haciendo que todo se desvaneciera y se desmoronase.

El rostro de mi padre hecho de madera empapada en agua, la figura de piedra de Niiramo disolviéndose en arena. Mi propio cuerpo un tallo ondulante de alga mecido por las olas de aquí para allá. Todo ello fuera de mi alcance ya, algo que no podía prevenir ni detener por mucho que lo intentara.

Los dejé alejarse a la deriva.

Poco a poco, como la luna hace cobrar impulso y cambiar a las mareas, mis músculos se relajaron, la severidad desapareció de mi cara y mi respiración fluyó más libremente. La tensión seguía presente, pero ahora estaba a distancia, ya no era una armadura sobre mi piel, encerrándome.

La habitación hervía por efecto del calor que irradiaba la tierra y el vapor que salía del caldero. El aire estaba inmóvil por completo. Tenía el nacimiento del pelo húmedo y notaba el tejido del atuendo de graduación pegado a las axilas y los muslos. El sudor relucía en forma de gotitas en la frente de Niiramo. Mi padre estaba colorado. Había dejado el ventanuco en la pared de la entrada abierto antes del inicio de la ceremonia, pero el aire fresco del exterior parecía haberse solidificado en un bloque contra la abertura, incapaz de entrar. Me levanté del cojín y abrí una ventana un poco más grande en la pared opuesta. Aunque hacía un día tranquilo, se generó corriente de inmediato y el aire empezó a discurrir por la estancia.

Niiramo dejó la taza y me miró.

—Señorita Kaitio, ¿seguro que hace falta que estén abiertas las dos ventanas?

Por el rabillo del ojo vi que mi padre cambiaba de postura con inquietud.

—Es mucho más agradable que haya aire fresco en la habitación, ¿no cree? —repuse.

—Noria, el maestro Niiramo ha expresado su deseo de que se cierre la ventana —señaló mi padre. La sombra que le cruzaba el rostro había cambiado ligeramente. Ahora le caía sobre el cuello desnudo.

Niiramo me miró fijamente y no supe si debía interpretar su expresión como una sonrisa.

—La señorita Kaitio puede hacer lo que crea más conveniente —dijo.

Dejé la ventana abierta, hice una reverencia a Niiramo y volví a ocupar mi sitio junto al hogar. Niiramo no dijo nada más, pero ahora estaba segura de la sonrisa: la misma que esboza un comerciante rico cuando sorprende a un repartidor de corta edad robando algo. El gesto nublado no se esfumó del semblante de mi padre durante la comida, y me dio la sensación de que lanzaba miradas furtivas al maestro Niiramo.

Esperé a que hubieran acabado de comer y recogí los platos. Los llevé al lavadero, retiré el trapo de lino que cubría un cuenco de dulces y llevé las golosinas a la habitación principal. Serví otra ronda de té con ellas.

Ya no había más agua en el caldero.

Supe que había llegado el momento de la evaluación.

—Noria Kaitio —dijo Niimaro, e hizo una inclinación—. Ocupa tu lugar, por favor.

Hice una reverencia a guisa de respuesta, entré en el lavadero y cerré la puerta corredera a mi espalda.

El cuartito no tenía ventanas. Se usaba para almacenar agua, bandejas, cucharones, calderos y teteras. Me bastaba con alargar la mano en cualquier dirección para tocar la pared o algún utensilio para preparar el té. Unas ranuras finas como un cabello enmarcaban la puerta corredera y la entrada del maestro del té en la pared opuesta. En el interior de un farol que colgaba del techo las luciérnagas revoloteaban lánguidas chocando contra los confines de su prisión de cristal. Las sombras se cernían sobre las paredes, se abrían y se cerraban cual redes flotantes, ensortijándose para luego volver a retirarse. Oí que Niiramo y mi padre hablaban en voz baja.

Volví a pensar en mi madre, en su viaje, que podría haber sido el mío: otra vida en la que habría enterrado mi atuendo de maestra del té en vez de aceptarlo como una segunda piel. Luminosa como el reflejo en un espejo limpio, me vi a mí misma, caminando y aprendiendo los aromas y curvas de las calles desconocidas entre los edificios de una ciudad desconocida igual que se aprende un idioma nuevo. Y más allá, un paisaje propio que descubrir y convertir en mi hogar.

Oí movimiento en la sala del té, luego pasos en la galería y después un suave roce al cerrarse la puerta corredera de la entrada de las visitas. Supuse que bien Niiramo o bien mi padre —o ambos— habían salido a coger algo de la galería.

La ciudad y el paisaje se marchitaron. Solo había oscuridad al fondo del espejo, y no había más vida que esta.

Resonó en la sala el leve tintineo de una campanilla. Era hora de que volviera a entrar. Me aparté el pelo de la cara y abrí la puerta corredera. Estaba en lo cierto: al menos uno había salido a la galería. Niimaro tenía en las manos un manuscrito enrollado y mi padre, un grueso libro encuadernado en cuero.

—Noria Kaitio —dijo Niiramo.

Hice una reverencia.

—Como maestro del té a cargo de la evaluación, debo señalar los errores cometidos al llevar a cabo la ceremonia.

Guardó silencio. Esperé. El velo de agua que todo lo suavizaba se había retirado de la sala y solo había un desierto seco y pedregoso, una esfera de aire calcinado que apenas podía respirar.

—Está claro que la cambia deliberadamente a voluntad allí donde no es aconsejable hacer cambios —continuó. Miró a mi padre y le ofreció su sonrisa de comerciante rico.

»Supongo que está al tanto de la regla según la que solo puede estar abierta durante la ceremonia una de las ventanas de la cabaña, ¿no es así?

—Sí, maestro Niiramo, estoy familiarizada con esa regla.

—¿Puede recordarnos a qué se debe su existencia?

La cité exactamente como se me enseñó:

—Para que los invitados se deleiten con el aroma del té y la humedad del aire provocada por el agua. La corriente en la casita de té permite que se vayan el aroma y la humedad.

—Tengo curiosidad por saber qué la ha llevado a tomarse la libertad de saltarse esta regla.

Me incliné de nuevo, aunque me molestaba verme obligada a contestar una pregunta tan estúpida.

—Por motivos prácticos, maestro. El calor en la sala era sofocante. Como anfitriona, he pensado en el bienestar de los invitados.

Niiramo me escudriñó. No aparté la mirada.

—Fuera cual fuese la razón, ha sido una excepción respecto de la fórmula y por tanto un error.

Hice el esfuerzo de permanecer callada. Niiramo siguió adelante.

—Otro error, en el que estoy seguro de que su padre coincide conmigo, ha sido la elección del servicio de té.

Pensé en las tazas y los platillos, las superficies agrietadas por el cambio y el tiempo, su forma sólida bajo mis manos, vinculándome con el mundo pretérito.

—¿Por qué lo considera un error? —pregunté.

La sonrisa de Niiramo se contrajo y se hundió en su rostro terso y carnoso. Me vino a la cabeza la imagen de un gusano largo y estrecho abriéndose paso hacia el interior de una fruta podrida.

—Tiene que entender que un maestro del té, al prepararse para una ocasión semejante, debería escoger el juego más valioso a su disposición. Demuestra respeto hacia los invitados y conciencia de la naturaleza privilegiada de la profesión de maestro del té. Casualmente sé —en ese momento lanzó una mirada a mi padre— que su padre cuenta con el apoyo del mayor Bolin, y veo por la casa y el jardín que disfrutan de cierto desahogo. Estoy convencido de que poseen un servicio de té mejor, y sin duda podría haber encargado que hicieran uno totalmente nuevo para la ocasión. Eso habría sido lo más aconsejable.

—Pero maestro Niiramo...

Las cejas de Niiramo se arquearon aún más en su frente sudorosa al hablar yo sin permiso. Mi padre se horrorizó. Me interrumpí e hice una reverencia a fin de que se me permitiera hablar, como era parte de la etiqueta entre maestro y aprendiz. Niiramo asintió.

—Maestro Niiramo, el propósito de la ceremonia no es hacer alarde de la riqueza propia, sino reconocer el cambio y aceptar la futilidad del mundo a nuestro alrededor. Yo tenía intención de rendir homenaje a todo eso.

La sonrisa de Niiramo no desapareció. Una gota de sudor le resbaló por la mejilla hasta el collar, una exquisita pieza de artesanía.

—¿Me está diciendo usted, muchacha, cuál es el propósito de la ceremonia del té?

La ira se me atragantó igual que polvo ardiente.

—Usted debería saberlo sin necesidad de que se lo diga —repliqué antes de poder evitarlo.

—Noria —me advirtió mi padre.

Niiramo empezó a emitir una risa lenta que iba cobrando impulso poco a poco. La gotita de sudor le cayó de la papada trémula al cuello de la chaqueta y el tejido la absorbió.

—Qué graciosa, señorita Kaitio —dijo—. Tiene mucho que aprender, sobre la ceremonia y el mundo. Dejaré que el tiempo y la experiencia se ocupen de ello. Dentro de treinta años se encontrará evaluando el acto de graduación de algún otro joven maestro del té, y cuando le diga que el propósito de la ceremonia no es hacer alarde de riqueza, usted también se reirá.

«Nunca. Ni en esta vida ni otras diez mil.»

La risa del maestro Niiramo fue remitiendo lentamente. Me miró.

—Luego, claro, está la desafortunada circunstancia de su género —dijo—. Su padre habría hecho bien en mencionármelo de antemano. Me gustaría saber por qué cree que una mujer puede ejercer la profesión de maestro del té con éxito.

Ahora entendía por qué Niiramo se había sorprendido tanto al verme. ¿Habría eludido el mayor Bolin mencionar que yo no era un hombre cuando convenció a Niiramo de que aceptase la invitación? Miré a mi padre, pero no podía ayudarme. Era una batalla que debía librar yo sola.

—Maestro Niiramo, ¿me permite que le pregunte a mi vez si cree que una mujer no es apta para ser maestra del té? —indagué.

—Está en las antiguas escrituras —replicó Niiramo—. Según dice Li Song: «Una mujer no recorrerá el camino de los maestros del té, a menos que esté preparada para abandonar su vida como mujer.»

No me pareció que la cita excluyera el derecho de las mujeres a ser maestras del té, pero en vez de argüir sobre la redacción de las escrituras, dije:

—Creo que es posible cambiar la superficie de las cosas manteniendo intacta la esencia, de la misma manera que es posible mantener las apariencias despojando la esencia de significado.

Niiramo permaneció callado. Me pregunté si había ido demasiado lejos. La sala estaba en silencio. Afuera, el móvil de campanillas sonó una, dos, tres veces.

Al cabo, habló.

—Quiero que entienda lo siguiente: si fuera candidata en una ciudad, le exigiría volver a presentarse a esta prueba. Sin embargo, sé que no se puede esperar el mismo nivel en estos lugares atrasados y, como es natural, menos aún de una aprendiz femenina. Ha aprendido el oficio únicamente de su padre, y nunca ha tenido ocasión de familiarizarse con las costumbres y los conocimientos de otros maestros del té. No veo ningún obstáculo para otorgarle el título de maestra del té en la ceremonia de hoy, aunque no habría estado a la altura de lo estipulado en otras circunstancias, ni en el caso de que la hubiese juzgado un maestro menos benévolo. Sea como sea, le aconsejo que esté más atenta a la etiqueta en el futuro, sobre todo si recibe invitados de las ciudades o del ejército.

Sentí deseos de contestarle, pero vi la expresión de mi padre, ahora más próxima a la desesperación y el fastidio, y guardé silencio.

—¿Está lista? —preguntó el maestro Niiramo.

Hice una reverencia.

—Noria Kaitio —leyó Niiramo en el manuscrito—. Hoy, el decimoquinto día del octavo mes, año del Pez Koi en la era del Nuevo Qian, se le ha concedido el título de maestra del té —continuó, y me entregó el manuscrito.

Al pie del texto estaban su firma y la de mi padre. El maestro Niiramo se hizo a un lado y mi padre se me puso delante. Acepté el libro con tapas de cuero que me entregó y leí el juramento que había aprendido de memoria:

—Soy una guardiana del agua. Soy una sirvienta del té. Soy quien alimenta el cambio. No someteré aquello que crece. No me aferraré a lo que debe desmoronarse. El camino del té es mi camino.

Hice una profunda reverencia y mi padre inclinó la cabeza. Cuando levanté la vista, vi que se le humedecían los ojos. Abrió la boca para decir algo pero el sonido se le atragantó.

—Casi se me olvida —dijo Niiramo, perturbando el silencio—. El comandante Taro me ha pedido que le dé la enhorabuena. Estaba en lo cierto: su agua tiene un aroma extraordinariamente bueno.

—Debería haberte advertido de antemano sobre el juego de té —me dijo mi padre en la cocina, cuando estábamos envolviendo en tela dos tazas usadas en la ceremonia para regalárselas al maestro Niiramo, como era costumbre—. Sabía que se mostraría puntilloso al respecto. No apruebo cómo te ha hablado, pero no tenemos por qué volver a verlo nunca.

Me dio la sensación de que pensaba reprenderme por mi comportamiento, pero se lo pensó mejor.

—¿Vas a venir a la Fiesta de la Luna? —le pregunté.

Mi padre negó con la cabeza.

—La he visto muchas veces ya. Ahora me apetece más dormir que asistir a una fiesta.

Antes de salir de la casa me llevé el manuscrito y el libro de maestro del té en blanco a mi cuarto y los dejé encima de la cama. Me miré en el espejo. Aún tenía la cara enrojecida de la ceremonia, y en la túnica de mi atuendo de maestra había manchas húmedas y oscuras en las axilas. Me puse ropa limpia y tendí el traje en la cama al lado del libro.

Cuando me volví para dejar el libro en la mesa, vi un fino paquete blanco que relucía con la palidez de la luna sobre la superficie de madera oscura, y reconocí la escritura de mi madre en las letras de mi nombre. Mi padre debía de haberlo dejado en el cuarto antes de la ceremonia.

El sobre era grande: no un rígido envoltorio para el correo tejido con hilo de algas, sino hecho de papel auténtico. Dentro descubrí un chal grande y fino de excelente lana. Sabía que mi madre no podía haberlo encontrado en nuestro pueblo, probablemente ni siquiera en la Unión Escandinava. Era difícil encontrar nada aparte de la lana más basta. Debía de haber encargado el chal a alguna ciudad lejana. Busqué una nota, y mi mano palpó un papelito blanco dentro del sobre. Lo saqué y leí:

«Para Noria, la flamante maestra del té, de su orgullosa madre. ¡Disfruta del día de hoy!»

Me llevé el chal a la cara. Esperaba que oliese a su champú y a su aceite perfumado, pero solo tenía un tenue aroma a lana y papel. No había ni rastro de ella.

Me envolví en él de todos modos.

Coloqué el atuendo de maestra del té en una percha y lo colgué de la barra de la cortina. Justo entonces miré casualmente por la ventana y vi a Niiramo en el césped, esperando a que llegase su heliocoche. Se le veía cansado, tenía los ojos cerrados y se llevó un pañuelo a la frente para enjugar el sudor. Estaba encorvado, como si se hubiera apoderado de él un agotamiento extremo previamente disimulado.

Metí un odre pequeño en mi bolsa y me la colgué del hombro. Luego cogí un farol de luciérnagas pequeño y una caja de tartas de fiesta de la mesa y me marché.

Cuando llegué a la casa de su familia, Sanja ya me estaba esperando, sentada al aire libre en un sillón que había visto tiempos mejores. Minja cabeceaba medio dormida en sus brazos, chupando un pedazo de tela relleno de semillas. Sanja se levantó de un brinco al verme y Minja se despertó.

—¿Qué tal ha ido? —preguntó.

—Estás invitada permanentemente a mis ceremonias del té —dije.

—¡Enhorabuena! —exclamó, y me ofreció una sonrisa torcida—. Pero me parece que voy a pasar, no he asistido nunca a una de esas ceremonias y no sabría qué hacer. —Sanja me abrazó, sujetando con una mano a Minja, que se vio atrapada entre nosotras y empezó a protestar a voz en grito—. Espera, ahora mismo vuelvo.

Sanja desapareció en el interior de la casa y volvió un momento después con una cesta cubierta con tela. Había dejado dentro a Minja, probablemente con su madre.

—Es para ti —dijo.

Cogí la cesta y retiré la tela. Debajo había una caja que a todas luces había hecho la propia Sanja. No era la primera vez que me admiraba su destreza con cosas que yo habría sido incapaz de hacer. Sabía citar textos, realizar movimientos e inclinar la cabeza ante los invitados, pero ella sabía desmontar cosas con las manos y volver a montarlas de una manera distinta, remodelándolas hasta que surgía algo nuevo y asombroso. Había diseñado una caja rectangular multicolor con trozos de metal, plástico y madera desechados, una superficie desigual y reluciente donde unos dibujos similares a enredaderas trepaban por los costados y la tapa, se entreveraban y volvían a desaparecer.

—¿Te gusta? —preguntó, y vi que tenía la cara un poco menos pálida de lo habitual. Era raro verla tan inusitadamente tímida—. Es para el té.

—Es preciosa —dije—. ¡Gracias! —La abracé, metí la caja en mi bolsa y le devolví la cesta—. ¿Vamos?

Sanja asintió. Nos pusimos en camino hacia la plaza central del pueblo. Unas pocas estrellas relucían como cristal en lo alto, y la luna llena brillaba pálida y con los bordes paulatinamente más definidos conforme iba ascendiendo a través del azul cada vez más denso del anochecer.

—¡Mira! —dijo Sanja, y señaló el cielo.

Al principio no supe qué miraba, pero luego lo vi. Aparte de la luz metálica de la luna, el aleteo de los fuegos acuáticos pasaba rozando las aristas oscuras de las colinas, oscilando lentamente como una tira de tela en el agua casi mansa.

—Eso no es más que el principio —observó Sanja.

Los sonidos y aromas de la Fiesta de la Luna flotaban en torno mientras atravesábamos el pueblo. Los jardines traseros de las casas ante las que pasábamos estaban decorados con faroles de luciérnagas pintados de colores, y el traqueteo de algún que otro artilugio pirotécnico arrojaba chispas sobre los tejados. El olor a pescado frito, verdura y tartas nos llegaba a ráfagas. La gente llevaba alimentos de la cosecha y bebidas a las mesas, y en algunos jardines se oía música y un rumor de voces animadas.

Vi desde lejos el desfile de la Fiesta de la Luna serpenteando por la plaza del pueblo. El Dragón del Océano hecho con plástico de desecho, juncos trenzados y madera sobrante relucía de un color blanco plateado, flotando sobre el ritmo de los tambores y los cánticos, mientras los bailarines lo llevaban en volandas. Un grupo de niños disfrazados de peces y otras criaturas marinas seguían los movimientos del dragón, todo un banco de animalillos lanzando destellos con sus escamas de plástico viejo en contraste con la penumbra en ciernes. Se me pasó por la imaginación que los fuegos acuáticos que habíamos visto los habían prendido ellos en realidad, como en los cuentos en los que el reflejo de los peces que nadaban con los Dragones del Océano los proyectaba hacia el cielo. En mitad de la plaza había una enorme luna llena de madera pintada encaramada a una plataforma que dominaba toda la escena. Cuando nos acercamos, vi brillar en los ojos del dragón una luz amarillenta. Tardé un momento en darme cuenta de que debía de haber un farol de luciérnagas dentro de la cabeza. En la neblina, la esbelta figura del dragón era como un fantasma itinerante que flotaba mudo y espectral por encima de todo sonido y movimiento.

Empezaba a pasarlo bien. La Fiesta de la Luna me iba atrayendo hacia su interior. Sanja me arrastró por entre el gentío hacia un puesto de comida. Compramos almendras tostadas y tentempiés de algas secas. Vi que Sanja se retorcía y cambiaba el peso del cuerpo de un pie al otro mientras yo pagaba la comida. Imaginé adónde quería ir a continuación.

—Vamos a probar ese —me dijo, y señaló otro puesto cerca de la entrada de una callejuela que salía de la plaza. Cuando nos abríamos paso entre el gentío, pasamos junto a un grupo de vecinos del pueblo que hablaban con voces serias y apresuradas. Uno de ellos escuchaba un dispositivo de mensajes.

—Tiene que ser un cuento —oí decir a alguien—. No han dicho nada en las noticias.

—Ya sabes cómo son las noticias —comentó algún otro—. Y no descartaría que fuera cosa de los unionistas. Mi cuñado dice que conoce alguno y...

—Mi primo lo vio, eso dice —comentó el hombre que tenía el dispositivo de mensajes—. Estaba allí mismo, y cuenta que es un auténtico caos.

Más adelante recordaría la conversación, pero en ese momento tenía otras cosas en la cabeza.

Sanja estaba en lo cierto: en el puesto había una pequeña imagen de una ninfa azul pintada en el ángulo del toldo de lona. Todo el mundo sabía lo que representaba, y aunque no era estrictamente ilegal, la mayoría de los comerciantes que se preciaban se negaban a venderlo.

—Queremos cuatro pasteles de loto azul, por favor —le dijo Sanja a la vendedora, una mujer mayor con grandes marcas de nacimiento parduscas en la cara.

—¿No sois un poco jóvenes para eso? —preguntó, pero Sanja le dio el dinero y la mujer no dijo nada más; se limitó a meter los pasteles en la bolsa de tela que le tendió Sanja.

Miré al cielo. Los fuegos acuáticos se habían hecho más grandes y estaban extendiendo su fino velo a través de la noche.

—Vamos al Pico —propuso Sanja—. Tiene las mejores vistas.

El Pico era un acantilado cortado a pico que despuntaba de la colina cerca del cementerio del plástico. Una escalera angosta subía hasta allí desde las afueras del pueblo. Sería el mejor sitio para ver los fuegos acuáticos, a menos que quisiéramos regresar a la casa del maestro del té y desde allí hasta la colina.

Cuando llegamos al Pico, vimos que no éramos las únicas que habían pensado en ese lugar. Había un par de docenas de personas sentadas en grupitos o por parejas aisladas. Conocíamos a algunos de la escuela del pueblo y pasamos a saludar, pero Sanja susurró:

—Vamos a subir un poco más, seguro que allí no hay tanta gente.

Poco después encontramos un rellano de piedra lisa

desde donde se veía el cielo con claridad. Sanja extendió el chal desgastado en el suelo. Dejamos encima los faroles de luciérnagas y dispusimos en torno el picnic de almendras y pasteles. Los fuegos acuáticos en lo alto abarcaban todo el cielo, oscilando, amainando para lanzar acometidas de nuevo en grandes pliegues, como el mar.

No hablamos apenas, y aun así el silencio entretejido no nos distanciaba ni resultaba vacío, sino que nos conectaba y me hacía sentir en paz. Sanja jugueteaba con una pulsera de algas coloreadas que llevaba en la muñeca. Reconocí la cinta decorativa que tenía cosida a los puños de la camisa y la larga cenefa de la falda. La había visto en alguna parte. Surgió ante mis ojos una imagen de su madre cosiendo una cinta como remate de un mantel antes de las celebraciones tras los Exámenes de Ingreso de Sanja. Ya se veía un tanto desgastada entonces. La cinta probablemente había ido a parar a las mangas y la cenefa de la falda para disimular su aspecto andrajoso.

Mordisqueé el pastel de loto azul y esperé a que me sobreviniera aquella lánguida sensación como de ir a la deriva.

—Cuando rondan los Dragones del Océano, es que el mundo está cambiando —dije.

Sanja mascó sus almendras tostadas y bebió agua del pellejo.

—No es más que un cuento, Noria —dijo—. Los fuegos acuáticos no son más que partículas que colisionan debido a la proximidad del Polo Norte. Una reacción electromagnética que no es más emocionante que una bombilla o una luciérnaga. No hay dragones que viven en el mar, ni bancos de peces que los siguen, ni brillan sus escamas en el cielo oscuro. —Cogió un pastel de loto azul y lo probó—. El año pasado eran mejores —comentó.

—Ya sé lo que son los fuegos acuáticos —dije—. Y sigo viendo dragones. ¿Tú no?

Sanja contempló el cielo largo rato, y yo la contemplé a ella. Bajo el fulgor verde oscuro de los fuegos acuáticos su rostro era diferente que a cualquier otra luz, igual que una concha marina tersa como el hueso y velada por las algas. Sus manos eran dos estrellas de mar en el abismo de la noche. Las imaginé empujadas por la corriente, siendo arrastradas a laberintos rocosos donde no llegaba la luz del día, donde criaturas ciegas y translúcidas no emitían sonido alguno ni soñaban con otro mundo.

—Sí —dijo tras un largo silencio—. Los veo.

Sanja posó la mano en mi brazo. Noté su calor a través del fino tejido de mi túnica, cada una de las líneas de sus dedos como si quedaran dibujadas sobre mi piel con la luz del sol. Las luciérnagas brillaban suavemente en los faroles, los Dragones del Océano rondaban y el mundo giraba lenta, imperceptiblemente, sin pausa.

En la quietud del amanecer regresé a casa con el chal nuevo ceñido sobre mi cuerpo. El camino del pueblo a la casa del maestro del té no parecía largo, ni parecían altas las sombras de los árboles. Tras cruzar la cancela hice tintinear ligeramente con las uñas el móvil de campanillas que colgaba del pino. Aún notaba el sabor de la comida de la víspera y de la noche en la boca, y me apetecía mascar hojas de menta. Me desvié hacia el jardín de piedras en vez de ir directa a la casa.

Recuerdo que las briznas de hierba me rozaban los tobillos, la fresca humedad de primera hora de la mañana se me pegaba a la piel.

La memoria patina y resbala, y no es de fiar, pero lo recuerdo.

Me detuve en seco al verla.

Había una figura oscura y delgada en la orilla del jardín de piedras, junto a las plantas de té, a la espera.

Noté la carne y los huesos petrificados y tensos en torno al corazón, y no pude dar ni un paso más.

La figura se dio la vuelta y se alejó hasta desaparecer detrás de las plantas de té. Las ramas se movieron un momento donde la figura las había rozado a su paso, y luego quedaron quietas y mudas.

Corrí hasta la casa con miembros pesados.

No había luz ni movimiento en el farol de luciérnagas que colgaba del techo de la entrada, y a mis ojos les llevó un rato adaptarse a la media luz.

Mi padre estaba tendido en el suelo; tenía el gesto torcido de dolor y la respiración, fatigosa. Había un odre roto a su lado. El agua había formado un charco en el suelo y mojado la ropa de mi padre.

—¿Qué ha pasado? —pregunté, e intenté ayudarle a levantarse.

Se puso en pie con gran dificultad, pero no fue capaz de erguirse.

—Nada —contestó—. Solo estoy un poco cansado.

—Voy a llamar al médico.

Entré en el dormitorio de mis padres y lo arropé en la cama. Poco después se sintió intranquilo.

—Voy a coger agua de la cocina —dijo—. Tengo la boca seca.

—Ya te la traigo —le advertí, pero insistió en levantarse, ir a la cocina y servirse él mismo un vaso de agua.

Fue la última vez que vi a mi padre levantarse de la cama sin ayuda.

Segunda parte

EL ESPACIO SILENCIOSO

Ni un grano de arena se mueve sin que cambie la forma del universo: cambia una cosa y lo cambiarás todo.

Wei Wulong, «El camino del té», siglo VII de la era del Antiguo Qian

9

Somos hijos del agua, y el agua es compañera íntima de la muerte. No es posible separar de nosotros ninguna de las dos, pues estamos hechos de la versatilidad del agua y la cercanía de la muerte. Siempre van juntas, en el mundo y en nosotros, y llegará el día en que nuestra agua se seque.

Así es como ocurre:

La tierra se asienta donde había agua, ocupa su lugar en la piel humana o en una hoja verde que brota de la arena, y se propaga como el polvo. La hoja, la piel, el pellejo de un animal va adquiriendo poco a poco la forma y el color de la tierra, hasta que es imposible saber dónde comienza uno y empieza la otra.

Las cosas secas y muertas se convierten en tierra.

La tierra se convierte en sequedad y cosas muertas.

La mayor parte de la tierra sobre la que caminamos germinaba y respiraba antaño, y una vez tuvo la forma de algo vivo, mucho tiempo atrás. Algún día alguien que no nos recuerde caminará sobre nuestra piel, nuestra carne y nuestros huesos, sobre el polvo que quede de nosotros.

Lo único que nos separa del polvo es el agua, y el agua no se puede contener en un lugar. Se nos escapa entre los dedos y por los poros y a través del cuerpo, y cuanto más nos marchitamos, más anhela abandonarnos. Cuando el agua se seca, solo somos tierra.

Escogí el lugar a la orilla del jardín de piedras, bajo las plantas de té. El cielo estaba nublado y la luz tenue y gris pesaba sobre la hierba hollada por el invierno igual que el mar sobre un paisaje submarino. Me combaba los huesos y ladeaba la tierra hacia mí. Pensé en el silencio de la tierra, pero el aire y el agua seguían fluyendo bajo mi piel, y tenía que aprovechar las breves horas de luz mientras durasen.

Me quité el abrigo, lo dejé junto a la pala y cogí la azada.

Tuve buen cuidado de no dañar las raíces de las plantas de té. Cavé con la azada y la pala hasta que me dolieron los músculos y se me quedó la boca seca. Cuando las primeras luciérnagas empezaron a brillar en los groselleros, el hoyo a mis pies era lo bastante grande.

Me lavé en el cuarto de baño con agua fría y recogí el mensaje que había dejado mi madre en el dispositivo. Tenía la voz henchida de pena.

«No he tenido noticias de la oficina de visados —decía—. Todos los enlaces por tren entre Xinjing y los Urales siguen suspendidos, y no se permite a nadie ir más allá de los pueblos cercanos. Noria, lo único que puedo hacer es intentar conseguirte un billete y un visado para que vengas aquí cuando se reanuden los enlaces. Espero poder enviártelos de algún modo seguro. Daría lo que fuera por estar allí contigo. —Había una larga pausa. La oí respirar—. Haz el favor de mandarme un mensaje para decirme cómo estás», añadía con la voz quebrada.

El dispositivo emitió un pitido y quedó en silencio. Escuché el mensaje de nuevo, y luego dos veces más. Sabía que debía escoger su nombre de la lista y hablar con ella, pero tenía la boca tan llena de silencio que no quedaba sitio para palabras. Al final pulsé el botón verde. «Grabando», anunció la pantalla.

—Estoy bien —dije, procurando que sonara veraz—. Mañana te escribo.

Envié el mensaje y volví a dejar el dispositivo en el soporte de la pared.

Me acosté y contemplé la oscuridad hasta que empecé a ver los perfiles de los muebles a la leve luz de la noche que se convertía en amanecer.

Cuando por fin me levanté y salí a la galería, no hubiera sabido decir si hacía un frío fuera de lo común o sencillamente estaba destemplada por la falta de sueño. Volví a mi cuarto y me puse el abrigo, los pantalones y el chal más gruesos que encontré, así como dos pares de calcetines antes de calzarme las sandalias. Al salir vi la capucha antiinsectos de mi padre, plegada y envuelta en una tela de protección en el estante de la entrada, junto a la mía. La cogí, la llevé al estudio de mi madre y cerré la puerta.

Los invitados empezaron a llegar hacia las diez de la mañana. Los primeros fueron Jukara, el artesano del plástico, con su mujer, Ninia, y su hermana, Tamara, y el mayor Bolin con el chófer del heliocoche. Poco después me saludaron a la entrada cuatro maestros del té que habían conocido a mi padre, seguidos por unos primos y primos segundos suyos de pueblos cercanos. Había tenido que confeccionar la lista en buena medida a base de conjeturas, porque la familia de mi madre era de cerca de New Piterburg, y no tenía hermanos ni parientes tan al norte. Mi padre apenas mantenía contacto con ningún familiar suyo. No recordaba haber visto a la mayoría de sus parientes más de una o dos veces de niña, cuando asistimos a la boda o el bautizo de alguien, al que mi padre había sido invitado para llevar a cabo una ceremonia del té. Esas personas me resultaban desconocidas; no teníamos recuerdos ni palabras en común. Estaba sola entre ellas.

Tres plañideras del pueblo se acercaron por entre los árboles. Tenían exactamente el mismo aspecto que, según recordaba, habían tenido siempre. De niña me daban miedo. Lucían túnicas amplias y oscuras y llevaban la cabeza cubierta con un pañuelo, y la expresión de sus rostros arrugados cambiaba como las mareas. Había quien aseguraba que eran capaces de ver cosas que los demás no veían. Hablaban poco y seguían a la muerte allí donde iba, y cuando se lamentaban, daba la impresión de que hasta las piedras sentían su congoja.

No recordaba haberlas invitado, pero no las despaché. Alguien tenía que llorar en un día así, pensé, y yo no tenía dentro de mí más que silencio entumecido.

Sanja y su padre, Jan, fueron los últimos en llegar. Sanja me abrazó, y no me cabe duda de que me notó temblar contra su cuerpo.

—Mi madre ha tenido que quedarse en casa. Minja no se encuentra bien —me susurró rápidamente antes de apartarse de mí y seguir con Jan camino del jardín donde los demás invitados ya estaban reunidos en torno a la tumba y el ataúd.

Cerré la cancela y seguí sus pasos.

El ataúd de bambú reposaba sobre un banco de piedra, donde lo habían dejado la víspera los de la oficina de entierros, y en el extremo del banco estaba la urna de agua. El ataúd seguía pareciéndome muy pequeño. Apenas era mayor que el hogar en el suelo de la casita de té, y me vino a la cabeza, una vez más, lo efímera que era la muerte, hasta qué punto era imposible asimilarla y verla y entenderla. Mi padre no estaba presente, ni en el ataúd ni en la urna. Lo que contenían era la mera materia a la que había estado unido su espíritu, y él ya no formaba parte de esa materia, del mismo modo que la luz no forma parte de la flor marchita que hizo crecer.

Le pedí a Bolin que se ocupara de la formalidad del discurso. Dio la bienvenida a los invitados y habló brevemente sobre mi padre. Luego abrió el libro encuadernado en cuero que tenía entre las manos y leyó un pasaje. Era consciente de que estaba hablando, pero las palabras se alejaban poco a poco, sus cáscaras extrañas y huecas.

Cerró el libro, lo dejó con cuidado en el suelo e hizo un gesto con la cabeza a Jukara. Levantaron juntos el ataúd del banco, lo llevaron a la sepultura y lo bajaron lentamente al hoyo. Como pariente más cercana, fui la primera en dejar un recuerdo. En esa época del año aún no había flores, y la mayoría de los árboles habían perdido las hojas meses atrás, así que había cogido una rama de una planta de té perenne. La dejé caer sobre el ataúd, y en la tumba poco profunda sus colores verde y pardo oscuro se confundieron con el bambú. Solo los brotes más diminutos y frágiles relucieron cual estrellas dispersas contra el fondo oscuro.

Casi todos los invitados dejaron un guijarro o una

concha de mejillón hallados en el lecho del río, seco desde mucho tiempo atrás, a modo de despedida, su repiqueteo suave como el de la lluvia sobre la tapa del ataúd. Bolin espolvoreó sobre el ataúd hojas de té de color gris verdoso desmenuzadas en pequeños nudos.

Cuando todos hubieron dejado sus recuerdos, llegó el momento de la urna de agua.

Las plañideras empezaron a cantar.

Comenzó como un canto pausado que fue creciendo poco a poco, hermoso y desagradable al mismo tiempo, cual llanto forjado en una melodía que iba creciendo y decreciendo y amortajaba todo aquello que tenía a su alcance. Su lenguaje era antiguo y extraño. Sus palabras resonaban igual que un hechizo o una maldición, pero sabía que era uno de los idiomas del mundo pretérito, ahora casi perdido, recordado únicamente en los cantos que ellas y unos pocos más conocían.

El lamento fue tejiendo una lenta red en torno a mí, dividido en incontables hebras que se alejaban flotando igual que senderos brillantes, a través de la textura de cosas recordadas y perdidas y olvidadas. Levanté la urna de agua del banco de piedra y me acerqué al borde de la tumba donde crecían las plantas de té. La canción de las plañideras subía y bajaba, le brotaron hojas y ramas y echó raíces sobre mi piel y debajo de ella, y mis contornos se desdibujaron, porque lo que llevaba en mi interior no podía quedar contenido en ellos: yo era un bosque que se alzaba hacia lo alto y se venía abajo de nuevo, era el cielo y el mar, la respiración de los vivos y el sueño de los muertos. Iba a lomos de palabras extrañas; un lenguaje perdido dirigía mis pasos.

Me incliné para verter el agua en las raíces de las plantas de té.

Cuando la urna quedó vacía, la llevé de nuevo al banco de piedra. El canto decayó como el viento.

La ceremonia termina cuando no queda más agua.

Los invitados empezaron a desplazarse hacia la casa. Yo me quedé en la hierba pálida entre los árboles deshojados durante un buen rato, contemplando las plantas de té, que no crecían más aprisa ni más despacio. Solo cuando Sanja se detuvo a mi lado y me pasó el brazo por los hombros percibí de nuevo mis contornos y dejé de sentir que flotaba en el espacio, hecha añicos.

—Te están esperando —dijo Sanja.

—Creo que él querría que me quedase un poco más —repuse.

—A los muertos no hace falta satisfacerlos, Noria —dijo ella.

De haberlo dicho cualquier otra persona, o de haberlo dicho ella de un modo distinto, me hubiera marchado a la colina rocosa en ese mismo momento y dejado a los invitados en la casa para no regresar hasta que se hubieran marchado todos. Pero la mano de Sanja era firme sobre mi hombro, y nunca había oído su voz tan suave.

Se volvió para mirarme a los ojos y me apartó de la cara un mechón de pelo en el que no había reparado. La seguí hacia la casa.

Estaba muy oscuro en la sala de estar porque me había olvidado por completo de la iluminación. Aún faltaba más de medio mes para el equinoccio de primavera, y el día detrás de las ventanas no era luminoso. Parientes a los que quizá no había visto nunca hicieron breves parlamentos. Ninia y Tamara se ocuparon de llevar comida a la mesa. Les había prometido a cambio dos semanas de suministro de agua, y puesto que todos los grifos del pueblo habían quedado clausurados, nadie rechazaba ofertas así. Las plañideras comieron y bebieron más que cualquier otro, pero no se lo tuve en cuenta. Sanja estuvo sentada a mi lado en todo momento.

Miraba en torno, procurando recordar de dónde conocía a esas personas. Había un invitado a quien no conseguía ubicar: un hombre rubio sentado en el rincón que no hablaba con nadie ni parecía conocer a ninguno de los demás. Estaba casi segura de que no era un pariente, e igualmente segura de que no era del pueblo. Sin embargo, le encontraba una cierta familiaridad.

—¿Lo conoces? —le pregunté a Sanja.

Sanja le echó un vistazo.

—No lo he visto en mi vida —dijo.

Iba con ropa de calle, pero sus ademanes y su modo de observar a los presentes en la sala me llevaron a preguntarme si sería militar. Más o menos al mismo tiempo que las patrullas semanales de supervisión del agua pasaron a ser obligatorias para todo el mundo y que se endurecieron los castigos por los delitos contra el agua, habían empezado a aparecer soldados en las reuniones concurridas, bien a la vista de todos vestidos de uniforme o bien ataviados de civiles. Al principio no había dado crédito a esos rumores, pero una vez se los mencioné a mi padre, que estaba muy enfermo ya para ir al pueblo, y me dijo: «Ahora vigilan de cerca. No quieren arriesgarse a que surja una resistencia organizada después de las celebraciones de la Fiesta de la Luna. Nos tienen bien cogidos y nos estrujarán hasta que nadie tenga la valentía de alzarse contra ellos. Ha empezado, pero tardará en acabar.»

Me sacudió un escalofrío inesperado, noté el peso de

la ira como si tuviera piedras calientes en la garganta y me resbalaron lágrimas por las mejillas. Dejé que cayeran. Un rato después se secaron, pero aún las notaba ardientes y punzantes detrás de los ojos. Volverían a abrirse paso con su quemazón.

Los invitados fueron marchándose poco a poco. Cuando se habían ido casi todos, se me acercó Bolin.

—¿Puedo hablar contigo un momento, Noria?

Reparé en que me tuteó en vez de llamarme señorita Kaitio como siempre. Conocía a mi padre desde mucho tiempo atrás y me había ayudado con los preparativos del funeral más allá de lo necesario. Supuse que quería hablar de su siguiente visita a la casita de té.

—Nos vemos pasado mañana —le dije a Sanja—. Gracias por venir.

Sanja me apretó la mano.

—Envíanos un mensaje o ven a vernos cuando quieras —dijo.

Jan se despidió con un gesto de cabeza, y se marcharon.

—¿Puedes traer el cofre del heliocoche? —le dijo Bolin a su chófer, que hizo una leve inclinación y salió, sus botas estruendosas contra las tablas del suelo.

Nos quedamos a solas en la sala de estar casi en penumbra, donde solo un par de tenues faroles separaban la luz de la oscuridad. Bolin llevaba asistiendo a las ceremonias del té de mi padre desde que yo tenía seis o siete años, y siempre me había tratado bien y mostrado respeto, antes incluso de que empezara a adquirir destreza con la ceremonia. Había sido amigo de mi padre, en la medida en que mi padre trababa amistad, y confiaba lo suficiente en él para no tenerle miedo. Le ofrecí una taza de té pero negó con la cabeza.

—Noria —empezó.

Aguardé. Por lo visto buscaba las palabras adecuadas. Una luciérnaga solitaria zumbaba suavemente contra la ventana y me pregunté si me habría dejado un farol abierto en alguna parte. Luego tendría que retirar las luciérnagas muertas de los rincones.

Al cabo, Bolin habló de nuevo.

—Algunos están convencidos de que hay agua en tus terrenos —dijo—. No sé si es así, pero...

—No es verdad.

—No he venido a recabar información —aclaró Bolin, y adoptó un gesto grave—. No sé si tu padre te lo mencionó, pero crecimos juntos, y tiempo atrás le hubiera confiado mi vida. No entendió por qué elegí hacer la carrera militar, pero rescatamos lo que nos fue posible de nuestra amistad. Por eso sé que hubiera querido que te previniera. —Guardó silencio un momento—. El poder ya no está en mis manos. Nominalmente, tal vez, pero día tras día, hora tras hora va pasando a manos de otros, y dentro de poco ya no habrá nada que pueda hacer por ti. El poder que antes ejercía yo ahora lo ejerce Taro. Tienes que andarte con mucho cuidado, Noria.

Me pregunté qué habría estado haciendo Bolin exactamente por mis padres y por mí. Recordaba haber oído decir a mi padre que contábamos con su protección. Empecé a darme cuenta de que en realidad no sabía a qué se refería. Protección, ¿de quién? La imagen del desconocido rubio que había asistido al funeral me vino a la cabeza, a la par que los recuerdos de los soldados investigando el jardín.

Siempre había alimentos en nuestra cocina que muchos otros vecinos del pueblo solo tenían en las celebraciones de la Fiesta de la Luna o del Solsticio de Invierno. ¿Tenía él algo que ver con eso, y habían llegado por su mano algunos de los libros de la casa? ¿Había mantenido a distancia las patrullas del agua para que mi padre pudiera seguir ejerciendo en paz? ¿Hasta qué punto era cosa suya todo eso y, lo que era aún más importante, cómo cambiarían las cosas si retiraba su protección?

—Tendré cuidado —dije.

Cruzaron la galería unos pasos pesados y llamaron a la puerta.

—Debe de ser mi chófer —dijo Bolin—. Te he traído una cosa. ¡Adelante! —gritó.

Resonó un ruido seco al posarse algo pesado en el suelo. Oí abrirse la puerta, el roce de la madera contra la madera, y un instante después entró el chófer. Tenía la cara muy roja, y llevaba un cofre de madera de grandes dimensiones que dejó delante de mí.

—Ábrelo —dijo Bolin.

Levanté la tapa. En el interior había docenas de libros antiguos encuadernados en cuero.

—No me cabe duda de que Taro no encontró en ellos nada de interés, o no habría podido recuperarlos —continuó—. Habrían sido destruidos si no hubiera movido los pocos hilos que aún tengo a mi alcance. Considéralo un último favor a tu padre. Sé lo importantes que eran para él estos libros.

Las lágrimas volvieron a nublarme los ojos cuando pasé los dedos por los lomos de aquellos libros de los maestros del té. Vi que uno era el de mi padre. No había adquirido otro después de que los soldados se lo confiscaran. Ahora apenas quedaba nada más de él.

—Gracias —dije—. Gracias.

Bolin tenía un semblante cansado que solo podía interpretarse como tristeza. Los faroles relucían suavemente y nada parecía distinto, pero había cambiado todo.

—Seguiré asistiendo a las ceremonias del té, y sé que serás capaz de mantener la calidad del oficio de tu padre —dijo Bolin. Vaciló y luego me palmeó torpemente el hombro.

—Me gustaría saber una cosa —indagué—. ¿Por qué trajo a Taro aquí el verano pasado?

Sabía que la acusación era patente tras mis palabras. Su respuesta me sorprendió.

—No pude hacer nada al respecto. No hay poder que dure, Noria. Hasta las montañas quedarán algún día erosionadas por el viento y la lluvia.

Parecía anciano y vulnerable, y no supe qué más decirle. Le vi vacilar, igual que un momento antes.

—Me gustaría preguntarte una cosa antes de irme —dijo—. Entiendo si no quieres hablar de ello, pero me gustaría saberlo. ¿Cómo murió Mikoa?

Guardé silencio. El día se oscureció, el año avanzaba lentamente hacia la primavera, el agua corría en su vasija de piedra de la colina, y noté el mismo frío que si los huesos se me hubieran convertido en hielo.

—No quiero hablar de eso —dije al fin.

Bolin hizo una reverencia y se marchó.

Es así como ocurre:

La noche de la Fiesta de la Luna mi padre se desploma y se queda mudo e inmóvil, mientras el agua y la oscuridad le impregnan la ropa, el pelo y la piel.

Mientras tanto, tres unionistas se empapan en aceite la ropa, el pelo y la piel. Luego suben las escaleras del cuartel general del régimen militar de Kuusamo y se prenden fuego.

Al día siguiente unos hombres de uniforme azul se llevan a una pareja de ancianos de nuestro pueblo, y al anochecer todo el mundo sabe que su hijo y otras dos personas se inmolaron como protesta contra la ocupación qianesa.

Los lamentos de las plañideras recorren el pueblo durante tres días.

Primero hay más vigilantes del agua a cada mes que pasa. Luego, justo antes de las celebraciones del Solsticio de Invierno, clausuran por completo los grifos de agua, y la única manera de conseguirla es hacer cola en la plaza para obtener raciones.

Los dispositivos de noticias hablan de terrorismo sofocado en la Unión Escandinava, de disturbios menores en áreas alejadas, sublevaciones repentinas y también súbitamente sofocadas en las ciudades, como si la guerra fuera dispersa, fortuita, insignificante. Sin embargo, al mismo tiempo, hay cada vez menos comida en los mercados; las aplicaciones pase y los visados son cada vez más difíciles de conseguir y las notificaciones de voluntarios fallecidos en combate van aumentando.

Cuando la luna se torna oscura y nueva señalando el inicio del año, mi madre no puede volver a casa porque los enlaces ferroviarios han quedado interrumpidos.

Todo eso lo observo en el transcurso de la enfermedad de mi padre, y aunque veo lo que ocurre, es como una neblina tenue e informe en los márgenes de mi vida. Mi padre es el centro que lo mantiene todo unido: el dolor que lo tiene sometido y yo no puedo aliviar; su vida vacilante que mengua ante mis ojos y yo no consigo retener dentro de los confines del mundo. Dejo que todo lo demás pase de largo, a sabiendas de que más adelante tendré que afrontarlo.

Yace en la cama de mis padres, muy grande para él solo, y tiene la piel quebradiza como el papel al sol, cada día más fina. Veo a través de ella los ángulos y las curvas de sus huesos.

Bolin intenta hacerle llegar medicamentos, pero incluso a los oficiales del ejército les resulta difícil obtenerlos. El médico que viene menea la cabeza, le clava agujas en las extremidades, se va y vuelve a venir, no sabe qué le ocurre a mi padre.

Creo que la ausencia de mi madre lo reconcome, cualquier cambio lo reconcome, y sencillamente ya no tiene fuerzas para seguir viviendo.

Al final, deja de comer.

Al final, deja de beber.

Lo sabe, igual que en un sueño en el que sabes que la otra persona en la habitación es un conocido, aunque no reconozcas su cara.

Me pide que prepare su último ritual.

Es mi invitado una sola vez en la vida, y un maestro del té no deja entrever sentimiento alguno ante sus invitados.

Tras acabarse el té, espera en la casa hasta que la muerte le aprieta el corazón con su mano y el agua de su sangre se agota.

Cuando Bolin oye lo ocurrido, dispone que un médico del hospital militar venga y le extraiga los órganos para guardarlos, porque hay escasez. Una vez que lo ha hecho, envía un heliocoche para el cadáver.

En la oficina de entierros escojo un ataúd de bambú, que parece muy pequeño, y una urna plateada en la que se recogerá el agua de mi padre. El director de entierros me dice que todo estará listo en dos días. Vuelvo a montarme en el heliocoche y voy a la pastelería a encargar tartas para el entierro.

Mi madre no está, y debería. No puede subir a ningún tren y sabe que no me llegará ninguna carta, y día tras día despierto pensando que ojalá siga respirando, aunque yo no pueda percibirlo.

Mi padre no está, y debería. Yace en una cámara de metal y piedra, donde el agua que corría en su interior se convierte en hielo y lo abandona. Transcurridos dos días no quedará más que polvo en un ataúd de bambú y agua en una urna de color plateado.

Yo estoy aquí, y las palabras no son más que cenizas mudas en mi boca; no hay agua que sacie esta sed.

10

La cola avanzaba a un ritmo angustiosamente lento. El sol me provocaba escozor en los ojos y tenía la cara cubierta de una arenilla que arrastraba de aquí para allá el intenso viento de finales de invierno. Lamenté no haber sacado la capucha antiinsectos por la mañana. Aún no había muchos tábanos, pero las nubes de arena no eran mucho mejores. Miraba una y otra vez hacia el puesto de racionamiento de agua, que aún quedaba muy lejos. Tenía otros planes para ese día y me moría de ganas de abandonar la cola, pero sabía que era necesario dejarme ver en la plaza del pueblo por lo menos dos veces a la semana para no despertar sospechas.

Había ido a la colina a primera hora de la mañana para supervisar el nivel de la superficie del manantial, y la víspera la había dedicado a hacer la colada y podar los groselleros en el jardín aún desnudo y a sembrar semillas de verduras en macetas de arcilla cocida al horno. Intentar que la casa se mantuviera igual que cuando mi padre estaba vivo y mi madre seguía en casa era como intentar atrapar el viento entre las palmas de las manos. El polvo se acumulaba en gruesas hebras grises sobre las telas que tejían los segadores en los rincones mientras miraba hacia otro lado. Insectos zanquilargos de alas dúctiles que eran del color de las hojas muertas venían en busca de un tenue destello de luz en el interior de la casa y se perdían en el laberinto de paredes y espacios cerrados. Sus cuerpos resecos crujían bajo mis pies en las habitaciones a oscuras, y me encontraba con que sus restos livianos se iban acumulando lentamente en los sitios que no tenía tiempo ni energía para barrer con frecuencia: patas frágiles cual ramitas, alas relucientes como escamas arrancadas de carcasas vacías, cabezas de ojos negros con antenas rotas retorcidas hacia el silencio para siempre jamás. El cambio era más fuerte y más rápido que yo. La casa era distinta, y mi vida era distinta, y tuve que aceptarlo, pese a que mi sangre clamaba en contra.

Solo había habido luna llena una vez desde que cavé la tumba. La hierba que la cubría estaba maltrecha y la tierra negra asomaba entre las briznas. Aunque la veía todos los días, la muerte de mi padre seguía resultándome insondable y extraña. No conseguía ubicarla en esas estancias donde había discurrido su vida. Su huella era tan intensa que tenía la sensación de que seguía caminando por allí, sin saber cómo marcharse, quedando fuera de mi vista justo cuando me daba la vuelta, saliendo de la casita de té justo antes de que abriera yo la puerta. Era una presencia amable y extraña, en absoluto aterradora. A veces pronunciaba su nombre, a sabiendas de que no contestaría aunque me oyese, no posaría la mano en mi hombro. Ahora habitábamos mundos distintos, y el río oscuro entre nosotros se había cruzado desde siempre en una sola dirección.

Avanzó la cola y Sanja tiró del carrito en el que llevábamos los recipientes vacíos de su familia y mis pellejos.

La arena hizo que las ruedas emitieran un estertor al girar. Aún teníamos una docena de personas por delante.

—Vaya, qué casualidad encontraros aquí —dijo una voz a mi espalda, y me tocó el hombro una mano de dedos cortos con las uñas astilladas. Me volví y vi a la mujer de Jukara, Ninia, que se había sumado a la cola. Era una de las pocas personas que se había puesto la capucha. Tras la redecilla transparente la cara se le veía pálida y la piel le colgaba de los huesos. Se había pintado los labios de un rojo más intenso de lo habitual. Me pregunté cómo se las habría arreglado para sacar color de labios y qué precio habría pagado.

—Hola, Ninia —dije.

—Ahora solo te hace falta agua para ti, claro —continuó, y sus cejas decoloradas por el sol adoptaron una expresión de desconsuelo. Me dio unas palmaditas en el brazo. Noté que algo me ardía detrás de los ojos—. ¿Has tenido noticias de tu madre?

—Las líneas de dispositivos de comunicación funcionan mal —respondí, y la voz no me sonó del todo firme. Le había enviado a mi madre varios mensajes todas las semanas, pero solo había recibido una respuesta tras el funeral. De Xinjing no llegaban más que malas noticias, si es que llegaba alguna, y el silencio de mi madre me asustaba más de lo que estaba dispuesta a reconocer—. ¿Qué tal estáis vosotros?

—Los pequeños lo están pasando mal —reconoció Ninia. Yo sabía que se refería a sus nietos—. Hacer que alcancen las raciones de agua para toda la familia no es nada fácil. Aun así, tenemos suerte, porque a Jukara le salen muchas reparaciones en el campamento, y los oficiales suelen pagar extra, tú ya me entiendes. —Al parecer cayó en la cuenta de que había hablado más de lo debido—. Es duro, es duro —continuó—. Pero probablemente tú lo llevas peor, pobrecilla, ahora que no están tus padres y solo tienes las ceremonias del té para ganarte la vida.

Sanja debió de ver mi reacción, porque la interrumpió.

—Perdona, tienes algo en la cara. Debajo del ojo izquierdo. No, en el otro lado —dijo cuando Ninia se levantó la capucha y se frotó la mejilla.

—¿Ya? —preguntó.

Sanja la miró de más cerca y frunció el ceño.

—Creo que me he equivocado. Parece una arruga. O igual una sombra de la capucha antiinsectos —le dijo a Ninia, a la que se le ensancharon las ventanas de la nariz.

—No me extraña, hoy en día es difícil encontrar un tejido decente para capuchas —comentó, y frunció los labios.

Me volví para mirar hacia el otro lado, de modo que no viera la sonrisa que me asomaba a los labios pese al nudo de pena en el pecho. Sabía que la capucha de Ninia no era nueva. Había reparado en la mancha de pintalabios que llevaba permanentemente en el dobladillo y por lo general intentaba disimular con un pañuelo.

—¿Qué tal tu familia, Sanja? —Ninia reanudó la conversación, aunque su tono se había vuelto varios grados más frío.

A Sanja se le nubló la expresión. Minja llevaba semanas enferma, y Sanja estaba preocupada. El agua que se repartía en la plaza del pueblo había estado limpia hasta el momento, pero corrían rumores sobre gente en las ciudades y otros pueblos que enfermaba tras beber sus raciones de agua. Sanja me había contado que sus padres comentaban que los militares estaban haciendo enfermar a la gente a propósito distribuyendo agua contaminada.

Yo me negaba a creerlo, pero aun así prefería usar mis raciones para lavar o regar el jardín en vez de para beber.

—Bastante bien —dijo—. Mi padre tiene un montón de trabajo, lo han contratado para reconvertir los viejos edificios de las afueras en alojamientos para los nuevos vigilantes del agua.

—¿Y tu madre y tu hermana? —indagó Ninia.

—Bien, igual que tú —repuso Sanja.

Ninia se quedó callada un momento.

—Dales recuerdos —dijo entonces, y su expresión dejó claro que la conversación había terminado por el momento.

—Vaya sabandija —masculló Sanja entre dientes.

Al final nos llegó el turno. Saqué el dispositivo de mensajes y posé el dedo en la pantalla. Aparecieron mi código de identificación y mi nombre. Le entregué el dispositivo a una de los soldados a cargo del racionamiento de agua. Lo conectó a su multidispositivo y me llenó los odres. La vi introducir la información de que había agotado mi cuota de agua de la semana. «Ciudadana: Noria Kaitio. Siguiente ración: en tres días», rezaba la pantalla. La soldado me devolvió el dispositivo de mensajes. Lo apagué y me lo metí en el bolsillo.

Cargué los pellejos llenos en el carrito de Sanja mientras ella esperaba a que le llenasen los recipientes e introdujeran la información correspondiente en el dispositivo de mensajes de su familia. Los recipientes me parecieron tremendamente pequeños. Yo sola consumía la misma cantidad de agua todos los días: lavar y fregar los platos ya daba cuenta de la mitad.

Cuando estuvieron llenos los recipientes y le devolvieron el dispositivo a Sanja, los tapó y tiramos del carrito juntas para salir de la plaza. Pasamos por delante de puestos donde la gente exhibía utensilios de cocina usados, muebles y demás artículos. Una mujer mayor intentaba canjear un par de zapatos por una bolsa de harina. Hacía un día sorprendentemente fresco para la época del año, y tenía frío a pesar del esfuerzo de arrastrar el carrito sobre las piedras irregulares. Un grueso muro de nubes de una negrura brumosa pendía en el horizonte del cielo luminoso como un ancho pedazo de lana gris empapada.

—Ojalá llueva esta noche —dijo Sanja—. Ya he sacado los barriles y la tina para recoger agua.

Yo también esperaba que lloviese, que cayera un torrente balsámico y purificador que me lavara a mí y limpiara el paisaje, que tiñera el mundo de un color nuevo y distinto aunque solo fuera por un momento. No creía que las nubes prometieran más allá de una llovizna, pero no lo dije.

Había en la calle vigilantes del agua vestidos de azul y gente que regresaba a casa con sus raciones, pero por lo demás reinaba el silencio. En los meses posteriores a la Fiesta de la Luna, los vecinos del pueblo habían empezado a hablar entre susurros mientras aumentaba el número de soldados y se construían más cuarteles a las afueras. A medida que iba empeorando la carestía de agua, parecía penetrar en las casas un hedor a gente y vida estancados, extendiendo sus dedos pegajosos por todas las calles y jardines igual que crece el liquen sobre las piedras de un lecho fluvial seco. Cada vez que iba al pueblo, se me quedaba pegado a las fosas nasales, repugnante, hasta que acababa por acostumbrarme.

El hedor se intensificó cuando nos acercábamos al centro médico que nos quedaba de camino. El viejo edificio de ladrillo tenía una sala de espera tan pequeña que no cabía más de una docena de personas, y al menos diez mujeres aguardaban fuera con sus hijos. Dos bebés lloraban a pleno pulmón y varios niños un poco mayores parecían tan cansados que no podían moverse ni hablar. Una joven que no debía de ser mucho mayor que yo intentaba hacer beber de una botella a un niño con los labios agrietados y los párpados hinchados. Una niña de piel pálida y pelo moreno que tenía unos tres años se había hecho encima sus necesidades y la madre estaba intentando desesperadamente tranquilizarla. Cuando nos vio, cogió una taza de plástico que llevaba colgando del cinto con un cordel y dijo:

—¿Pueden darnos un vaso de agua? Mi hija tiene sed y está enferma, y llevamos horas esperando.

Sanja me miró. Eso era nuevo. El pueblo había sufrido escasez de agua en otras ocasiones, pero nadie había tenido que mendigarla. La niña tenía las mejillas chupadas y los ojos enormes.

—Vamos a parar —le dije a Sanja.

La mujer tenía la taza en alto. Cogí el pellejo y le eché un poco de agua. Me agarró el brazo con la mano libre y me lo apretó.

—¡Gracias, señorita! Es usted muy buena. ¡Gracias, gracias, ojalá corra a su encuentro el agua dulce! —Continuó con su torrente de agradecimientos y empecé a sentirme violenta. Justo cuando cerraba el odre y lo dejaba en el carrito se me acercó otra mujer. Llevaba cogidos de la mano a dos niños pequeños.

—¿No tendría una gota para nosotros también? —preguntó.

Sanja me lanzó una mirada cargada de intención.

—Es mejor que nos vayamos, Noria —dijo.

Tenía razón. Vi que todos los que esperaban a la entrada del centro médico me miraban esperanzados, sopesando sus posibilidades y el modo más indicado de pedir agua. En el caso de que me quedara, mis odres acabarían vacíos.

—Lo siento —le dije a la mujer—. Lo siento mucho, de verdad, pero no puedo. Esto es todo lo que tengo para mí.

Me miró y adoptó un semblante primero de incredulidad y luego de algo peor.

—Es la hija del maestro del té, ¿verdad? —dijo.

—Venga, Noria —me instó Sanja.

—Tendría que haberlo imaginado. Los maestros del té siempre se han creído mejores que el resto del pueblo —continuó la mujer.

Se me subió la sangre a las mejillas y me di la vuelta, tirando del carrito por la superficie agrietada de la calle. Oí que el gentío empezaba a murmurar a mi espalda y me pareció entender mi nombre, pero preferí no prestar oídos.

—No les hagas caso —dijo Sanja—. No es culpa tuya que no puedas ayudar a todos.

Noté la cara caliente y la garganta reseca. No sabía qué decir. Quería largarme de allí. Procuré pensar en lo que quedaba por delante, la auténtica razón de que hubiera ido al pueblo ese día. A pesar de la mezcla de humillación y confusión, percibí un destello de entusiasmo.

Doblamos la esquina de la calle para ir dando un rodeo. Tuve tiempo de ver una casa baja enlucida de gris con un círculo azul que había aparecido en su puerta cuatro semanas atrás, y las grandes ventanas oscuras que no ocultaban ni una brizna de movimiento o sonido tras ellas. Nuestros pies eligieron una dirección distinta por voluntad propia. De un tiempo a esta parte los paseos por el pueblo no se hacían a la ligera, sino que nuevos senderos derivados de pactos tácitos habían venido a reemplazar las rutas antiguas a medida que la señal de los delitos contra el agua había ido reclamando espacio por las calles. Ahora una docena de casas lucían el círculo azul. La casa con enlucido gris era la más reciente. Sus espectros mudos aguardaban bordeando los caminos, rodeados por un halo de silencio que nadie cruzaba a menos que le resultara ineludible. Los vecinos de las casas cercanas seguían con sus vidas como si en el lugar de la casa condenada hubiera un vacío en forma de torbellino que amenazara con engullirlos y borrarlos de la faz de la Tierra si se atrevían a mirar siquiera en esa dirección.

Por el pueblo corrían rumores de que a las personas que vivían en las casas donde se habían cometido delitos contra el agua las habían visto una o dos veces, recogiendo algo del umbral o plantados delante de la puerta en silencio, sin salir nunca del jardín, por lo general por la mañana temprano o entrada la noche. Estos relatos se recibían como cualquier otra historia de fantasmas: con una mezcla de miedo y curiosidad que se desleía en incredulidad a la luz del día.

La cierto era que aún nadie sabía a ciencia cierta qué les ocurría a los inquilinos de las casas marcadas. Era más sencillo no preguntar.

El silencio no es necesario para someter lo que ya es manso.

Un viento fuerte y frío tiraba de los ángulos de los tejados y nos azotaba de tanto en tanto colándose por los huecos entre las casas. En un patio trasero un hombre que estaba en los huesos a quien reconocí como un maestro de la escuela del pueblo se frotaba el cráneo con un polvo de color marrón claro, un compuesto de arcilla y harina amarga de corteza de árbol, que se vendía en los puestos del mercado como champú en seco. Yo estaba acostumbrada a la planta jabonera, que crecía detrás de la casita de té en gruesas matas, y me gustaba cómo se transformaba en espuma entre mis dedos cuando la mezclaba con agua de baño. Por primera vez se me ocurrió que igual alguien se preguntaba por qué no compraba nunca champú en seco ni copos de jabón. No sabía cuántos cambios tendría que hacer para dar la impresión de que mi vida era igual a la de cualquier otro vecino del pueblo.

Cuando nos acercábamos a la casa de Sanja, ya no puede aguantar más.

—Voy a ir a rebuscar al cementerio del plástico —dije—. ¿Quieres venir?

Sanja dejó escapar un suspiro.

—No puedo. Tengo que hacer muchas cosas en casa. —Miró de reojo los pellejos de agua—. ¿Quieres dejarlos en mi casa y pasar luego a recogerlos? —preguntó—. No vas a poder llevarlos al cementerio del plástico y regresar con ellos a cuestas.

—Te los puedes quedar.

Sanja me miró como si acabara de ofrecerle un vuelo a lomos de un Dragón del Océano.

—¡No seas tonta! —dijo—. No te darán más agua hasta la semana que viene. No me los puedo quedar. Ni pensarlo.

—No los necesito —aseguré—. Me queda agua en casa para el resto de la semana. Quédatelos, por favor.

Me pareció que Sanja iba a insistir, pero en lugar de ello dejó escapar el aliento y dijo:

—Esta vez, pero no se te ocurra volver a hacerme esto.

El olor acre del cementerio del plástico me salió al encuentro. Dejé atrás un lugar donde había gente intentando llenar odres y cubos del arroyo turbio y poco profundo que corría por las inmediaciones del cementerio. Mis padres siempre me habían advertido que no bebiera de allí. Decían que el agua estaba contaminada por las toxinas del cementerio y me haría enfermar. Antes los vecinos del pueblo tendían a eludirla, pero de un tiempo a esta parte, cada vez que pasaba por allí veía alguien intentando coger agua. Una vez le dije a una anciana que esa agua no era buena para beber.

—Entonces, ¿qué quieres que beba? —me dijo—. ¿Aire o arena, quizá?

Fue la última vez que le dirigí la palabra a alguien en el arroyo.

Estuve a punto de detenerme cuando reconocí una cara de labios rojos detrás de la capucha antiinsectos entre el puñado de personas que buscaban agua. Ninia estaba agazapada a la orilla del arroyo, llenando un pellejo transparente de agua de color pardo amarillento. Es verdad que recordaba a una sabandija con su figura rechoncha, su ropa de tonos marrones y sus movimientos trabajosos, pero justo cuando esa imagen tomaba forma en mi mente noté una punzada de vergüenza. «¿Qué hace sino intentar sobrevivir como mejor puede? ¿Qué hacemos todos sino eso mismo?» Supuse que los patrones de Jukara no le pagaban tan bien como había dado a entender ella. Apartó la cara y no supe si no me había visto o había preferido fingir que no me veía.

Pasé de largo sin detenerme.

En el terreno engañoso y en constante cambio del cementerio del plástico era difícil discernir puntos de referencia, pero sabía orientarme. Cerca del centro del cementerio unos elementos de hormigón el doble de altos que yo descollaban de la montaña de desechos. Me detuve al lado y volví la mirada hacia el borde del cementerio, hasta que vi la carrocería antigua y oxidada hasta las entrañas de un vehículo de grandes dimensiones del mundo pretérito. Los espacios donde habían estado las ruedas seguían siendo visibles, igual que el salpicadero, pero los asientos y las piezas de metal aún útiles habían desaparecido tiempo atrás. Por lo visto nadie desplazaba ese peso muerto, porque habría requerido el esfuerzo de al menos cinco personas, y al parecer no había gran cosa que buscar en esa zona del cementerio. Me acerqué al esqueleto del vehículo.

Por costumbre más que nada, introduje la mano por un agujero en el salpicadero y palpé hasta dar con la superficie lisa de una caja de plástico aproximadamente del tamaño de un platillo. No me hizo falta sacarla: me bastaba con saber que seguía allí. Era una de las cápsulas de tiempo que habíamos escondido Sanja y yo en nuestros sitios preferidos cuando éramos pequeñas. Contenían cosas como guijarros, flores secas, pulseras de algas hechas por nosotras mismas y tesoros hallados en el cementerio del plástico. Siempre habíamos escrito la fecha en el interior de la tapa de cada cápsula, y luego nos untábamos los dedos en pintura y dejábamos nuestras huellas dactilares al lado. En la parte exterior habíamos marcado la fecha en que podríamos abrir la cápsula, por lo general diez años después. Esa era la última que habíamos dejado, y durante años seguimos comprobando que estuviera en su lugar cada vez que íbamos al cementerio.

Saqué la mano, me la limpié en los pantalones y eché a andar hacia los márgenes del cementerio desde el vehículo destrozado. A los veinte pasos llegué a un agujero que había dejado unos días antes. Por lo visto no había pasado nadie por allí entretanto.

Saqué unos guantes gruesos de la bolsa, me los puse y empecé a hurgar.

No le había hablado de ello a nadie, pero el disco de color plateado me había llevado hasta allí. Tras la muerte de mi padre la casa en calma me envolvía en un sueño denso, como si la tierra tirase de mi sangre hacia su promesa de reposo constante. El silencio no era solo el silencio de los espacios vacíos que habían dejado tras de sí mis padres, la ausencia de su respiración, sus palabras y pasos entre aquellas paredes. También era el silencio de todo lo que habían dejado por decir, todo lo que ahora me veía obligada a aprender y averiguar sin ellos. Apenas estaba empezando a entender lo poco que sabía: sobre el manantial y otros maestros del té, sobre las extrañas leyes y los equilibrios amenazados de las alianzas secretas y la corrupción por las que nos habíamos regido, sobre todo ese tenebroso mundo adulto que se prolongaba como un desierto sin luz en todas direcciones a mi alrededor y se tornaba borroso hacia el horizonte. Estaba furiosa con ellos por dejarme sola sin saber siquiera lo que necesitaba. «¿Por qué no me lo dijisteis?» Pero no estaban aquí, solo había tierra y viento, y no tenían palabras.

Aún no entendía por qué la historia del disco plateado me parecía tan importante, por qué no era capaz de entrelazar los hilos que la hacían serlo. Uno de ellos era el miedo que tenía a encontrarme con que el nivel del manantial estaba muy bajo, o que había soldados vestidos de azul en la cueva con los sables desenvainados, y otro era la noción en ciernes, o tal vez una esperanza casi vana, de que la vida tenía que ofrecer algo más, de que fuera del pueblo, en algún lugar bajo el cielo, tenía que haber una razón para creer que el mundo no estaba ya irremediablemente reseco, abrasado y agonizante. Aun así, los hilos habían empezado a entreverarse en mi imaginación, y sin saber todavía cómo expresar ese sentimiento con palabras, sentía la necesidad de hacer lo que estuviera en mi mano para restaurar la historia del disco y hallar las partes que faltaban. Las buscaba en los libros del estudio de mi madre y las buscaba entre los escombros del pasado abandonados en el cementerio. Era consciente de lo desesperado del empeño, pero me servía para ahuyentar de mi pensamiento el silencio irreversible de la casa vacía, y me aportaba cierta tranquilidad: una promesa de cambio, una oportunidad soterrada que tal vez aún llegase a ver la luz del día.

En el agujero amplio y poco profundo que había cavado en las semanas transcurridas desde la muerte de mi padre había mucha tecnología pretérita rota. Me había llevado días dar con el lugar indicado, pero ahora estaba casi convencida de que era allí donde encontré el disco de color plateado unos años atrás. Había reconocido algunos aparatos en el área, y recordé que Sanja rechazó varios en su momento porque estaban en muy mal estado para repararlos. Faltaban todas las piezas esenciales, así que ya no le servían para sus experimentos. Hasta donde alcanzaba a recordar, el disco estaba cerca de la superficie, pero el cementerio del plástico se había transformado en varias ocasiones desde entonces, y si había algún otro disco, podía estar enterrado mucho más abajo, o lejos de donde encontré aquel primero. Aun así, no sabía por qué otro sitio empezar la búsqueda.

La sombra de los elementos de hormigón viró y se fue haciendo más alta. Los primeros tábanos rígidos de la primavera se abrían paso en torno a mí con sus cuerpos nuevos y pesados, y luego se posaban a descansar sobre montones pulposos de basura. Tendría que ponerme pronto la capucha. Me dolían las extremidades y notaba la ropa pegajosa contra la piel. No encontraba nada salvo la típica porquería: trozos de artículos de cocina y zapatos andrajosos con los tacones rotos, fragmentos irreconocibles, infinitas bolsas de plástico. Me coloqué junto al lateral de un aparato pretérito aplastado con unos cuantos cables asomando de una carcasa agrietada —era uno de los objetos que Sanja había dejado por inservibles, y por tanto yo no tenía idea de cuál era su uso original— y escudriñé el revoltijo de bolsas de plástico que tenía delante. Decidí que regresaría a casa tras rescatarlo de las garras del cementerio, pese a que no creía que fuera a encontrar nada interesante debajo. Las bolsas estaban unidas en una larga cadena tensa y penosamente trabada. El plástico frágil se me desgarraba entre las manos cuando intentaba agarrar como era debido el coágulo crujiente. Al final, noté que algo cedía, y el nudo se desprendió con suavidad del cementerio. Hice con él una bola de gran tamaño y la lancé a un lado.

En el hoyo que acababa de abrir no vi más que bolsas de plástico.

Cerré los ojos. Notaba tensos los músculos del cuello y se me empezaba a adueñar de la parte anterior del cráneo un dolor de cabeza que formaba desagradables nudos en mi cuero cabelludo, como una cola de caballo o una trenza demasiado tirante.

Era hora de volver a casa tras otra búsqueda infructuosa.

Abrí los ojos. La máquina pretérita averiada que había quitado antes de en medio estaba a mi lado. No era grande. Tenía la carcasa de plástico duro agrietada por varios sitios, como si la hubieran aplastado a propósito, y en un lateral había una lente de cristal redonda que se parecía a la parte inferior de un farol de luciérnagas pequeño. El cristal estaba muy agrietado y una parte se había desprendido.

Debía de haber visto la misma máquina destrozada docenas de veces cuando iba en busca de tesoros. Debía de haberla tenido en la mano y movido docenas de veces. Si la hubiera mirado con atención años atrás, cuando Sanja prefirió dejarla de lado y yo me llevé a casa el disco, no hubiera reparado en nada que mereciera la pena.

Ahora el sol hizo brillar una placa de metal mate no mayor que la mitad de mi meñique, grabada y engastada en un lateral del aparato.

Me quedé mirando fijamente lo que había escrito y tuve la sensación de que el mundo se detenía a mi alrededor.

Leí el texto una y otra vez.

«M. Jansson.»

El aparato casi se me hizo pedazos entre las manos cuando lo envolví en un trapo, lo metí en la bolsa y salí del agujero. El plástico crujió, se removió y murmuró bajo mis pies cuando crucé el cementerio tan rápido como pude.

Aun en el caso de que la historia del mundo pretérito grabada en el disco de color plateado estuviera en el cementerio del plástico, mis probabilidades de encontrarla habrían sido casi nulas. Ahora, por primera vez, me atrevía a pensar que igual había una posibilidad real, por minúscula que fuera, de poder encontrar la continuación de la historia del disco. La idea fue medrando en mi mente como una rama verde y tierna que aflorase hacia la luz del sol.

Cuando llegué a casa, fui directa al estudio de mi madre y saqué el aparato de la bolsa. Retiré el trapo en el que lo había envuelto y lo dejé en el único ángulo de la mesa que no estaba cubierto de libros y notas manuscritas. Bajé la persiana, porque el sol había empezado a derramar su luz sobre ese lado de la casa en mi ausencia. Una sombra de color azul grisáceo se cernió sobre la habitación.

Me senté en el sillón y contemplé los montones de libros. Contemplé el papel sobre el que había escrito tan detalladamente como me había sido posible todo lo que recordaba de la grabación en el disco plateado. Contemplé el aparato del mundo pretérito. Estaba mudo, igual que un insecto muerto. Las franjas de luz de media tarde ardían nítidas y marcadas entre las lamas de la persiana.

La expedición Jansson. El Siglo Crepuscular. Las Tierras Perdidas. M. Jansson.

Era consciente de que no tenía todas las piezas, y de que tal vez no las tuviera nunca. También estaba al tanto de que había un lugar donde aún no había buscado.

La casa estaba tranquila y en silencio, la casita de té, vacía y muda, y nadie pasaba por allí. Si el espíritu de mi padre deambulaba por las habitaciones o entre los árboles, era pacífico, y velaba el paisaje en el que había vivido. La luz del dispositivo de mensajes no parpadeaba. Las hormigas dibujaban sus senderos finos cual hilos sobre las losas de piedra del jardín, y en los rincones de la casa, la madera de las paredes se iba agotando, el polvo se posaba sobre los estantes sin que nadie reparara en ello, y no había nadie que me dijera qué hacer o me preguntara qué estaba haciendo.

El salón estaba en penumbra. La tapa del cofre no ofreció resistencia cuando la abrí contra la pared, y brotó un tenue aroma a papel viejo y tinta antigua.

Los lomos no tenían fechas ni los nombres de los maestros del té, así que me vi obligada a buscar el libro indicado hojeando las primeras páginas de los volúmenes encuadernados en cuero. Al cabo, encontré el que tenía los años que buscaba escritos en la primera página en una letra desconocida.

Pasé la página y empecé a leer.

11

Terminé las últimas gotas de la taza de té y la dejé en el suelo junto a una pila de libros. Me dolía el cuello. Motas ingrávidas de polvo muerto cruzaban a la deriva el haz de luz del sol que se filtraba por la ventana. Desplacé los libros que ya había consultado y las notas que había traído del estudio de mi madre, me acosté de espaldas sobre el espacio vacío abierto en el suelo de la sala de estar y cerré los ojos. Un pliegue en la camisa bajo el peso de mi cuerpo se me clavó en los músculos. Las ideas se me arremolinaban en una maraña tensa, y cada vez que aferraba una hebra e intentaba seguirla, el resto se cerraban en un nudo más persistente.

Había pasado los dos últimos días leyendo los libros de los maestros del té, y hasta el momento había hojeado siete del Siglo Crepuscular. En la segunda mitad del siglo habían vivido en la casa cuatro maestros del té. El primero, Leo Kaitio, no se había preocupado mucho de escribir. Solo había terminado un libro encuadernado en cuero en el transcurso de su vida. Las entradas eran breves y su contenido, árido. «Esta mañana ha llovido. Han venido a tomar el té el alférez Salo y su mujer, tal como estaba previsto. Tengo que acordarme de llevar los zapatos a arreglar.» «Enero más cálido incluso que el año pasado. Ha aparecido una grieta en la tetera de loza.» Había tenido que recurrir a los viejos libros de mi madre para asegurarme de que recordaba correctamente lo que era enero: así se llamaba el primer mes del año en el antiguo calendario solar. A pesar de la complicación, había revisado las notas de Leo rápidamente. Cerca del final del libro la letra cambiaba, y me llevó un rato entender a qué se debía. Para asegurarme, abrí el siguiente libro, que llevaba el nombre de Miro Kaitio en la primera página. Es de suponer que era el hijo de Leo. Me bastó con echar un vistazo a la letra de Miro para ver confirmadas mis sospechas: las páginas que había dejado Leo en blanco de su libro probablemente las había escrito Miro.

Miro no había heredado el laconismo de su padre, sino que a todas luces había dedicado buena parte de su tiempo libre a escribir. Había llenado seis libros con letra minúscula y también garabateaba notas en trocitos de papel que dejaba doblados entre las páginas. Algunas entradas carecían de fecha. La sección en las últimas páginas del libro de Leo era una de ellas. Debía de haber carestía de artículos de escritorio a la sazón. Miro probablemente se apropió del libro de su padre en un momento de desesperación cuando se quedó sin papel.

Las entradas de Miro eran totalmente distintas de las de Leo. Escribía sobre sus pensamientos y sus sueños, sobre sus sentimientos durante las ceremonias del té y cuando no las celebraba. Había listas de cosas que le hacían sonreír (un gato al aovillarse en su regazo, el primer mordisco de una manzana crujiente, la hierba caldeada por el sol bajo los pies descalzos) y de cosas que lo irritaban (un zapato que le hacía rozadura, unas gafas tan viejas que ya no veía con ellas, quedarse sin tinta cuando más la necesitaba).

Abrí los ojos y me puse en pie. Me levanté más deprisa de la cuenta: la habitación se oscureció y tuve que apoyarme en la pared hasta que se me pasó el mareo. Fui a la cocina y me puse otra taza de té, que se había quedado tibio. Volví, me senté en un cojín y cogí el último libro de Miro, que solo había leído hasta la mitad. Noté las páginas frágiles y secas contra los dedos, como si fueran a desmenuzarse, esparciendo las palabras finas y negras por el suelo para que se las llevara el viento. Ese vínculo con el pasado estaba raído y quebradizo, como un puente tan maltratado por el tiempo que no pudiera cruzarse con seguridad. Sin embargo, las palabras en sí tenían intensidad. Me atraían de tal modo que perdía la noción del tiempo y tenía que recordarme qué estaba buscando. Me sentía hechizada por el modo en que ese maestro del té que vivió tanto tiempo atrás describía sus jornadas, las noches de luna llena en vela, los granos de arena esparcidos en la casita de té por los zapatos de los invitados, la nieve que se fundía de inmediato al tocar la tierra oscura y reluciente y que algunos inviernos no caía en absoluto. Esas historias y fragmentos de una vida agotada tiempo atrás que me llegaban desde las páginas delicadas y amarillentas eran tan luminosos, tan detallados y animados que no podía apartar la mirada. Los huesos de ese hombre y el agua de su sangre habían regresado a la tierra y al cielo mucho tiempo atrás, pero sus palabras e historias seguían viviendo y respirando. Era como si yo misma viviera y respirase de una manera más auténtica e inevitable mientras las leía.

Las sombras cambiaban en el exterior, y yo escuchaba el susurro del papel bajo mis manos.

No cerré el libro hasta que apenas quedaba luz suficiente para ver las palabras. Los puentes se vinieron abajo y el pasado quedó reducido de nuevo a poco más que una red de palabras indiscernibles tras una pantalla opaca, y el silencio de la casa me engulló. Había transcurrido otro día, y no había encontrado lo que buscaba.

Antes de acostarme, salí a rastrillar el jardín de piedras. Las tenues líneas en la arena resultaban casi invisibles a última hora de la tarde. Cuando terminaba, miré casualmente hacia el camino que iba al pueblo, y me pareció distinguir en el linde del bosque dos siluetas humanas que miraban la casa.

Me quedé de piedra y noté que me latía el corazón a toda prisa.

El rastrillo se me escapó de las manos. Me acuclillé para recogerlo de la arena, y cuando erguí la espalda, el linde del bosque estaba vacío y en calma.

A la mañana siguiente fui en busca de rastros, pero la tierra endurecida y el grueso lecho de agujas de pino no ofrecieron ningún indicio. Durante el crepúsculo, las sombras de los árboles pueden parecer siluetas que vigilan sin descanso.

Un par de días después recibí un mensaje inesperado de mi madre. Entré en la casa con dos pellejos de agua para los que había tenido que hacer cola en el pueblo y vi que parpadeaba la lucecita del dispositivo de mensajes. Casi dejé caer los odres y me precipité a conectarlo. Se iluminó la pantalla y leí la letra redonda y ondulante de mi madre.

«Querida Noria —escribía—, lamento no haber podido escribir más a menudo. Te echo de menos y espero que puedas reunirte aquí conmigo pronto. Estoy haciendo todo lo que está en mi mano para que así sea. Mientras tanto, ¿podrías enviarme algo tuyo? Nada muy grande, pero sí algo que uses con frecuencia, como una cucharilla de la casita de té o uno de los bolígrafos que usas para escribir en tu libro de maestra del té. Me gustaría tener algún recuerdo para sentirme más cerca de ti mientras no podamos estar juntas. No te molestes en limpiarlo o sacarle brillo; lo quiero tal como está. El dispositivo se me está quedando sin energía y no puedo recargarlo hasta mañana con la luz del día, así que tengo que dejarlo aquí. Con cariño, Lian.»

Me dejé caer al suelo. Qué alivio tan inmenso. Mi madre estaba viva. Llevaba más de un mes sin saber nada de ella. Cogí el bolígrafo del dispositivo y escribí: «¿Estás bien? Te echo en falta.» Envié la nota de inmediato, pero no hubo respuesta.

Luego volví a leer el mensaje, porque algo me inquietaba.

Cuantas más veces lo leía, más rara me parecía la petición de mi madre. Sabía que me quería, pero nunca había dado mucha importancia a las cosas materiales. Cuando se trasladó a Xinjing, dejó la mayoría de sus libros sin pensárselo dos veces, y tenía tendencia a reciclar todo aquello que pudiera reciclarse sin atribuirle ningún valor sentimental. Le había visto regalar todos mis juguetes, transformar mi ropa de niña en cubiertas para los muebles o trapos para limpiar las alfombras y deshacerse de toda una colección de piedras que había ido dejando yo en el alféizar de su estudio. Hasta donde sabía, no había guardado ni uno solo de mis dibujos infantiles, y el chal que me había dado por mi graduación era la única prenda que me había regalado que no tuviera un valor puramente funcional.

Me cogió por sorpresa que de pronto quisiera algo mío como recuerdo. También me preocupó que no hubiera hecho ninguna referencia a cómo iban las cosas. Cabía la posibilidad de que no hubiera recibido ninguno de mis mensajes. También era posible que yo no hubiese recibido los suyos. Las líneas de comunicación funcionaban mal por causa de la guerra, y los servicios de mensajería probablemente estaban bajo vigilancia. Había procurado enviar mensajes tan neutros e inocuos como fuera posible, y no veía motivo para que hubieran sido censurados, pero era imposible saber cómo pensaban los militares.

Aunque no entendía la petición de mi madre, dejé el dispositivo de mensajes en el soporte de la pared, fui a la cocina y cogí de la encimera una cucharilla sin fregar que había usado esa mañana. Tenía una mancha parda que marcaba el metal allí donde se habían secado unas gotas de té. La envolví en un trozo de tela, rebusqué en un cajón inferior un sobre de algas de los que utilizaba para enviar correo y metí dentro la cucharilla. Cogí el libro de maestra del té de mi cuarto, arranqué una hoja y escribí unas líneas: «Querida madre, aquí tienes tu recuerdo hasta que volvamos a vernos. Con cariño, N.» Doblé el papel y lo introduje en el sobre, luego cerré la solapa y la até con un cordel. Lo enviaría desde el pueblo al día siguiente. Ojalá llegara a Xinjing.

Los días se hicieron más largos y cálidos rápidamente en el transcurso de las dos semanas siguientes a medida que la primavera se acercaba al verano. El agua corría a través de la oscuridad, se disipaba sobre las piedras endurecidas al sol y se esfumaba. Cuando no estaba pensando en los libros, la expedición o mis padres, pensaba en Sanja. Quería hablar con ella, decirle cómo había estado buscando la manera de huir del silencio desde la muerte de mi padre, pero nunca conseguía dar con el momento adecuado. Últimamente Sanja estaba cansada y silenciosa, y creía que me ocultaba algo. No tenía casi nunca tiempo para salir a rebuscar en el cementerio del plástico. Cuando le preguntaba por qué, eludía contestar.

Yo seguía leyendo no sin dificultad las entradas de Miro. Intentaba dar a sus relatos un cierto orden, aunque sabía que inevitablemente sería solo imaginario. La tarea resultaba más ardua aún debido a que durante la época de Miro había habido otros dos maestros del té en la casa. Miro había adoptado el título a la muerte de su padre, pero no tuvo hijos, así que su aprendiz fue su primo Niko Kaitio. Sin embargo, Niko murió joven, apenas unos meses después de su graduación, de modo que su hijo, Tomio, heredó el puesto de aprendiz y el título. Niko y Tomio no poseían las tendencias literarias de Miro, y Miro se apoderó sin vacilar de las páginas en blanco de sus libros para escribir sus textos.

El libro que estaba hojeando ahora se había escrito mucho antes de la época de Miro. Antes había señalado la sección final, que estaba ocupada por los escritos de Miro, pero este era el primero que buscaba para a leerlo. La entrada llevaba la fecha del último año del Siglo Crepuscular, que, como sabía por el diario de Tomio, también era el año de la muerte de Miro.

Sé que está próximo el momento de mi última ceremonia, y quiero dejar constancia de esta historia antes de que se me pare el corazón. No la he escrito antes porque no creía que fuera seguro hacerlo. Pero han pasado cuatro décadas desde que tuvieron lugar esos sucesos, y no creo que tener conocimiento de ellos vaya a perjudicar ya a nadie. Es posible que llegue un momento en que alguien aparte del agua recuerde y sepa, pues muchas historias se pierden, y de las que quedan muy pocas son ciertas.

Me remonté cuarenta años a partir de esa fecha. Coincidía con el año mencionado en el disco plateado. Crucé las piernas sobre el cojín, me puse el libro en el regazo y seguí leyendo.

Solo llevaba unos pocos años trabajando como maestro del té, y mi padre había fallecido el año anterior, cuando un día después de anochecer llamaron a la puerta. Al abrirla, me encontré a dos hombres y una mujer en la galería. Me dijeron sus nombres y se ofrecieron a trabajar en el jardín y la casa a cambio de comida y agua. No era nada fuera de lo común en aquellos tiempos. Mucha gente había perdido su casa y sus posesiones en las guerras, y para muchos la única manera de encontrar agua y refugio era ir de pueblo en pueblo en busca de trabajo. Esas personas, sin embargo, no tenían aspecto de vagabundos corrientes. Su ropa parecía bastante nueva y tenían el aire inquieto de quien va huyendo. Uno de los hombres estaba herido. Llevaba el brazo vendado con un trapo sucio, y la piel que lo rodeaba estaba gravemente magullada. Debajo del trapo asomaba un tatuaje: un Dragón del Océano de cuerpo estrecho con un copo de nieve entre las garras. Por su manera de pronunciar sus nombres —uno demasiado rápido, otro tartamudeando— sospeché que eran falsos. Pero saltaba a la vista que estaban agotados, como si llevaran días viajando sin descansar lo suficiente, y no llevaban encima más que una bolsa pequeña de uno de esos antiguos materiales impermeables. Decidí que no parecían muy peligrosos y los acomodé para que hicieran noche en la cabaña. No guardaba nada de valor en la casita de té, así que no me preocupaba que me robasen, y siempre he tenido el sueño ligero, de modo que no me cabía duda de que los oiría si intentaban escabullirse en plena noche. Había un grueso pestillo en la puerta que no se podía abrir sin hacer bastante ruido. Les di un poco de pan y té, mantas y almohadas, así como un farol, y les indiqué el camino a través del jardín. Luego volví a preparar un bálsamo para la herida, pero cuando regresé con él a la casita de té, los encontré profundamente dormidos. Dejé el tarro delante de la puerta.

A la mañana siguiente, mientras seguían durmiendo, vino el recadero de la panadería a traer pan, y venía cargado de rumores. Me dijo que los soldados habían estado rondando el pueblo la víspera por la noche, llamando a puertas en busca de tres criminales de guerra. Cuando despertaron mis visitas, los invité a desayunar y los observé de cerca. No era sencillo penetrar en su actitud. Tenían modales buenos y bastante formales, como si poseyeran una excelente educación, lo que encajaba con la posibilidad de que se hubieran criado disfrutando de los privilegios reservados a los militares. Al mismo tiempo, algunos comentarios me resultaron extraños, incluso inapropiados para alguien con antecedentes militares. Vi que no conseguía ubicarlos. Tenía que averiguar más.

Mientras tomábamos otro té, mencioné lo que había oído esa mañana. Se quedaron en silencio y adoptaron un semblante pétreo, y no me cupo duda de que era a ellos a quienes buscaban los soldados. Les pedí que me dieran una razón para que no los denunciase.

Los hombres empezaron a plantear objeciones, pero la mujer los hizo callar con un simple movimiento de la mano. Al desplazarse su manga, vi que llevaba un dragón tatuado en la muñeca, parecido al que había visto en el brazo del herido.

Me dijo que regresaban de las Tierras Perdidas, donde habían estado investigando la potabilidad del agua y la regeneración de las áreas de la catástrofe. Me sorprendió, porque estaba convencido de que era ilegal ir a las Tierras Perdidas. Cuando así se lo dije, la mujer reconoció que su expedición era ilegal y clandestina. Vi por las expresiones de sus compañeros que hubieran preferido mantenerlo en secreto, pero la mujer tomó un sorbo de té, irguió la espalda y continuó hablando.

El ejército del Nuevo Qian había descubierto de algún modo su expedición y había empezado a perseguirlos. Su líder había muerto cuando iba en busca de agua cerca de Kolari, y desde entonces iban huyendo. Unos días antes una compañera suya había desaparecido llevándose consigo parte de las copias de seguridad de sus grabaciones y la cámara de vídeo que habían utilizado para hacerlas. El resto de las copias de seguridad las tenían ellos, y no querían que el ejército se apoderase de ellas. No sabía si su amiga estaba viva o muerta. Tenían intención de ocultarse en los alrededores del pueblo unos días con la esperanza de que los soldados fueran a otra parte.

Los tres me miraban fijamente. El más bajo, un hombre de pelo castaño, se sujetaba con una mano la herida, que por lo visto le provocaba un dolor constante. Tenía la cara reluciente de sudor. La expresión del más alto no permitía entrever nada en absoluto.

La mujer me pidió que no los delatara.

Le pregunté por qué habían venido a la casa del maestro del té, y por qué creían que les ayudaría.

—Mi padre era maestro del té —dijo entonces la mujer. Lo habían matado en las guerras del agua cuando era muy joven, pero recordaba sus historias sobre los maestros del té que entendían el agua.

Le pregunté si de verdad había agua dulce y pura en las Tierras Perdidas.

La mujer miró a los dos hombres. Vi que el más alto respiraba hondo y, al cabo, asentía en silencio.

—La hay —dijo ella—. Y queremos que pertenezca a todos, no solo a los militares.

Sopesé su historia. No vi motivo para que me mintiera sobre algo así. Su suerte estaba en mis manos. Las recompensas por atrapar a criminales de guerra eran considerables, y si quería delatarlos, me bastaba con ponerme en contacto con la policía del pueblo en ese mismo momento. Eran tres y yo solo uno, es verdad, pero estaba en buena forma y ellos se encontraban débiles. Podría salir por la puerta y huir antes de que se dieran cuenta. Al parecer, también eran conscientes de eso.

Les dije que les ayudaría.

Si su alivio no fue genuino, desde luego fue la imitación más convincente que había visto.

Los llevé al único lugar que consideraba seguro. Era importante que ni siquiera ellos supieran el camino, así que los llevé uno por uno, con los ojos vendados y dando largos rodeos. Era la condición de mi oferta de darles refugio, y tras una breve negociación, cedieron sin reparos. Era consciente de que cabía la posibilidad de que pusiesen en común lo que averiguasen y dedujeran sobre la ubicación convirtiéndolo en una certeza y fueran capaces de rastrear la ruta más adelante, pero era un riesgo que debía correr. Cuando estuvieron todos a salvo en el escondrijo, fui de nuevo a la casa para coger comida y ropa limpia.

Estuvieron allí dos semanas. Iba a verlos cada dos días, y les ponía al tanto de las novedades que corrían por el pueblo. No me contaron gran cosa sobre sí mismos, pero algo sí averigüé: eran todos académicos, y al parecer formaban parte de una amplia organización clandestina que aspiraba a poner fin a las restricciones de agua. Transcurridos quince días decidieron irse, porque empezaban a acusar la estrechez del lugar, y les preocupaba (o eso dijeron) ponerme en peligro quedándose demasiado tiempo. Por lo que yo sabía, los soldados habían llevado su búsqueda a otros pueblos cercanos, así que estaba convencido de que probablemente no habría momento más seguro para que se marchasen. Les dibujé un mapa indicándoles la ruta para salir del pueblo que casi con toda seguridad estaría menos vigilada y les di comida y agua. Querían ir primero a Kuoloyarvi y luego seguir hacia New Piterburg. Uno tras otro los llevé desde el escondite hasta la ladera de la colina rocosa, donde había dejado los paquetes de víveres. Era justo antes de amanecer, estábamos a principios de primavera y la luminosidad del cielo ya anunciaba la mañana.

Me agradecieron mi amabilidad y dijeron que no

tenían modo de compensarme. Les aseguré que hay cosas que no requieren compensación.

Ella sonrió. Tenía los ojos oscuros a la luz escasa de la mañana.

—¿Se da cuenta de que probablemente ninguno de nosotros verá el momento en que el agua vuelva a correr libremente? —dijo.

—Sí, pero no es motivo suficiente para renunciar a la esperanza de que alguna vez ocurra.

—Para algunos lo sería —repuso.

Se fueron, y seguí con la mirada sus figuras esbeltas hasta que se desvanecieron entre los pliegues de la colina.

No sé qué fue de ellos. Nunca volví a tener noticias suyas. No sé cómo se llamaban en realidad, ni si consiguieron salvar la información que llevaban consigo. Tal vez esa información los salvó. No sabré nunca si me dijeron la verdad ni si hice lo que debía. Pero esta es mi última historia, y después de dejarla por escrito en estas páginas, mi agua ya puede secarse a voluntad.

Cerré el libro del maestro del té y me quedé mirando el suelo sembrado de papel. Los fragmentos se movían en el interior de mi cabeza, intentando formar una imagen comprensible. ¿Era posible que esos viajeros perseguidos por los soldados que habían ido a la casa del maestro del té hubieran formado parte de la expedición Jansson? Las probabilidades parecían sumamente pequeñas. Por otra parte, eso podría explicar que el disco de color plateado hubiera ido a parar precisamente a este pueblo. Si temían que los atraparan y querían evitar que los militares se apoderasen de su información sobre las

Tierras Perdidas, tal vez tiraron sus grabaciones al cementerio.

Me provocaba auténtica curiosidad si Miro los habría escondido en la colina rocosa, tal vez incluso en el manantial mismo. Habría sido inaudito. Todo lo relativo a las palabras y el comportamiento de mi padre había dejado bien claro que solo los maestros del té y sus aprendices, una vez tenían experiencia suficiente, podían ir al manantial, y quizás algún pariente de vez en cuando; estaba segura de que mi madre había estado. Sin embargo, Miro habría quebrantado todas las tradiciones y las leyes no escritas escondiendo en la cueva a unos desconocidos en quienes no tenía motivos para confiar. Pero ¿a qué otro lugar podía haberse referido si no? No mencionaba haberles llevado agua, solo comida. Me llamó la atención que no hubiera descrito el escondite en absoluto. No era propio de su estilo detallado, así que me pareció una opción deliberada.

El dispositivo de mensajes emitió un pitido en la entrada. Ojalá fuera mi madre. No había tenido noticias suyas desde que me pidiera la cucharilla unas semanas atrás. Después de estar sentada tanto rato me hormiguearon los músculos de las piernas cuando fui a paso rígido a leer el mensaje. Era de Sanja.

«¿Podrías vender unos pellejos de agua a plazos? ¡Rápido! Hoy mismo si puedes», escribía. Noté un peso frío en el estómago. Sanja no había pedido nunca agua. Pensé en Minja de inmediato. Aún quedaban varias horas de luz, y podría regresar del pueblo antes del toque de queda.

«Voy para allá», respondí. Dejé los libros tirados por el suelo de la sala de estar, cogí tres odres grandes, los llevé al carrito del heliociclo e inicie el lento trayecto hasta el pueblo.

12

La puerta de la calle estaba cerrada. Llamé, pero no se oía nada dentro. Volví a llamar. Nada más que silencio. Me quité el abrigo y lo dejé encima de los pellejos de agua para ocultarlos. Rodeé la casa hasta el taller de Sanja. Probé a abrir la puerta, pero estaba cerrada por dentro. Miré a través de las paredes de rejilla: había un aparato pretérito medio montado en la mesa junto a un pastel de semillas a medio comer, y las aspas de un pequeño ventilador solar rasgaban el calor del día. Sanja no estaba por ninguna parte.

Pensé en las historias del mundo pretérito que había oído sobre barcos fantasma cuya tripulación se esfumó sin explicación: una pluma caída sobre la mesa a media frase, la colada humeante en el cesto y el té aún tibio en la taza cuando llegó el rescate.

—¿Sanja? —No hubo respuesta—. ¡Sanja! —volví a gritar—. ¿Kira? ¿Jan?

No oí el menor sonido por parte de Sanja ni de sus padres. Ni siquiera la voz de Minja resonó en la casa. Di la vuelta para ir de nuevo a la puerta principal, pero entonces oí un ruido metálico a mi espalda. Al volverme, vi que Sanja se levantaba del suelo del taller. Estaba sonrojada.

—¿Va todo bien?

Sanja se volvió hacia mí y se enjugó el sudor de la frente con el dorso de la mano.

—Sí que te has dado prisa. —Apagó el ventilador de la mesa, abrió la puerta y salió del taller.

—No te había visto —dije—. He pensado que no había nadie.

—Ah, estaba hurgando debajo de la mesa —comentó, pero eludió mi mirada.

Estaba convencida de que no había pasado por alto ningún rincón del taller.

—¿Va todo bien? —repetí.

A Sanja se le hundieron los hombros.

—No —dijo, y vi que las lágrimas pugnaban por aflorar—. Minja... —Tenía la voz áspera y quebrada—. No se encuentra bien. Mi madre la ha llevado al médico..., otra vez, pero la última tampoco sirvió de nada. —Tragó saliva y levantó la mirada—. Hay que disolver los medicamentos en agua.

Di un paso hacia ella, luego otro, y Sanja no retrocedió. No la había visto llorar desde que tropezó en la colina cuando tenía diez años y se torció el tobillo. Dejó escapar un sollozo contra mi hombro y luego guardó silencio. Nos quedamos así un buen rato, bajo el azote del bochorno de media tarde. Al final Sanja se apartó y sorbió por la nariz.

—Lo siento —dijo.

—No seas boba —repuse, y le di un toque en el brazo—. He traído agua.

Me alivió ver que aún podía hacer el intento de sonreír.

—Haré reparaciones hasta el fin de los tiempos, si no

aceptas otro pago —dijo. Abrí la boca para contestar, pero me atajó—. Es lo más justo. Tampoco es que tengas un pozo en el jardín.

No la miré; no me cabía duda de que me lo hubiese notado en la cara.

—He dejado los odres en el patio delantero —dije—. Vamos, antes de que se los lleve alguien.

Cogimos los odres del carrito y los llevamos a la puerta. Cuando Sanja la abrió, nos salió al encuentro un denso hedor que me hizo pensar en pelo sucio y leche agria. Había tazas vacías y platos grasientos con restos de comida pegados encima de la mesa del salón y también debajo. Me fijé en la ropa infantil a remojo en agua turbia en el fondo de una palangana en el rincón. Había prendas con grandes manchas oscuras. Montones de polvo flotaban a ras de suelo en la corriente que dejábamos a nuestro paso.

Sanja me miró y luego miró en torno, como si se diera cuenta por primera vez en varios días del aspecto que tenía la casa.

—Vaya desbarajuste —se lamentó—. Minja no retiene nada en el estómago, y no hemos podido lavar siquiera todos los pañales.

Vi que estaba avergonzada, porque me había pedido que entrase para ver los vestigios de la enfermedad.

—Ahora podéis lavarlos —dije, e intenté sonreír.

Llevamos los pellejos a la cocina. Ayudé a Sanja a verter un poco de agua limpia en un biberón. Lavó el biberón, volvió a llenarlo y cogió de un armario una bolsa de tela, de la que tomó dos cucharadas de un polvo blanco para echarlas al agua. Agitó el biberón un poco para que se disolviera el polvo. Su pálida bruma quedó flotando en el líquido turbio.

Oímos pasos en la galería. Sanja salió a la puerta con el biberón. Entró Kira con Minja en brazos. Hacía semanas que no veía a Minja y me dio un vuelco el estómago. Estaba delgada y frágil, y sus ojos, por lo general brillantes, no eran más que dos sombras en su cara angulosa. A Kira se la veía pálida y hundida.

—No admiten más pacientes —dijo—. El hospital más cercano en el que hay plazas está en Kuusamo.

—¿Qué esperan que hagamos? —preguntó Sanja.

—Han dicho que le demos a Minja la medicación soluble y esperemos a que baje la fiebre.

—¡Pero es lo que hemos estado haciendo las dos últimas semanas! ¿Les has dicho que no tenemos suficiente agua?

—Sanja —dijo Kira—. El centro médico está lleno de pacientes en peor estado incluso que Minja. —Tenía la voz cansada, exprimida—. Hay dos médicos y tres enfermeras, y unos pocos voluntarios del pueblo. Deben tres meses de agua al mercado negro. Ni siquiera saben cómo se las arreglarán para mantener la clínica abierta el mes que viene.

El aire entre nosotras se volvió más denso. Sanja y yo entendimos al mismo tiempo lo que Kira ya debía de haber comprendido antes: los médicos no tenían otra opción que enviar a Minja a morir a su casa.

Sanja le tendió el biberón con la solución médica a Kira.

—¿Está limpia? —preguntó Kira.

—Sí —dije.

Kira y Sanja volvieron de repente la mirada hacia mí, y a Kira le cambió el semblante al caer en la cuenta de algo.

—Sabes que no podemos pagarla, ¿verdad? —preguntó. Sus palabras también iban dirigidas a Sanja.

—No hace falta —respondí.

Kira se sentó en un sillón desgastado, cogió el biberón

y se lo ofreció a Minja, que apenas tenía fuerzas para abrir la boca, aunque después de estar haciéndole mimos durante un rato consiguió que tomara unas cuantas gotas de líquido del biberón. Luego llevó a la niña al dormitorio.

—Sanja, ven un momento —la llamó.

—Espero aquí —le dije a Sanja, que asintió.

Kira bajó la voz detrás de la puerta, pero aun así alcancé a oír sus palabras. Creo que quería que las oyese.

—No deberías haberle pedido agua —dijo.

—¿Qué otra cosa podemos hacer? —preguntó Sanja, desafiante—. No consigo acabar la conducción de agua. Ahora es casi imposible encontrar las piezas que faltan, y los precios son desorbitados.

Kira suspiró.

—Ya lo sé, Sanja. Y encontrar agua no debería recaer sobre tus hombros. Si Minja estuviera mejor de salud, yo podría ir con ella a coser en los pueblos cercanos, o buscar trabajo en la fábrica de botas para el ejército en Kuusamo. Lo que pasa es que no quiero tener una deuda de gratitud con nadie.

Había oído suficiente. Salí a la galería y cerré la puerta con cuidado. Me senté en el escalón y miré en torno: los lacios brotes de girasol que daban cabezadas en la arena, el toldo de algas entretejidas bajo el que había un par de hamacas lánguidas y pálidas de polvo, tensas en su estructura de madera. Los jardines y las casas de las inmediaciones tenían el mismo aspecto: reflejos grises y cansados de los demás, agotados bajo el peso de la tarde.

No hubiera sabido decir cuánto tiempo había pasado cuando Sanja salió de la casa y cerró la puerta con sigilo a su espalda.

—Están las dos dormidas —dijo—. No es muy habitual en esta casa últimamente.

Mantuve el tono de voz bajo, pero las palabras que pronuncié sonaron más ásperas de lo que esperaba.

—¿Has perdido el juicio?

Sanja volvió la cabeza hacia mí de un tirón. Se me encogió el pecho al ver la huella de las últimas semanas en su rostro, pero continué.

—¿Te das cuenta del peligro que corres al construir una conducción de agua ilegal? Si la patrulla del agua la encuentra... —Pensé en el taller vacío, el ruido metálico, la súbita aparición de Sanja—. Está debajo del taller, ¿verdad? La estás construyendo allí.

Sanja tenía las facciones difuminadas por el agotamiento, pero el fastidio, o tal vez la desesperación, las redefinió un momento.

—No tenemos suficiente con las raciones de agua y no podemos permitirnos comprar más —dijo—. Mi padre se las ha arreglado para llegar a un acuerdo y recibir parte del sueldo en agua, pero a veces tiene el aspecto y el olor de que hubieran dejado a remojo en ella ropa interior sucia.

Fruncí el ceño.

—¿No podrías quejarte a alguien? —sugerí.

Sanja dejó escapar un bufido.

—¿A quién? ¿A los mismos oficiales que nos la dan ilegalmente?

Vi a qué se refería.

—Déjalo —dije. Me miró con incredulidad—. No vuelvas a acercarte a ese grifo de agua.

—Está claro que tú nunca has tenido que escoger —dijo— entre ir a la cárcel por un delito contra el agua o dejar que tu familia se muera de sed.

Me quedé sin habla un momento, porque rara vez me había hablado en un tono tan severo. La dureza de sus palabras también la había sorprendido a ella. Me cogió la mano y me la apretó.

—Lo siento, Noria —dijo—. No quería...

—¿Cuánta os hace falta?

—Noria...

—¿Cuánta?

Me miró de hito en hito. Tenía los ojos oscuros y brillantes.

—Mucha más de la que te puedes permitir. Dos odres al día —dijo.

—Te los traeré.

Negó con la cabeza.

—Tú también necesitas agua. No puedes.

—Sí que puedo —insistí.

Tuve la impresión de que iba a preguntarme algo. Le agradecí que no lo hiciera. Así no tuve que mentir.

Había cambiado algo entre Sanja y yo, algo para lo que no tenía palabras entonces y quizá tampoco las tenga ahora. Ella no me había hablado de la conducción de agua ni de la enfermedad de Minja. Yo no le había hablado del manantial.

Los secretos nos esculpen como el agua esculpe la piedra. En apariencia no cambia nada, pero las cosas que no podemos contarle a nadie nos roen y nos consumen, y poco a poco nuestra vida se adapta a ellas, se moldea de acuerdo con su forma.

Los secretos carcomen los vínculos entre las personas. A veces creemos que también pueden crearlos: si dejamos que otro acceda al espacio silencioso que ha creado un secreto en nuestro interior, ya no estamos solos ahí dentro.

Empecé a llevar agua a Sanja con regularidad. Ella la aceptaba sin decir palabra. La bruma desapareció de los ojos de Minja y su mirada comenzó a ser capaz de asimilar el entorno de nuevo. Las palabras volvieron a su lengua. Seguía teniendo las extremidades como ramas marchitas y peladas por el invierno, pero su vida ya no corría peligro. La actitud de Kira hacia mí era una mezcla de gratitud y distanciamiento torpe y brusco. Jan nunca mencionaba el agua cuando lo veía, que era muy rara vez, pero me preguntó en varias ocasiones si había necesidad de tareas de reparación o construcción en la casa del maestro del té de las que pudiera encargarse él. Siempre le decía que no.

Mientras tanto, había llegado a un callejón sin salida en mi búsqueda de más información sobre la expedición Jansson. Llevada por la última entrada del diario de Miro, había hojeado el resto de los libros de los maestros, pero solo encontré alguna que otra breve nota, ninguna de las cuales me dijo nada que no supiera ya. El cementerio del plástico protegía sus secretos, si es que albergaba alguno. Mis visitas no arrojaron otro resultado que una herida provocada por un trozo de metal afilado y un puñado de piezas que me eché al bolsillo para Sanja. El silencio levantaba su muro contra mí en todas partes. La luz del dispositivo de mensajes permanecía apagada. La tersa hierba asomaba en forma de briznas mudas en el jardín, y el polvo de mi padre reposaba en silencio bajo la mortaja de la tierra.

Entonces, una mañana de finales de primavera, el silencio se quebró.

Era un día como cualquier otro de los que desembocaban en el verano. La bóveda del cielo encapotado tenía el color del metal pulido, y las tiernas llamas de las hojas verde claro vacilaban en las ramas de los escasos árboles y matorrales. Las calles estaban en silencio. Pasé por una casa delante de la que una pareja entrada en años estaba sentada bajo un toldo de algas. Vi que por las mejillas arrugadas de la mujer resbalaban lágrimas. El hombre le pasó el brazo por los hombros. Aparté la mirada.

Cuando llegué a casa de Sanja con los odres, me estaba esperando en la puerta.

—¿Te has enterado? —preguntó.

Vi su expresión y el corazón se me quedó en un puño.

—¿Qué ha pasado? ¿Va todo bien?

—Sí. Bueno, no. —Hizo una pausa y la agitación asomó a su semblante—. La casa gris con el círculo azul en la puerta. Cerca del centro médico, ¿sabes?

Recordé las ventanas mudas y las cortinas echadas, el sendero vacío que cruzaba el jardín delantero, los vecinos que desviaban la mirada en la calle.

—No se habían llevado a los inquilinos a ninguna parte, como creía todo el mundo —dijo Sanja—. Los han tenido dentro casi dos meses bajo arresto domiciliario, vigilados día y noche. No podían ir a ningún sitio, pero los soldados les llevaban agua y comida suficientes para mantenerlos con vida. Esta mañana los han hecho salir por la fuerza y los han... —Intentó dar cabida a la palabra en su boca—: Los han ejecutado.

—¿Estás segura? —El círculo azul intenso brotó ante mis ojos, patente como una magulladura contra la pintura descascarillada de la casa, del color del cielo reflejado en el agua, del color de los uniformes militares. Me resultó difícil de creer, pese a todo lo ocurrido tras la última Fiesta de la Luna.

—Lo ha visto mi padre —aseguró Sanja—. Iba de camino a la plaza central. Ha visto a los soldados sacar a la gente de la casa y cortarles el cuello en mitad del jardín. Todos los que pasaban por allí lo han visto.

Procuré no representarme la escena, pero la imaginación se me adelantó: el metal reluciente apoyado contra la piel frágil, reflejando el color de la tierra, el movimiento de un brazo vestido de azul, el charco de sangre extendiéndose por la arena pálida del jardín y el sol haciéndose añicos contra él.

—¿Así van a ser las cosas de ahora en adelante? —preguntó Sanja con una voz tensa, estrangulada—. ¿Cualquiera puede ser ejecutado en su propio jardín o retenido dentro de su casa en cualquier momento?

—Terminará —dije—. Por fuerza.

—¿Y si no termina? —Sanja me miró, y no alcancé a recordar haber visto semejante desesperación en su rostro—. La gente no dejará de necesitar agua. Tendrán que arriesgar la vida instalando conducciones ilegales. Yo...

Entendí lo que intentaba decirme.

—No has seguido construyendo la conducción de agua, ¿verdad? —pregunté.

Volvió la cara hacia el suelo y el pelo moreno se la cubrió.

—No podemos seguir dependiendo siempre de tu agua, Noria —dijo—. La necesitas para ti.

Pensé en los anteriores maestros del té, en sus opciones y sus obligaciones. Pensé en Miro, que hizo lo que creía correcto, en contra de cualquier tradición. Pensé en mis padres, que no estaban allí, y en Sanja, que sí estaba.

—Ven —dije—. Quiero enseñarte una cosa.

Nos adentramos en la colina rocosa tal como habíamos hecho muchas veces de niñas, jugando a ser exploradoras sagaces e intrépidas en un paisaje desconocido y agreste. Unas nubes de aspecto grave estaban levantando un muro cada vez más oscuro en el horizonte, engullendo poco a poco el cielo. Mis pies conocían los senderos y no resbalaban en las piedras. Detrás del paisaje propiamente dicho aparecía otro, cuajado de memoria: sus senderos eran más anchos y las cimas de la colina, altas cual montañas lejanas, las rocas eran más grandes y difíciles de escalar, los lechos de río secos, heridas profundas en los costados de la piedra. En comparación con esta imagen procedente de años atrás, todo semejaba exiguo y manso ahora; y aun así tenía la sensación de estar adentrándome paso a paso en un paisaje escarpado, oscuro y abrumador, más aplastante incluso de lo que fuera la colina rocosa a mis ojos de niña. Casi podía oír temblar a mi espalda las piedras del sendero, sus contornos desmenuzándose hasta quedar reducidos a arena. Si me volvía a mirar, solo vería desierto y, a lo lejos en el horizonte, las copas afiladas de color verde oscuro de los árboles del bosque, pero la casa y el pueblo habrían desaparecido, todos los caminos enterrados, y no tendríamos otra opción que seguir hacia el ángulo muerto al que nos estábamos aproximando.

Sanja no me preguntó adónde íbamos, sino que me siguió en silencio.

Cuando llegamos a la embocadura de la cueva, dijo:

—¡Esta la recuerdo! Era el cuartel general de la Sociedad de Exploradores Fundamental y Crucialmente Importante del Nuevo Qian.

—Sígueme —le dije. Me arrastré hasta el fondo de la cueva y rebusqué entre los pliegues de la roca la palanca que a estas alturas mis dedos encontraban con facilidad. La piedra estaba seca, áspera y fresca. Se abrió la escotilla en el techo de la cueva. La luz inquieta de los faroles de luciérnagas se reflejó en los ojos de Sanja en la penumbra, como si sus pensamientos relucieran y revoloteasen.

—¿Qué es este lugar? —preguntó.

—El lugar que no existe.

La frescura familiar de la colina fue derramándose sobre nosotras a medida que nos internábamos en su corazón. Oía los pasos de Sanja a mi espalda, y el extraño hechizo que había empezado fuera no cejaba. El tenue eco del manantial resonaba en las paredes en forma de susurros, y no conseguía ahuyentar la sensación de que si me daba la vuelta, Sanja desaparecería por los recovecos de la caverna, convirtiéndose en una sombra entre las sombras subterráneas. Nuestros movimientos acechaban las paredes, finos cual telarañas. No me detuve hasta que llegamos a la cavidad en la que el agua brotaba de la roca para caer en el estanque.

Oí que Sanja lanzaba un grito ahogado detrás de mí. Se puso a mi lado y me cogió el brazo con fuerza. Noté el temblor de su mano y los pequeños gajos de luna de sus uñas clavados en mi piel.

—Esto —dijo—. Toda esta agua. ¿Es tuya?

—Sí —contesté. Sus dedos me agarraron más fuerte—. No —me corregí.

Sanja se volvió hacia mí y me sobrevino un escalofrío. Estaba furiosa.

—¿Cómo has podido? —me espetó—. ¿Cómo has podido ocultarlo? La gente de esa casa... —Le temblaba la voz—. Minja. Podría haber...

La vergüenza se adueñó de mi rostro. No podía mirarla a los ojos.

—¿Cómo has podido? —repitió.

El miedo se me enroscó dentro formando un denso nudo. No sabía qué había esperado. ¿Gratitud? ¿Alivio? ¿Tal vez emoción por haber dejado participar a Sanja en mi secreto? Era consciente de que me pondría en peligro trayendo a otra persona al manantial, pero nunca había imaginado que ese peligro pudiera provenir de ella. Ahora ya no estaba tan segura.

—Tienes que prometerme que no se lo contarás a nadie —dije, más apresuradamente de lo que era mi intención—. Solo puedo ayudarte si el manantial sigue siendo un secreto.

—No tienes derecho —replicó.

Seguía sin ser capaz de mirarla.

—Sanja —dije, y apenas alcancé a oír mi propia voz—. ¿Qué crees que ocurrirá si se entera de esto alguien?

Seguía aferrada a mi brazo. Levanté la mirada.

Las sombras eran espesas sobre su rostro, y tenía el cuerpo tenso. Entonces algo se movió tras sus ojos. Se le relajaron, adoptó una expresión más suave y volvió a hablar con voz queda.

—Aun así, no está bien —dijo.

—Lo sé.

Hacía fresco en la cueva, como siempre, y la humedad me estaba calando los huesos, pero Sanja estaba sonrojada de tanto caminar. Siempre había tenido más tolerancia al frío que yo.

—¿Qué haces? —pregunté.

Había empezado a quitarse la ropa. Dejó la chaqueta de punto sobre las piedras, se quitó la camisa por la cabeza y se desanudó los zapatos.

—¿Sabes cuánto hace que no me baño en agua limpia? —preguntó. Se encogió de hombros para despojarse de las prendas restantes y se acercó con cautela al borde del estanque. Encontró un sitio donde la roca era lisa y hacía pendiente hacia el agua. La vi estremecerse al sumergir el pie en el manantial, pero se metió en el agua sin vacilar hasta que le llegó a la cintura. Avanzó un poco más y se agachó.

El agua la envolvió como a una piedra lisa lanzada dentro. Emergió, temblando, el cabello negro pegado al cráneo, y a la luz trémula del farol era tan pálida y delgada que casi parecía translúcida: un espíritu acuático atrapado en los márgenes de la realidad.

—¿Está fría? —pregunté.

—Ven a probarla —me instó.

Los secretos nos esculpen como el agua esculpe la piedra.

Si dejamos entrar a otro en el espacio silencioso que ha abierto un secreto en nuestro interior, ya no estamos solos ahí dentro.

Me quité la ropa y me metí en el manantial. Hice de tripas corazón para afrontar la frialdad punzante del agua, dejando que se posara sobre mi piel, a pesar de que me mordía las extremidades y me pellizcaba la espalda. Los guijarros en el lecho de la cueva eran lisos y resbaladizos, y no podía ver a través del agua dónde pisaba en la semipenumbra. Di un resbalón y Sanja alargó la mano para sujetarme.

La tomé. Cerré los ojos.

El tiempo seguía discurriendo en alguna parte lejos de la cueva, el viento azotaba las rocas y la luz cambiaba lentamente, y seguíamos mudas y quietas.

En apariencia no cambia nada, pero poco a poco nuestra vida se adapta en torno a las cosas que no podemos contar a nadie, se moldea de acuerdo con su forma.

Al cabo, Sanja me soltó y retrocedió. Dio un paso, luego otro. Sus cejas se entrelazaron en un pliegue de confusión. Bajó la mirada, intentando ver el interior del manantial a través del agua a media luz. Barrió el fondo con el pie. Me acerqué y palpé con la planta del pie algo suave y liso, como una placa de algún material duro y brillante.

—Noria —dijo Sanja—. ¿Qué es esto?

La caja era de madera pulida, y estaba recubierta de una fina capa de algas oscuras y escurridizas. Tenía el grosor de dos o tres libros de maestro del té uno encima de otro, pero era más oblonga. La rodeaban dos gruesas cintas de cuero que la mantenían cerrada. No había cerradura en la caja. La volvimos de aquí para allá a la luz de los faroles de luciérnagas. Empecé a desabrochar una de las cintas.

—¿Seguro que no entraña ningún riesgo abrir eso? —preguntó Sanja.

—No —reconocí—. Pero ¿no quieres saber qué hay dentro?

Sanja asintió y empezó a desabrochar la otra cinta.

En el interior de la caja había otra caja de metal, firmemente lacrada, pero también sin cerradura. El agua impregnaba el revestimiento externo, pero no había humedad dentro de la caja de metal. Contenía un grueso envoltorio de plástico a través del que vimos un bulto de tela. Retiré el plástico y desplegué el tejido, que resultó ser una camisa de color marrón desvaído. Miramos el contenido del atadijo, estupefactas.

En los pliegues de la tela había seis discos lisos y relucientes de color plateado.

Esa noche llovió, llovió hasta que el polvo de la tierra espumeó convertido en lodo oscuro, y corrieron finos arroyuelos por entre piedras y jardines y troncos de árbol atrofiados. La gente abrió la boca y bebió directamente del cielo dando las gracias a poderes sin nombre. El agua repiqueteó en cubos y tinas y sobre los tejados, y sus sonidos abarcaron el paisaje entero entre sus suaves dedos, acariciando la tierra, la hierba y las raíces de los árboles.

Me senté con Sanja en la galería de la casa del maestro del té, contemplando el lánguido brillo de los faroles de luciérnagas en las paredes y las tablas del suelo. Noté la calidez de su piel a mi lado.

Siete discos de color plateado relucían sobre la mesa de madera.

La noche se cernió silenciosa, y nada tenía por qué ser distinto.

13

—¿Puedes volver a poner esa última parte? —dije.

Sanja pulsó el botón con dos flechitas que señalaban hacia la izquierda del aparato de tecnología pretérita. Me dolía la muñeca de tanto escribir. Agité la mano mientras en los altavoces gorjeaban palabras pronunciadas al revés. Sanja apartó el dedo de la tecla y una voz dijo: «... hasta que hayamos confirmado todos los resultados. Aun así está claro que al menos Saltfjellet-Svartisen, Reivo y la mayor parte de la tierra entre Malmberget y Kolari pertenecen a las áreas donde los recursos acuíferos son ya al menos parcialmente potables, y según nuestros cálculos, lo serán por completo en menos de cincuenta años».

—Páralo ahí —dije. Sanja detuvo el disco, y escribí la última frase en el cuaderno.

Lo habíamos dispuesto todo en un círculo ordenado en el suelo del taller: el aparato pretérito, los discos, los libros que había traído del estudio de mi madre. Cogí el grueso volumen que incluía un mapa de las Tierras Perdidas de la era del mundo pretérito y reseguí con el dedo los nombres de aquellos lugares. Reivo fue el primero que me llamó la atención. Lo rodeé con un círculo, y luego me erguí, los músculos del cuello y la espalda contraídos en nudos dolorosos.

—Creo que me hace falta un descanso —comenté—. Llevamos horas aquí sentadas.

Sanja se encogió de hombros.

—Eres tú la que quería escribirlo todo. Voy a por té.

Mientras se ponía en pie, seguí buscando los lugares mencionados en la grabación y señalándolos en el mapa.

—Sigo sin entender qué piensas hacer con esa información —comentó cuando salía.

—Lo mismo digo —repuse, pero no era del todo cierto.

Los discos plateados estaban alineados encima de la tela en la que habían estado envueltos. En su superficie había pintados números del uno al siete. Habíamos podido determinar el orden por las fechas mencionadas al comienzo de cada uno. Hasta el momento habíamos escuchado cuatro discos de principio a fin, y yo había escrito el contenido de cada uno para luego poder organizarlo en una historia coherente. Sin embargo, había un problema: de vez en cuando resultaba difícil discernir las palabras, el tiempo había desgastado el sonido en algunos lugares y había secciones tan rayadas que el aparato se las saltaba una y otra vez. Además, faltaban partes largas, días y semanas enteras entre las entradas del diario. Sospechaba que en un principio habían sido diez discos, tal vez más.

Ahora estaba segura de que todos los discos tenían la misma procedencia. Había dos voces masculinas diferentes, y una era a todas luces la misma que habíamos oído en el primer disco. También estaba convencida de que el misterioso grupo de exploradores que Miro había alojado en el Siglo Crepuscular era lo que quedaba de la expedición Jansson, y de que los había escondido en la cueva de la colina. No se me ocurría ninguna otra explicación para que los discos hubieran acabado en el manantial. Conservaba la esperanza de rastrear la ruta de los exploradores, pero escuchar con el cuaderno y el mapa era un proceso penosamente lento, y ya sabía que la historia nunca llegaría a quedar completa. Había demasiado tiempo entre nuestra realidad y la expedición Jansson, demasiados detalles difuminados por los años e imágenes reducidas al polvo del mundo que ya no existía. Solo podíamos evocar una figura imprecisa cuyos rasgos y contornos estaban atenuados por la distancia.

Sin embargo, a pesar del paso del tiempo y el deterioro, había algo en todo ello que me producía una quemazón vibrante, como si de pronto tuviera la piel muy tensa y notara los límites de mi vida demasiado cerca, hiciera lo que hiciese. La expedición Jansson había existido de veras. Habían vivido y respirado, habían cargado su veloz vehículo pretérito de comida, agua e instrumentos científicos, y de alguna manera consiguieron cruzar la frontera vigilada y entrar en las Tierras Perdidas. Habían ascendido por senderos rocosos que nadie había hollado durante décadas y contemplado desde las laderas de los fiordos los pueblos anegados y cercados por las aguas. Habían sumergido los dedos en los arroyos que brotaban de los acantilados y en los lagos oscuros e inmóviles como el hielo, y cuando sus aparatos demostraron que el agua era potable, todos y cada uno de sus pasos cobraron sentido.

En mis sueños me encontraba con ellos, en ese paisaje extraño, donde la voz del agua estaba siempre presente. Sin embargo, no podía verles la cara ni hablar con ellos. Estaban al fondo, fuera de mi alcance, casi como si yo no fuera más que un espíritu incorpóreo, aislado tras una corriente oscura, incapaz de cruzar a la tierra de los vivos. Sanja siempre estaba a mi lado, y todo en torno a nosotras era luminoso: las blancas cimas de la colina, el aire vivificante, el agua cristalina que reflejaba el cielo, brillante e incomprensible como otro mundo, llameante de luz.

La distancia de los sueños a las palabras es larga, como también lo es la que separa las palabras de los hechos. Aun así, cuanto más escuchaba, más disminuía.

La puerta se cerró de golpe. Sanja entró en el taller y me dejó una taza de té tibio en la mano. Una gota que había derramado resbaló por un lado de la taza y me cayó a los dedos.

—Me parece que por hoy ya he tenido suficiente —le dije—. ¿Me acompañas a casa?

Eso quería decir, naturalmente, si venía a por agua. Pero nunca lo planteábamos con esas palabras. No lo hacíamos adrede. Hablar de agua no se había convertido en algo incómodo solo entre nosotras dos, sino en todo el pueblo. Era muy fácil dar la impresión de que alardeabas de tener agua de sobra o la mendigabas a los demás, y tanto lo uno como lo otro era un error.

—Hoy no puedo —respondió Sanja—. Mi madre trabaja esta semana en la cocina del ejército y yo tengo que quedarme en casa con Minja. Iré mañana.

—Mañana no puedo. Vienen visitas a tomar té.

Sanja se llevó una decepción, pero sabía que me sería imposible sacar tiempo para ella. El vicealcalde de Kuoloyarvi era un cliente exigente, y las visitas que venían a la ceremonia del té siempre me ocupaban el día entero, desde la salida del sol hasta entrada la noche. No podía permitirme perder más invitados. Muchos de los clientes habituales de mi padre habían dejado de venir tras su muerte, pese a que me expresaron su condolencia y me aseguraron que naturalmente seguirían viniendo ahora que era yo la maestra del té de la casa. En tiempos de mi padre los clientes nuevos habían empezado a asistir a sus ceremonias generalmente por recomendación del mayor Bolin, pero por lo visto Bolin estaba en lo cierto cuando me dijo que ya no podía seguir siendo nuestro benefactor. No había tenido noticias suyas desde el funeral de mi padre.

—¿Puedes venir pasado mañana? —pregunté, y Sanja asintió. Me puse la capucha antiinsectos, cogí el cuaderno y la bolsa y salí por la puerta de rejilla a la tarde reseca y polvorienta.

Cuando cruzaba la cancela de la casa de Sanja, vi a un soldado que se acercaba procedente de las afueras del pueblo. Desvié la mirada, como había aprendido a hacer todo el mundo en el pueblo. Sin embargo, cuando nos cruzamos en el camino, me saludó. Le miré sorprendida. Me llevó un momento reconocerlo: era el mismo soldado rubio que había visto hablando con Sanja el verano anterior, cuando vino Taro con sus subordinados a buscar agua en nuestros terrenos.

Enfilé el camino sinuoso que se alejaba del pueblo. Por el rabillo del ojo vi que el soldado se había detenido delante de la casa de Sanja.

Aquella ceremonia del té no era la primera que celebraba sin ayuda tras la muerte de mi padre. Había aprendido a buscar aliento en su presencia invisible: los recuerdos que guardaba de él estaban tan firmemente vinculados a la casita de té que tenía la sensación de que seguía sentado allí, observando mis movimientos, presto a guiarme sin mostrarse estricto. Esta vez, no obstante, mi mente lo reflejaba como una figura seria y oscura, como si él lo supiera. Respondí sumisamente a las preguntas del vicealcalde sobre el cuadro de la pared, le ofrecí los dulces de té preparados siguiendo instrucciones concretas y dejé macerar el té hasta que estuvo bien cargado, tal como deseaba. Aun así, en ningún momento conseguí sumirme en la paz que requería mi concentración.

No es fácil sobrellevar una promesa rota. Es difícil satisfacer a los muertos, y a veces es más difícil aún no hacerlo.

La ceremonia del té me dejó agotada. Cuando por fin cerré la puerta de la cabaña entrada ya la noche y volví a la casa a la luz del farol de luciérnagas, noté las extremidades pesadas y frágiles como el vidrio, y estaba muy cansada para prepararme la cena. Bajo la tenue luz nocturna de principios de verano me acosté y me quedé dormida.

Me despertaron unos golpes en la puerta.

—¿Noria? —Oí la voz de Sanja en la galería—. ¿Estás en casa?

—Un momento —dije, y me levanté no sin dificultad.

Miré por la ventana. El sol brillaba intensamente en el jardín. Me calcé las sandalias y fui a paso vacilante a abrir la puerta de la calle. Sanja estaba en la galería, con cuatro pellejos de agua vacíos en la mano.

—Te he enviado un mensaje antes —dijo—. He pensado que igual habías olvidado contestar, pero he venido tal como acordamos.

Se me había olvidado por completo que venía. Miré

de reojo el dispositivo de mensajes en la pared. Efectivamente, la luz roja estaba parpadeando. Me retiré el pelo de la cara.

—No he oído nada. ¿Qué hora es?

—No es tan tarde —contestó Sanja—. Casi las nueve. Vengo un poco temprano.

Abrí más la puerta y me hice a un lado. Sanja entró con los odres y se quitó la capucha. Solo entonces reparé en que llevaba un sobre de correo tejido con algas, que me entregó.

—Me he encontrado con el cartero en el pueblo. Cuando ha oído que venía de camino a tu casa, me ha dado esto para que te lo trajera. Ha dicho que así le ahorraba el paseo.

Cogí el sobre. Como estaba segura de que era de mi madre, lo abrí de inmediato. En el interior había un dispositivo de mensajes ligeramente abollado, aunque en relativamente buenas condiciones, pero no había ninguna carta.

—Qué raro —comenté, y vi por su expresión que Sanja coincidía conmigo—. ¿Seguro que es para mí?

—Eso ha dicho el cartero.

Intenté activar el dispositivo de mensajes, pero la pantalla no se iluminó.

—Debe de estar sin batería —dijo Sanja.

Me noté como una cáscara vacía y susurrante, y caí en la cuenta de que no había comido desde la víspera por la mañana.

—¿Quieres té?

Sanja asintió y me siguió a la cocina. Dejé el dispositivo de mensajes en el alféizar de la ventana, donde el sol le diera directamente. No tardaría mucho en cargarse. Cuando se calentó el agua y el té empezó a humear en las tazas sobre la mesa, posé el dedo en la pantalla del dispositivo de mensajes. La pantalla se activó. Sanja estaba en lo cierto. La pantalla se iluminó y el reconocedor leyó mi huella dactilar. No tenía nada de raro: todos los dispositivos de mensajes estaban codificados para reconocer la cuenta del usuario o la cuenta familiar según las huellas dactilares, y en teoría todos los ciudadanos registrados podían acceder a su cuenta en cualquier dispositivo de mensajes a su disposición. Sin embargo, el nombre que apareció en la pantalla no era el mío. «Aino Vanamo», anunció el dispositivo. El año de nacimiento era el mismo que el mío, pero la fecha, no. El lugar de nacimiento que aparecía era Xinjing.

—¿Qué es esto? —preguntó Sanja, y se levantó de la silla para mirar el dispositivo. Las cejas se le arquearon al ver la pantalla.

—Prueba tú —le dije.

Sanja puso el dedo en la pantalla. «Sanja Valama», me dijo el dispositivo. Posé de nuevo el dedo en la pantalla y volvió a aparecer la identificación de Aino Vanamo.

—Estupendo —dijo Sanja con un grito ahogado—. ¡Una aplicación pase falsa! —Ya conocía esa expresión: significaba que ya se estaba preguntando cómo habrían hackeado el dispositivo de mensajes, y si podría hacer ella lo mismo—. Lo han programado para que conecte la identidad falsa con tu registro de identificación.

Una luz roja y un número 1 parpadeaban en el ángulo de la pantalla para indicar que había un mensaje. Pulsé sobre la luz con la yema del dedo.

«Si recibes esto —empezó el mensaje—, es importante que sigas mis instrucciones. No es seguro que te quedes donde estás. Ponte en contacto con Bolin. Te ayudará a conseguir un billete de tren. Una vez que sepas cuándo llegas, envíame la información por medio de este dispositivo. No uses ningún otro, pero déjalo cuando te vayas de casa. Espero verte pronto.»

No había firma, pero reconocí la letra: era la de mi madre.

Sanja y yo guardamos silencio un buen rato. Al cabo, preguntó:

—¿Vas a ir?

—No lo sé —repuse. Ahora entendía por qué mi madre me había pedido que le enviara algún objeto. Necesitaba mi huella dactilar para conseguir la aplicación pase falsa, pero no podía pedirlo directamente por miedo a que estuvieran vigilando nuestro correo. Debía de haber tenido que sobornar a alguien para asegurarse de que lo recibiera. Le había enviado la cucharilla un mes atrás, así que la aplicación probablemente había tardado varias semanas en llegarme.

Debería haberme entusiasmado el ofrecimiento de mi madre. Si me pedía que fuera, eso suponía que Xinjing era un lugar relativamente seguro pese a la guerra. Mi vida sería más sencilla sin ocultarme ni vigilar constantemente el manantial, sin encontrarme aquellas caras cada vez más enjutas en el pueblo, sin el miedo a ver cuál sería la siguiente casa con un círculo azul en la puerta. No tendría que sacar agua del manantial ni llevársela a Sanja, limpiar la casa, cuidar el jardín ni preparar sola los dulces de té. Podríamos hacer cosas juntas otra vez, igual que antes de que ella se fuera y muriese mi padre. El mismo hastío que se había apoderado de mí la noche pasada y seguía aferrado a mis huesos se me abalanzó con tal intensidad que de pronto sentí deseos de tumbarme en el suelo de la cocina y dejar que las cosas ocurrieran a mi alrededor. Ojalá algún otro se responsabilizara de mi vida, de todo lo que recientemente había pasado a formar parte de mi rutina cotidiana. Xinjing relucía lejano, velado por una suave bruma, fácil y acogedor como un sueño.

No obstante, aquello de lo que quería escapar me exigía que me quedase. ¿Quién cuidaría del manantial si yo me iba? ¿A quién acudiría Sanja cuando necesitara agua para su familia? ¿No recaería sobre ella el castigo si dejaba el manantial a su cargo, los militares descubrían su existencia de algún modo y yo estaba en otra parte, en la otra punta del continente? No podía permitir que corriera semejante peligro.

Detrás de todo ello asomaba una posibilidad que apenas había empezado a materializarse en un sendero definido a partir de fragmentos dispersos: el agua que no estaba aquí, sino en las Tierras Perdidas. Podría cumplir los deseos de mi madre y viajar a Xinjing, o los de mi padre y quedarme a vigilar el manantial. O podía hacer lo que yo quisiera, y escoger un camino desconocido que no venía dictado por ninguno de los dos.

Ese día todas las posibilidades parecían iguales, pero ya entonces una de ellas había empezado a descollar entre las demás y a atraerme.

Tomamos té y pan de amaranto untado en aceite de girasol. Vi que Sanja se esforzaba por no devorar la comida.

—Siempre me he preguntado si sería posible hackear la protección de identidad de alguna manera —dijo—. Se me ha ocurrido una idea. Igual puedo hacer lo mismo.

Sabía que le habría encantado llevarse la aplicación pase falsa al taller para analizarla, pero ella no quería pedírmela directamente y yo no estaba dispuesta a ofrecérsela. Necesitaría el dispositivo si decidía viajar a Xinjing, y me preocupaba que borrase la información falsa por error.

Cuando terminamos el té y el pan, Sanja se llevó los odres al grifo de la cocina y los llenó. Tendría que ir al manantial la semana siguiente para cerrar la conducción de agua alternativa que llegaba hasta la casa. Llevamos los pellejos al carrito entre las dos. Habíamos empezado a dejar un baúl grande de algas en el carrito en el que metíamos los odres planos. Encima de los pellejos colocábamos el fondo falso que había construido Sanja, y cuando estaba puesto, llenábamos el baúl de ropa vieja y odres vacíos y rotos. Si los vigilantes del agua paraban a Sanja para registrar el baúl —cosa que ocurría de vez en cuando—, no encontraban más que encargos de reparación y costura que había hecho yo a Sanja y su madre.

Vi cómo las ruedas del carrito de Sanja dejaban huellas en la tierra del camino cuando se alejaba. Una manga de camisa raída aleteaba asomando por la tapa cerrada del baúl como una llama blanca desgarrada por el viento.

Sanja había empezado a acompañarme cada vez que iba al manantial a comprobar el nivel del agua. Cada vez hacía más calor y en muchas ocasiones el manantial era el único lugar donde había frescura. Esos días íbamos a la cueva solo para escapar del bochorno. Antes, yo caminaba hasta el manantial, echaba un vistazo a la superficie del agua y regresaba. Ahora nuestras excursiones en común a la colina rocosa empezaron a ser más frecuentes. Nos sentábamos a la orilla del río seco, comíamos lo que hubiéramos llevado o veíamos pasar las nubes por el cielo. A veces yo leía un libro mientras ella dibujaba en un cuaderno que le había dado. La esencia de esas visitas, no obstante, era siempre el manantial, y aunque nunca hablábamos de ello, estaba convencida de que sentía lo mismo que yo: que la amenaza de que el manantial se secara y ya no pudiéramos recurrir a él no parecía real, y cuando entrábamos en la cueva y nos acercábamos a la orilla del agua, era como entrar en otro mundo una y otra vez. El lujo ilimitado del agua estaba únicamente a nuestro alcance, y no queríamos que eso cambiara.

El tiempo no es de fiar. Unas pocas semanas pueden parecer el comienzo de la eternidad, y es fácil dejarse cegar cuando se tiene el convencimiento de que nada tiene por qué cambiar.

Ese día habíamos pasado quizás una hora, quizá dos en el manantial; no teníamos motivo para no perder la noción del tiempo. El sol caía a plomo y los insectos eran feroces, y las sombras de la cueva se posaban como un bálsamo sobre nuestra piel quemada por los primeros días del verano. Mi jardín aguardaba en casa a que lo desherbase, y Sanja tenía la mesa llena de encargos de reparación en el taller, pero nos apetecía vaguear. Sanja estaba de buen humor y construía una instalación de piedras sueltas a la tenue luz de los faroles de luciérnagas que habíamos llevado.

—¿Qué es eso? —pregunté.

Había levantado un montón anguloso de piedras y lo había rodeado de un círculo de figuritas de piedra con caras furiosas pintadas.

—Es una casa —dijo Sanja, y señaló la construcción de piedra en el centro del círculo—. Esos son los vigilantes del agua. —Indicó las figuras de piedra que rodeaban la casa—. Y esas dos somos nosotras.

Un poco más lejos, fuera del círculo de piedras, había dos figuras más. Había moldeado un trozo de plástico para representar un cubo alojado entre ellas. Las dos sonreían de oreja a oreja.

—¿No se dan cuenta los guardias? —pregunté.

—Miran hacia otro lado —dijo Sanja—. Necesito un poco de pelo tuyo —anunció, y empezó a medir un mechón que se me había soltado de la cola de caballo.

—¿Para qué? —pregunté, y le aparté la mano.

—Para poder terminarte —dijo.

—No, prefiero ser calva. —Me reí, pero me persiguió por la cueva, y al final le dejé cortar un trozo de las puntas con su navaja. Puso el mechón encima de una figura de piedra y luego colocó un guijarro plano encima para sujetarlo. Después se cortó un poco de pelo y lo puso del mismo modo en la cabeza de la otra figura que permanecía oculta de los guardias.

—El parecido es inconfundible —dijo.

Seguíamos de buen ánimo cuando iniciamos el camino de regreso por el túnel. Desde luego no nos andábamos con sigilo, y nuestros pasos y risas resonaban, multiplicados por las paredes. Cuando llegamos a la escotilla, Sanja accionó la palanca de la pared sin avisar, y me cayó al cuello una ducha fría de la tubería de agua en el techo. Grité y le crucé la cara con la cola de caballo mojada al girarme.

—Venga, cuando salgamos estarás encantada de llevar la ropa fresca y húmeda —dijo con gesto inocente.

—Entonces seguro que tú tampoco te lo quieres perder —repuse, y la empujé debajo del chorro de agua.

Sanja farfulló, se zafó de mis manos y cerró la tubería con la palanca. Yo seguía escurriendo agua de la túnica, los pantalones y el pelo cuando abrió la escotilla con la otra palanca y se descolgó hacia la cueva.

—Ahora mismo voy —le dije. No hubo respuesta y

no la vi al otro lado. Me pareció oír un leve estrépito—. ¿Sanja?

Llené el odre pequeño que había llevado conmigo y lo bajé a la cueva. Luego descendí por la abertura con los dos faroles de luciérnagas y la capucha antiinsectos empapada. Cuando levanté la vista, me quedé sin habla.

Sanja estaba cerca de la salida de la cueva, de espaldas a mí, con un farol en alto. El otro estaba hecho añicos contra el suelo de piedra junto a su capucha. A la entrada de la cueva había una figura de hombre, su contorno afilado como un sable contra el brillo mellado del día. A la pálida luz de los faroles distinguí sus rasgos.

—Algo así no se ve todos los días en este pueblo —dijo Jukara—. Dos jóvenes que surgen de las profundidades de la colina chorreando agua.

Sanja volvió entonces la cabeza hacia mí, y en mi imaginación he intentado interpretar su expresión un millar de veces para entenderla con todo detalle. La memoria patina, resbala y se quiebra, pero hay dos cosas de las que tuve seguridad entonces y sigo teniéndola ahora: Sanja estaba tan sorprendida como yo, y, sin embargo, bajo esa sorpresa empezaba a aflorar otro sentimiento.

Parecía culpable.

No teníamos ninguna clase de coartada que ofrecer a Jukara, claro. El error parecía ridículamente infantil y descuidado justo después, pero lo habíamos cometido, y ninguna de las dos sabía cómo enmendarlo. Habíamos estado tan convencidas de la seguridad de la cueva oculta que no nos paramos a pensar cómo explicaríamos nuestra presencia en la colina si alguien nos encontraba allí. Supongo que podríamos haber dicho que habíamos ido de picnic, en el caso de que la situación hubiera sido distinta. Pero Jukara había visto la escotilla, y el agua que salía a chorro, y nuestra ropa empapada. No teníamos manera de convencerlo de que no había agua cerca.

No preguntó, ni amenazó ni nos chantajeó. No le hizo falta. Fue evidente que si no le ofrecíamos agua a él y su familia, la cueva estaría atestada de soldados la próxima vez que fuéramos, si es que había una próxima vez.

—Es culpa mía —dijo Sanja esa noche, cuando Jukara se hubo marchado de la casa del maestro del té con cinco odres llenos—. Lo siento mucho. No imaginaba que ocurriría algo así.

—¿A qué te refieres? —pregunté.

—La semana pasada tuve que ir a ver a Jukara —dijo—. Me quedé sin plástico para remiendos, y no sabía de nadie en el pueblo que me lo pudiera vender. Me cobró un precio muy caro y se comportó de una manera rara. Me preguntó por ti. —Me miró.

—¿Qué te dijo? —indagué, ahora inquieta.

—Se quejó de que ya no le encargas reparaciones, aunque tu padre era su mejor cliente.

Era cierto. Antes incluso de que mi padre se pusiera enfermo, le había encargado reparaciones a Sanja en secreto, y tras su muerte no le había llevado nada a Jukara para que lo reparase.

—También habló de tu padre —continuó Sanja—. Dijo que siempre le había extrañado que tu padre tuviera tantos pellejos que reparar, pese a que en teoría apenas disponía de más agua que el resto de los vecinos del pueblo. Me... —Asomó el color a las mejillas de Sanja y se quedó callada.

Aguardé.

—Me preguntó si creía que tu familia tenía un pozo secreto —continuó—, o alguna otra manera de conseguir agua. —Sanja levantó las manos para cubrirse los ojos—. ¡Noria, no quería revelar nada! Me sorprendí tanto que se me cayó la caja de remiendos de plástico que me había vendido, y se desparramaron por el suelo de su taller. No dije nada, y él tampoco. Pero debía de sospechar ya algo, y al verme tan asustada, seguramente decidió seguirnos a la colina... —La voz de Sanja se fue apagando.

No sabía qué contestar, así que le dije:

—No ha sido culpa tuya. Si sospechaba algo, seguro que habría decidido seguirnos de todos modos.

Luego, después de marcharse Sanja, desplegué los mapas y abrí el cuaderno en el que había tomado nota del contenido de los discos. Busqué caminos que hubieran estado abiertos en el Siglo Crepuscular, y otros que aún pudieran encontrarse en suficiente buen estado para viajar. Empecé a enlazar nombres de lugares que había oído en los discos y tracé una ruta hasta allí desde mi pueblo natal.

14

Una vez que se quiebra el espacio de silencio en torno a un secreto, ya no se puede reconstruir. Las grietas se hacen cada vez más largas y anchas, llegando más lejos y ramificándose igual que un entramado subterráneo de raíces, hasta que es imposible saber dónde empezó y si tocará a su fin.

Sigo sin saber a ciencia cierta cómo se propagó la noticia por el pueblo. No creo que Jukara tuviese intención de que ocurriera así. El acceso al manantial era un privilegio muy importante y le otorgaba demasiado poder como para eso. No habría renunciado voluntariamente. Ahora lo entiendo, porque en algún lugar más allá de las palabras y la luz, en un sitio donde no podía verme, yo había sentido lo mismo: el manantial era mi privilegio, la compensación por un deber que de otra manera no habría tenido recompensa. Aún no había entendido que no se puede esperar recompensa por todo lo que uno hace.

Igual Jukara se lo dijo a Ninia. Así debió de ser, porque es imposible que se le hubieran ocurrido interminables historias sobre oficiales que de pronto se habían vuelto más generosos y explicaciones para sus visitas a la casa del maestro del té, no con una esposa como Ninia. Y decírselo era el equivalente a convocar una reunión de todo el pueblo y anunciar allí la novedad. Los susurros crecieron y se convirtieron en chismorreos, hasta que incluso quienes no habían estado presentes lo oyeron.

A fin de cuentas da igual cómo se enteraran los demás de la existencia del manantial. El resultado no cambió. Cuando una mujer con el pelo graso y ropa sucia apareció a la puerta con tres niños huesudos y me preguntó con voz frágil si podía venderle un poco de agua a crédito, no pude negársela. Luego vinieron más, un chico con los ojos enormes que aseguraba que sus padres estaban muy enfermos para trabajar, un anciano que no paraba de mascullar acerca de su hijo desaparecido en la guerra, y más mujeres: mujeres jóvenes con criaturas, mujeres mayores con el útero reseco, el paso forzado y la vista cansada, mujeres de mediana edad que pedían agua para sus padres, esposos o hijos.

Le sujeté a Mai Harmaja el pellejo al brazo con una cincha de cuero para que no se le cayese.

—¿Está muy prieta? —pregunté.

—No, la puedes ajustar un poco más —dijo Mai. Tiré de la cincha para apretarla—. Así está mejor —decidió. Ya llevaba el odre sujeto a la parte superior del brazo allí donde se curvaba, y me dio la impresión de que la piel se le estaba quedando pálida en torno al cuero. Mai se bajó las mangas y se echó un chal fino sobre los hombros para que no hubiera indicios de que llevaba cinco odres bajo la ropa holgada: dos atados a los muslos, dos a la parte superior de los brazos y uno a la cintura. El agua emitió un leve chapoteo cuando sus pies hicieron crujir las tablas de la galería. Mai era una de las voluntarias del centro médico del pueblo, y la tercera persona que venía a pedirme agua en lo que iba de día.

—¡Viene alguien! —gritó Vesa, el hijo de Mai, desde la cancela. Sus pasos levantaron nubecillas de polvo, borrones en la luminosidad del día, cuando vino corriendo hacia la casa. Tenía nueve años y se sentía importante, porque le habíamos encargado la tarea de vigilar el camino del pueblo a la casa del maestro del té y avisarnos de inmediato si veía a alguien—. Tienen un heliocoche.

—Vete a la cabaña —le dije a Mai—. Espérame allí. —Asintió—. Tú también, Vesa. —Mai echó a andar hacia la casita de té por las losas de piedra del sendero, y Vesa se apresuró tras los pasos de su madre casi al trote.

Tuve que reaccionar con rapidez. Corrí a mi habitación y me puse el atuendo ceremonial, que siempre tenía limpio y planchado. Cuando salía, eché un vistazo a la galería para asegurarme de no haber dejado algún odre lleno allí antes de dirigirme a la cancela. Me detuve en el altozano junto al móvil de campanillas colgado de un pino y miré hacia la carretera. En el heliocoche que se acercaba vi a un conductor y dos hombres de uniforme azul cuyos rasgos no atiné a distinguir. Sabía que tenía prevista una visita el jueves, pero solo era miércoles. ¿Me habría equivocado de día? Procuraba tener la casa limpia para poder celebrar una ceremonia del té si se me avisaba con muy poca antelación, pero detestaba las visitas que no había podido preparar. Y ahora tenía que sacar a Mai y Vesa de la casita de té con los odres de agua sin que la situación despertase sospechas.

Por fortuna, la conducción de agua que conectaba la casa con la colina rocosa estaba cerrada. Solo me atrevía a tenerla abierta un día a la semana, porque si hubiera inspeccionado la finca una patrulla del agua, no habría podido explicar por qué seguía manando agua del grifo en la casa del maestro del té cuando ya se había agotado en el resto del pueblo. Por lo tanto, almacenaba tanta agua como podía cuando tenía esa tubería abierta, y por lo general llenaba los odres de los vecinos con esas reservas. Ahora me alegraba de haber sido cauta.

El heliocoche avanzó raudo entre los árboles y se detuvo bajo el entoldado de algas junto a la cancela. Cuando se apearon del asiento trasero los invitados, les vi la cara y me llevé un sobresalto. A uno no lo conocía, pero el otro era el mismo soldado rubio que había visto delante de la casa de Sanja apenas unas semanas antes.

—Bienvenidos a la casa del maestro del té —dije, e hice una reverencia—. ¿Puedo preguntar el motivo de su inesperada visita?

El soldado rubio me devolvió la reverencia.

—Creo que no nos han presentado —dijo—. Soy el teniente Muromäki y estoy a las órdenes del comandante Taro. Le presento al capitán Liuhala. —Su compañero hizo una inclinación de cabeza—. Vengo por recomendación del mayor Bolin. Creo que nos espera usted para la ceremonia del té.

Se me comprimieron los pulmones y noté el aliento contenido en la garganta. La ceremonia se había acordado por escrito, como era costumbre, y puesto que no me sonaba el nombre de Muromäki, no lo había relacionado con el rostro que ahora veía ante mí. Confié en que no me temblara la voz cuando contesté:

—Le esperaba mañana, teniente Muromäki. La carta que recibí mencionaba la fecha de mañana, y confirmé esa fecha en mi respuesta.

Muromäki ladeó la cabeza. Me recordó a un perro de morro afilado al percibir el rastro de una presa en el aire.

—Qué raro, señorita Kaitio —dijo—. Estoy seguro de que dicté la fecha de hoy al escribiente. Mañana me resulta totalmente imposible.

—Ahora mismo tengo invitados —dije—, pero estaban a punto de marcharse. Si pueden esperar media hora, tendré tiempo de adecentar la cabaña para ustedes. Me temo que los dulces no están recién hechos. Tenía intención de prepararlos mañana por la mañana antes de su llegada.

—Si tiene invitados a la ceremonia, ¿cómo es que no está en la casita de té? —indagó Muromäki.

—He olvidado llevar los dulces de la casa antes de empezar.

—Retomaremos el asunto dentro de media hora, entonces —dijo Muromäki.

Respondí con una inclinación, y él y su compañero regresaron al heliocoche bajo la sombra.

Fui a la cocina y encontré medio cuenco de dulces de té en un armario. Comprobé de un vistazo que no tuvieran moho y probé uno: estaba seco, pero no rancio. Tendría que apañármelas con eso. Llevé el cuenco a la casita de té. Estuve a punto de entrar por la puerta corredera de las visitas, y en el último momento recordé utilizar la entrada para el maestro en la parte de atrás de la construcción. Mai y Vesa me lanzaron una mirada interrogante cuando entré en la sala.

—Debéis tener cuidado —les advertí—. Hay dos soldados en la entrada. Creen que habéis venido a la ceremonia. Os voy a acompañar a la salida. Cuando os despidáis, dadme las gracias por la ceremonia, llamadme maestra Kaitio e inclinaos mucho. ¿Seguro que puedes llevar esos odres sin peligro? —le pregunté a Mai. Se le había demudado el gesto y había empezado a morderse la uña del meñique.

Mai se movió un par de veces, como para poner a prueba sus músculos bajo el peso del agua.

—Sí —dijo.

—¿Estás lista?

Mai miró a Vesa, que asintió, moviendo la cabeza de arriba abajo una y otra vez. Luego, también asintió ella. Señalé la entrada de las visitas.

—Una vez fuera, esperadme.

Me daba la impresión de que los odres de Mai chapoteaban cada vez con más estruendo a cada paso hacia la cancela que dábamos por el sendero del jardín. Seguía los movimientos de Vesa por el rabillo del ojo, temerosa de que empezara a dar brincos o hiciera algo inapropiado para un invitado a la ceremonia del té.

Cuando por fin llegamos a la cancela, le hice una reverencia a Mai. Ella se inclinó con rigidez y Vesa la imitó.

—Gracias, maestra Kaitio. Ha sido un placer visitarla.

—Gracias, señora Harmaja. Que las aguas limpias corran a su encuentro.

Muromäki se había bajado del heliocoche para estirar las piernas. Cuando Mai y Vesa salían al camino de grava entre los árboles, le dijo a Vesa:

—Eres un poco pequeño para tomar parte en una ceremonia del té.

Alcancé a ver fugazmente el sobresalto de Mai, pero recobró el dominio de sí misma con una rapidez sorprendente. La presencia de las patrullas de agua y los soldados vigilando el pueblo nos había enseñado a todos a cubrir nuestras huellas; los músculos, las caras y las lenguas recordaban todavía la normalidad de la vida y éramos capaces de adoptarla enseguida cuando era necesario. Mai posó una mano firme sobre el hombro de Vesa y dijo:

—Intento enseñar buenos modales al chico. Quiere ser oficial cuando sea mayor.

Muromäki sonrió, y me hizo pensar de nuevo en un perro hambriento.

—Ah, ¿sí? Espero que tengas suerte con tu carrera, muchacho —dijo, y le revolvió el pelo moreno a Vesa con la mano.

Mai hizo un gesto con la cabeza a Muromäki y se llevó a Vesa.

—¡Adiós, señora! —se despidió Muromäki cuando se alejaban.

Caminaban con lentitud, y los pasos de Mai no eran ligeros. Vesa volvía la mirada una y otra vez por encima del hombro, los ojos abiertos de par en par, pero Mai le obligó con firmeza a girar la cabeza hacia el camino que tenían por delante. El movimiento de su mano fue rígido.

—Tocaré la campanilla cuando todo esté listo —le dije a Muromäki. Me di la vuelta y me dirigí a toda prisa a la casita de té, y a cada paso me pregunté si habría advertido algo fuera de lo normal.

Las tazas tintinearon unas contra otras cuando dejé la bandeja en el suelo de la cabaña, pero Muromäki no dio señal de haber reparado en el temblor de mis manos. Oculté el nerviosismo tras la formalidad de la ceremonia como mejor pude: dejé que los movimientos conocidos fluyeran por voluntad propia, y al mismo tiempo intenté buscar furtivamente indicios de sospecha o victoria en él. No encontré ninguno. Muromäki estaba inesperadamente familiarizado con la etiqueta y no hizo ninguna pregunta inusual. Hablaba con Liuhala en voz baja y nada sugería que aquello fuera algo más que un breve respiro de su trabajo.

El suave rumor del agua a punto de hervir en el caldero me tranquilizó. Me recordó la idea que constituía la esencia de la ceremonia: delante del té, todos son iguales, por mucho que sus vidas no se crucen fuera de las paredes de la cabaña. Poco a poco empecé a creer que había venido solo por la ceremonia y que no estaba acatando las órdenes de Taro, y que lo de que hubiese llegado con un día de antelación no había sido más que un malentendido. Muromäki no volvió a mencionar a Taro, y no habló de nada salvo de la calidad del té, el juego de tazas y el invierno anterior, mucho más frío de lo normal. Me encontré pensando: ¿podría existir un mundo en el que la gente no tenga que elegir bando, donde todos puedan sentarse a tomar té sin que unos ejerzan el poder y otros vivan con miedo? Era un mundo con el que los maestros del té siempre habían soñado, que habían construido, que habían protegido, pero ¿había sido alguna vez real, o podría llegar a serlo?

En ese mundo, que tal vez no era este, Muromäki hizo una inclinación y aceptó el té que le ofrecía, y no tuve que considerarlo amigo ni enemigo.

En este mundo, le hice una reverencia al final de la ceremonia y salí por la puerta reservada al maestro del té. La ilusión de un espacio donde no existía el poder se vino abajo en la penumbra de la cabaña. Acompañé a Muromäki y Liuhala hasta la cancela sin saber si acababa de servir a un amigo o un enemigo.

Las semanas en torno al Solsticio de Verano, cuando el agua corría en secreto de la colina a la casa del maestro del té, y los vecinos del pueblo ideaban un sinnúmero de maneras de transportarla de allí hasta sus casas —bajo la ropa, dentro de compartimentos ocultos en carros, debajo de recortes de madera y muebles y prendas que fingía vender o enviaba a reparar, y demás—, pasaba todo el tiempo que podía tras la puerta cerrada de mi cuarto, estudiando mapas y notas. Consultaba nombres de lugares, investigaba rutas y calculaba si seguirían abiertas, medía distancias, sondeaba el terreno y hacía estimaciones del tiempo que llevaría viajar en heliocoche de un lugar al siguiente. Dediqué una semana a calcular las horas y los días que se tardaría en ir a las Tierras Perdidas y regresar, estimé la cantidad de comida y agua para la que tenía capacidad el heliocoche, y hasta qué punto reduciría la velocidad del viaje su peso. Atrapé un puñado de luciérnagas dentro de un farol y empecé a echarles trocitos de fruta para ver cuánto tiempo seguían vivas y produciendo luz, si no las soltaba.

Al cabo, un día nublado cuando ya había transcurrido un mes del Solsticio de Verano, puse a Sanja al tanto de mi plan.

Estábamos sentadas en cojines en el suelo de su taller. Yo tenía un cuaderno abierto en el regazo. Un moscardón atrapado dentro zumbaba de aquí para allá contra la pared de malla, desplazándose del suelo al techo y otra vez al suelo. Sanja introducía un disco plateado con el número siete pintado en el aparato pretérito. Los seis restantes estaban apilados en la caja donde los guardábamos. Ese era el único que no habíamos acabado de escuchar.

—Sanja —empecé—. ¿Te has preguntado alguna vez cómo estarán las Tierras Perdidas ahora?

—¿Por qué iba a preguntármelo? —repuso, y cerró la tapa de la hendidura del aparato. Me encogí de hombros pero no contesté. Ella levantó la vista y me miró fijamente. Entornó los ojos—: No hablarás en serio, ¿verdad? —dijo.

—¿Por qué no?

Me parece que fue entonces cuando me di cuenta de hasta qué punto iba en serio. Saqué un mapa de la bolsa que había cogido antes.

—Noria —dijo Sanja—. No tienes más que unos cuantos pedazos del pasado. Aunque la expedición fuese real, no tenemos el relato completo de su viaje. Si había agua limpia en las Tierras Perdidas en el Siglo Crepuscular, no hay la menor garantía de que siga habiéndola ahora. Y además, ¿cómo llegarías hasta allí?

—Por los caminos. —Desplegué el mapa en el que había trazado todas las rutas posibles—. Rovaniemi está en la frontera de las Tierras Perdidas. Creo que podré hacerme con un heliocoche, que no me será difícil conducir hasta allí. He estudiado estos mapas, y estos viejos libros, y las notas, y también información actual. Estoy prácticamente segura de que hay varias rutas sin vigilancia que cruzan la frontera al norte de Rovaniemi. Las carreteras del mundo pretérito eran amplias y estaban bien construidas, hechas para vehículos rápidos. Muchas deben de seguir abiertas, porque hay gente viviendo en esas áreas, justo a las afueras de las Tierras Perdidas. La expedición Jansson fue por las carreteras pretéritas, podemos seguir la misma ruta que...

—Alto ahí —me interrumpió Sanja—. ¿Qué quieres decir con que «podemos»?

Caí en la cuenta de que había hablado sin pensar. Me sonrojé.

—Pensaba que igual querrías acompañarme —mascullé, avergonzada.

Sanja me miró fijamente y me di cuenta de que en ningún momento había imaginado la posibilidad de ir sola. En todas mis fantasías ella había estado a mi lado, consultaba el mapa, se orientaba por las estrellas, subía las montañas y exploraba las cuevas conmigo. En realidad, no me había planteado la posibilidad de que no quisiera ir, ni la de qué haría en el caso de que únicamente pudiera ir sola.

—Noria —dijo Sanja, y su semblante era amable pese a las palabras que pronunció—. ¿Cómo quieres que vaya? Mis padres y Minja no pueden salir adelante sin mí. No puedo dejarlos. Además, todos los caminos están vigilados. ¿Cómo llegaría a Rovaniemi, por no hablar de lugares más lejanos? Ni siquiera tengo una aplicación pase falsa como tú.

—Dijiste que quizá podrías hackear una —le recordé.

—Quizá —suspiró Sanja—. Tu plan tiene muchos quizás. ¿Y si de algún modo conseguimos llegar a las Tierras Perdidas, y después resulta que no hay agua? Sería una pérdida de tiempo.

—Sé que hay agua allí —dije—. Tiene que haberla.

Sanja no cedía.

—Aunque la hubiera —replicó—. Entonces ¿qué?

Estaba en lo cierto, claro. Aunque encontrásemos agua —aunque yo la encontrase, me corregí mentalmente—, no tendría manera de traerla al pueblo. ¿Cuántos vecinos estarían dispuestos a partir hacia una tierra extraña solo por una vaga promesa de hallar agua? E incluso si algunos estaban lo bastante desesperados para buscar un nuevo lugar en el que vivir, estaba prohibido acceder a las Tierras Perdidas, eran inaccesibles. Tal vez uno o dos viajeros serían capaces de llegar hasta allí, pero cuantas más personas hicieran el viaje, más difícil sería.

Me resultaba insufrible la idea de renunciar a un plan que había ido tomando forma en el transcurso de semanas y meses, pero tal vez hubiera estado dispuesta a intentarlo, a enterrarlo bajo su imposibilidad y olvidarlo sin aspavientos, si ese día hubiera seguido un curso diferente, si lo que ocurrió a continuación no hubiera ocurrido.

Sanja encendió el aparato pretérito. El disco empezó a girar en su cavidad y una voz masculina recitó la fecha, que yo ya había anotado antes. Habló de los resultados de las investigaciones y del tiempo. Seguí mis apuntes y empecé a tomar notas de lo que decía cuando la grabación llegó a la parte que no habíamos escuchado aún. Tras media página o así de anotaciones, la voz se detuvo de pronto en mitad de una palabra. Se oyó un chasquido, luego un zumbido, y después resonó por los altavoces una voz de mujer, que dijo: «Otro intento. Nils, si oyes esto, perdona que grabe encima de tu diario, pero esto es más importante.» Guardó silencio un momento.

Miré a Sanja y vi que ella también había reconocido la voz. Últimamente había estado tan preocupada con la ruta de viaje de la expedición Jansson que casi me había olvidado de la mujer cuya historia se interrumpía al final del primer disco. No había aparecido en ninguno de los otros discos. No obstante, era sin lugar a dudas la misma voz, y noté que el entusiasmo se retorcía en mi interior como un pez en una red. El intervalo entre este momento y el Siglo Crepuscular se había cerrado inesperadamente. Contuve la respiración mientras las siguientes palabras de la mujer inundaban el ambiente.

«Es difícil saber por dónde empezar —dijo la mujer

del disco—. La historia no tiene principio ni final, solo está formada de acontecimientos a los que las personas dan forma de historias a fin de entenderlos mejor... Y para contar una historia hay que elegir qué no contar.»

Siguió hablando, y escuchamos, y todas las palabras que no eran las suyas se esfumaron. Afuera las nubes cubrían el cielo, y tras ellas el cielo era del color del verano más intenso, aunque no lo viéramos. La hierba crecía, la gente respiraba, el mundo seguía girando. Pero dentro, en ese taller, en esas palabras todo cambió: cambió lo que sabíamos, cambió lo que sentíamos, cambió como un mar que asciende y engulle todas las calles y las casas, que no retrocede, que no está dispuesto a devolver lo que ha conquistado.

Cuando el disco por fin giraba sin emitir más que un silencio vacío en la habitación, noté que el aire aleteaba con furia en mis pulmones. Algo se había transformado en mi interior, en nuestro interior, y cuando miré hacia fuera, fue como si hubiera abierto los ojos por primera vez y lo hubiera visto todo con más claridad: la piedra mellada en mitad del patio trasero, las ramas puntiagudas de un arbusto reseco, una telaraña rasgada en la bisagra.

Una vez que se quiebra el espacio de silencio en torno a un secreto, ya no se puede reconstruir.

—¿Crees que es cierto? —preguntó Sanja al fin. Su voz sonó frágil, y el vacío quebrado en torno a nosotras no cedía, permanecía profundo e imposible de desterrar como un océano—. ¿Todo lo que ha dicho?

—Sí —respondí—. Creo que es cierto.

—Yo también —dijo Sanja.

Apagó el aparato pretérito. El disco giró cada vez más lento hasta que por fin se detuvo. De todos los silencios que había afrontado, ese era el más grave e inevitable: no el silencio de los secretos, sino el del conocimiento.

Esa noche, cuando la casa estaba vacía y el jardín en silencio, y nadie pasaba por el camino, fui al manantial. El sol rozaba el horizonte, pero no acababa de esconderse tras él, y la noche estival era más luminosa que un día de mediados de invierno.
El farol proyectaba un brillo difuso sobre las paredes de piedra oscura en el interior de la colina rocosa. Cuando lo acerqué a la superficie del agua, vi lo que ya había intuido desde lejos.
El nivel había descendido; no peligrosamente, pero estaba más bajo de lo que recordaba haberlo visto.
La marca blanca en la roca relucía bajo el nivel del agua como un ojo vasto y ciego, más clara que nunca.

15

Me levanté la capucha antiinsectos, me enjugué la frente con un trapo arrugado y eché un trago de un odre pequeño. Un enjambre de tábanos de alas oscuras se me abalanzó cuando volví a ponérmela. Agité el trapo en círculo para ahuyentarlos. El tiempo cargado me pegaba las prendas a la piel. El verano había llegado a la sofocante canícula y tras las nubes amontonadas por capas un sol revenido y a punto de fundirse desprendía un intenso calor. Solo había conseguido realizar un trueque hasta el momento pese a que llevaba varias horas plantada en la plaza del pueblo. El aparatoso ventilador de pie le había parecido aceptable al panadero, que a cambio me había dado dos sacos de pan seco para cargar al hombro. Sabía que el ventilador valía más que eso, pero probablemente era el precio más alto que ningún vecino del pueblo estaba dispuesto a pagar en esos momentos. Necesitaba comida que fuera fácil de llevar y se conservara mucho tiempo, así que no había hecho tan mal negocio.

Un hombre bajo y ancho de huesos al que le raleaba casi por completo el pelo de color arena se detuvo ante mi puesto. Alcancé a adivinar sus pensamientos cuando observó con sus ojos gris pálido la colección de objetos que había traído de la casa: un par de sillas con dibujos grabados, demasiado llamativas para su sala de estar; un puñado de libros del mundo pretérito que nadie de su casa tendría tiempo de leer; un juego de té y unos platos que tendría dificultades para llenar. Lo único que se molestó en mirar con más atención fueron las sandalias: dos pares viejos que habían sido de mi padre, un par que dejó mi madre cuando se fue. El hombre comparó los tamaños de las suelas con las de su calzado raído, pero por lo visto decidió que no le interesaba el trueque.

—¿Está a la venta ese carro? —preguntó, señalando el vagón del heliociclo en el que había puesto yo algunos de los objetos a la venta.

—No, es el único que tengo —repuse.

—Qué pena. Te habría ofrecido loto azul u hojas para fumar en pipa por él —dijo, se despidió con un gesto de cabeza y siguió su camino.

El ambiente en la plaza era casi relajado ese día. Solo había visto dos soldados a mi llegada, y estaban apoyados en una pared en los márgenes de la plaza, con aire de indiferencia, bebiendo un líquido ambarino de sus odres. Un par de niños disponían piezas de *mahjong* de plástico desgastado en el suelo, alguien tocaba el acordeón al otro extremo del irregular rompecabezas de puestos y Ninia, la hermana de Tamara, vendía baratijas y broches para el pelo al otro lado del paseo, no muy lejos de mí. Me resultaba extraño que las mujeres siguieran queriendo adornarse el cabello. Cuando se lo comenté a Sanja, me dijo: «La gente se aferra a aquello a lo que está acostumbrada, tanto tiempo como pueda. Es la única manera de sobrevivir.»

Vi un uniforme azul entre los puestos como una ráfaga. Se fue acercando hasta que discerní una cara conocida. El mayor Bolin me vio cuando doblaba hacia la callejuela donde había dispuesto mi mesa, y vino directo hacia mí. Sus botas pesadas dejaban huellas profundas y cortantes en la arena.

Bolin se detuvo delante del puesto. Le saludé con una inclinación y él hizo lo propio.

—Noria —dijo—. He preguntado a los vecinos dónde encontrarte. —Miró alrededor y bajó la voz—. He recibido tu mensaje.

—¿Quiere un té, mayor Bolin? —pregunté.

Asintió. Le indiqué que se acercase detrás del puesto. Eché una tela encima de la mesa para cubrir los artículos y dejé la cortina de la parte de atrás entreabierta para ver si se acercaba alguien a hacer un cambio. Detrás de la cortina le ofrecí un taburete a Bolin y tomé asiento en otro. Serví un poco de té tibio de un odre y encendí una varita de incienso de olor acre para mantener alejados los insectos, pero los tábanos seguían zumbando a nuestro alrededor cuando nos levantamos las capuchas para beber.

—¿Qué tal estás, Noria? —me preguntó Bolin, y tomó un sorbo de té.

Tenía la cara reseca como el papel y sus movimientos eran más lentos de lo que recordaba.

—Voy tirando —dije.

Bolin permaneció en silencio, removiendo el té en la taza de cerámica, absorto en sus pensamientos. Al final, dijo:

—Puedo ayudarte, pero no lo puedo hacer gratis. Los heliocoches son caros hoy en día, sobre todo si no quieres que nadie empiece a preguntarse para qué lo necesitas. —Levantó la mirada y atiné a oír una pregunta implícita tras sus palabras.

—Lo necesito para ir a vender enseres fuera del pueblo —dije—. Sé que hay más compradores en Kuusamo y Kuoloyarvi. Un vendedor hábil puede obtener buenos beneficios.

Bolin me escudriñó, y confié en que estuviera pensando en lo que había callado deliberadamente: el mercado negro, los artículos más singulares que había en la casa del maestro del té, como bien sabía él, pues había ayudado a mis padres a adquirir algunos.

—¿Seguro que vale la pena correr semejante riesgo? —preguntó.

—Hoy en día vienen pocas visitas a la ceremonia del té, y menos aún pagan tan bien como antes.

Bolin sopesó la respuesta y dijo:

—Tengo entendido que la supervisión del mercado negro es menos severa en Kuoloyarvi que en Kuusamo. Aunque no veo por qué debería interesarte, claro.

—¿Cuánto? —pregunté, felicitándome por el éxito.

Bolin se inclinó hacia delante en el asiento y escribió una cifra en la arena. Era más de lo que esperaba, pero podría pagarlo.

—Trato hecho —dije—. ¿Cuándo necesita que haga el pago?

—Por adelantado —repuso Bolin—. Puedo enviar a alguien a que recoja el dinero de tu casa mañana.

—No, es mejor que lo traiga aquí —dije—. ¿Le parece bien?

Bolin asintió.

—Me ocuparé de que nadie pueda vincular conmigo el heliocoche —me advirtió con voz queda—. Espero que tú hagas otro tanto.

Apuró el té y dejó la taza en la arena junto a la pata del taburete. Las arrugas de su rostro eran profundas, y se hicieron más hondas aún cuando habló.

—Esto es lo último que puedo hacer por ti. Lo sabes, ¿verdad?

—Sí —dije.

Bolin hizo una ligera inclinación de cabeza. Yo se la devolví. Cuando se alejaba, una fila de hormigas empezó a subir por un lado de la taza para alcanzar la gota de líquido que quedaba dentro. Borré con la punta de la sandalia los números que había dibujado Bolin en el suelo hasta que no quedó más que la arena lisa.

La tarde se prolongó hacia el anochecer y poco a poco la gente empezó a recoger los puestos y la mercancía. Desenganché la cortina de las barras que la sostenían y la doblé. Dispuse los artículos en el carrito, coloqué los sacos de pan entre ellos, y cuando todo estuvo en su sitio y hube sujetado con cinchas toda la carga, monté en el heliociclo y fui camino de la casa del maestro del té. Dejé atrás los jardines con flores de color marrón cuero que no cesaban de cabecear, el centro médico que contemplaba el camino con sus ventanas vacías y la gente que regresaba a casa del mercado. A lo lejos alcancé a ver una casa baja de ladrillo rojo y el círculo azul intenso en la puerta. Era la última casa del pueblo que lucía la señal de un delito contra el agua. El círculo había aparecido en la puerta cinco semanas atrás. Me desvié de mi ruta para no verme obligada a pasar justo por delante de la puerta marcada.

Más de una vez me llamaron la atención carteles pintados sobre lona a la orilla del camino. Ofrecían recompensas a cualquiera que delatase a quienes cometían delitos contra el agua. El hijo del panadero, un año menor que yo, estaba delante de uno de los carteles. Lo recordaba de la escuela del pueblo. Había sido uno de los velocistas más rápidos de su clase, iba siempre impecablemente vestido y obtenía notas mediocres. Ahora llevaba uniforme azul y estaba pintando una cifra más elevada encima de la que ya había en el cartel. A un breve trecho había otro cartel; la pintura aún húmeda brillaba ligeramente. Si estaba en la nómina de los militares, pensé, no era de extrañar que la familia del panadero todavía pudiera permitirse cambiar pan por ventiladores.

Una vez en casa hice algo que llevaba semanas eludiendo.

Abrí la caja de madera que guardaba en la estantería de mi habitación y saqué el dispositivo de mensajes que envió mi madre. No lo había utilizado aún. Pese a lo que me había pedido mi madre, le había enviado varios mensajes por medio del dispositivo antiguo. No dije ni una palabra acerca del otro dispositivo hackeado, pero quería que supiese que me encontraba bien de salud a pesar de la guerra y las circunstancias en el pueblo. No había recibido respuesta, así que no sabía si le habían llegado mis mensajes. Sea como fuere, ahora tenía que ponerla al tanto de mi decisión.

Puse el dedo sobre la pantalla y esperé a que se iluminara y apareciese el nombre de Aino Vanamo. Escribí en el recuadro: «He decidido quedarme en el pueblo hasta la Fiesta de la Luna. Partiré hacia Xinjing el día después de la fiesta y te haré saber la fecha de mi llegada. Aino.»

Envié el mensaje, apagué el dispositivo y lo guardé

en la caja de madera. Era consciente de que la mentira que acababa de contarle no era la respuesta que ella esperaba.

A primera hora de la tarde siguiente una mujer joven vestida del color azul de la cocina del ejército se detuvo ante mi puesto.

—¿Noria Kaitio? —preguntó.

Hice una inclinación. La mujer me entregó una carta lacrada.

—Es del mayor Bolin. Ha dicho que ya sabría qué debe darme a cambio.

Saqué de mi bolsa un sobre de correo sellado que contenía el dinero.

—También le envía un mensaje —dijo. Se me acercó y bajó la voz—: El domingo antes de medianoche.

—El domingo antes de medianoche —repetí. Era jueves.

La mujer asintió, dio media vuelta y se fue. Después de que se marchara, fui a la parte de atrás del puesto y miré alrededor para asegurarme de que nadie me prestaba atención. Una anciana dormitaba apoyada en la pared bajo el toldo del puesto de al lado; los dos niños que había visto la víspera dibujaban en la arena. Rompí el sello y saqué el contenido del sobre. Había un mapa dibujado en un trozo de papel y un lugar a las afueras del pueblo, en el linde del Bosque Muerto, estaba señalado con una cruz.

La mensajera me había dicho cuándo, pero ahora sabía también dónde.

El domingo me puse en camino hacia el Bosque Muerto mucho antes de medianoche, porque el viaje era largo. El brillo nocturno del sol flotaba en el cielo de color agua, pero el frescor sombrío de la tierra empezó a calar en mi interior, aferrándose a mis huesos y provocándome escalofríos. No sabía qué esperar. No tenía otra opción que confiar en Bolin.

El pueblo estaba en silencio. Tomé el camino más largo bordeando la colina rocosa porque me preocupaba toparme con soldados. Una neblina de insectos oscura como el humo pendía en el aire cual racimos de sombras abandonadas. Se escindían un instante, se dispersaban a mi alrededor cuando las cruzaba y se volvían a aferrar formando estatuas arremolinadas que tornaban borroso el paisaje como espíritus antiguos que hubieran salido de debajo de las piedras o recuerdos enterrados ahora visibles. Las piedras se movían bajo las suelas de mis zapatos de andar, emitiendo tenues chirridos al rozarse.

El Bosque Muerto se llamaba tiempo atrás Bosque Musgoso, un nombre que hacía pensar en hojas verde intenso meciéndose al viento y un verdor tan exuberante y húmedo que podías sentirlo en la piel. Hace más tiempo aún, cuando aún no hacían falta palabras para describir semejante lozanía, porque en estas tierras se daba por supuesta, el bosque no tenía nombre en absoluto, según me contó mi padre. Ahora los troncos y las ramas desnudos se retorcían hacia el cielo secos como la arena y sin apenas color, igual que una telaraña tejida de punta a punta del paisaje, o los caparazones vacíos de insectos atrapados en ella. La vida ya no corría por su interior, sus venas estaban quebradas, las cortezas convertidas en letras de un idioma olvidado, marcas casi incomprensibles de lo que fueron antaño. Algunos troncos se habían desplomado al suelo, donde yacían sin habla, inmóviles.

Seguí el sendero trazado en el mapa hasta que llegué al lugar marcado con una cruz. Me acerqué con cautela; no sabía muy bien qué me aguardaba. Agucé el oído.

Los únicos sonidos eran los del bosque hundiéndose lentamente, el viento que aferraba las ramas sin hojas y el tenue crujir de los troncos combados hacia la tierra.

Me llevó un rato encontrar lo que estaba buscando. El heliocoche estaba escondido con pericia. De no haber estado buscándolo, no lo habría visto. Lo habían introducido en un hoyo poco profundo y cubierto con una manta de algas raída de color tierra y ramas secas. Me alegró ver que el camino por el que al parecer lo habían llevado empezaba a un buen trecho de allí, lo que suponía que el vehículo era lo bastante potente para un terreno más accidentado. Levanté la manta de algas y le eché un vistazo. No sabía gran cosa de heliocoches, pero parecía más nuevo y se veía en mejor estado que el de Jukara. Tenía arañazos en los lados y los neumáticos estaban un tanto desgastados, pero los paneles solares y los asientos seguían enteros. La llave estaba en el contacto. Volví a cubrir el vehículo con la manta. Eché a andar por un sendero estrecho hasta que desembocó en un camino de tierra ligeramente más ancho que serpenteaba hacia el pueblo. La carretera estaba cortada con una viga medio podrida y piedras de gran tamaño. Desde la dirección opuesta, daba la impresión de que hacía años que no la utilizaban. No había rodadas: Bolin había mantenido su promesa de que sería difícil seguir la pista al vehículo. Sin embargo, alguien sabía que se encontraba allí, así que cuanto antes me lo llevara, mejor.

Le había dado muchas vueltas a dónde dejar el heliocoche. Lo más sencillo habría sido ocultarlo en la casa del maestro del té, pero no quería arriesgarme a que una patrulla del agua lo descubriese cargado de comida y agua, evidentemente equipado para un viaje largo. Por lo tanto, había decidido esconderlo cerca del cementerio del plástico, debajo de un viejo puente. El cementerio rebosaba por los costados de desechos que había tirado la gente allí, y la entrada al espacio bajo el puente estaba casi bloqueada por tierra y desperdicios. Desde lejos era imposible saber que había un hueco ahí dentro. Sanja y yo habíamos encontrado ese sitio unos años atrás. En el caso de que alguien pasara cerca del puente y viese el heliocoche, sería imposible que relacionase con nadie el hallazgo. Lo peor que podía ocurrir era que perdiese el vehículo. Transportar agua y comida sería más difícil, pero si llevaba pequeñas cantidades a diario, podría hacerlo.

Una vez encontré el hueco utilizado para introducir el vehículo en el bosque —logré antes desplazar la viga y me las apañé para apartar una de las rocas hacia un lado con una rama seca—, regresé hasta el vehículo. Tendría que esperar hasta el día siguiente, cuando se levantase el toque de queda nocturno, y servirme de los caminos más remotos. La ruta hasta el escondrijo era difícil, pero eso suponía que el riesgo de que me descubriesen era menor.

Me senté en la tierra seca y cuarteada y presté oídos a la esencia más silenciosa de la noche cerniéndose a mi alrededor.

Caí en la cuenta de que el dispositivo de mensajes hackeado había desaparecido cuando regresé a casa por la mañana. Abrí la caja de madera para comprobar si mi madre me había contestado y vi de inmediato que el dispositivo de mensajes no estaba donde lo había dejado, encima de los objetos recogidos en el cementerio del plástico. El corazón se me desplomó a la boca del estómago. Intenté recordar cuándo había sacado y conectado por última vez el dispositivo. ¿La víspera por la mañana? ¿O el día anterior? No estaba segura. Varios vecinos del pueblo habían venido a la casa a por agua los últimos días. Los adultos no acostumbraban a pasar de la cocina, pero las mujeres habían traído a sus hijos, que habían estado correteando por las habitaciones como siempre. Lo primero que se me pasó por la cabeza fue que alguno había entrado en mi cuarto, encontrado la caja de madera y cogido el dispositivo de mensajes sin pedirme permiso. En teoría era posible. Hice el intento de recordar si podía haberlo dejado en algún otro sitio. Rebusqué por la cocina. Rebusqué por la sala de estar. Miré detrás de las estanterías y debajo de la cama, entre las pilas de libros y en los bolsillos de mis prendas, pero nada.

No quería plantearme la posibilidad más aterradora: que no se hubiera llevado el dispositivo un niño, ni hubiera sido por error.

Sanja vino de visita por la tarde. Estaba barriendo la galería de la casita de té, y no estaba de humor para charlas.

—Tengo que hablar contigo —dijo, y miró alrededor.

—No hay nadie por aquí —le dije, al tiempo que apoyaba la escoba en la pared de la casita de té. Había cosas de las que únicamente hablábamos a solas, y de otras no hablábamos en absoluto. Una de esas cosas era lo que había dicho la voz de una mujer en el último disco plateado. Me pregunté si era de eso de lo que quería hablar.

Sanja me miró a los ojos.

—Quiero ir contigo —dijo.

—Voy a estar unos días sin ir al manantial —le advertí, y eché a andar hacia la casa.

—No me refiero al manantial. —Sus palabras tenían un peso fuera de lo normal. Me detuve y me volví para mirarla. Tenía el semblante tenso, como si reprimiera pena o entusiasmo—. He estado pensando —continuó—. Quiero ir a las Tierras Perdidas contigo. Mis padres y Minja están mejor ahora que ella se ha recuperado y mi madre puede trabajar de nuevo. ¿Puedo acompañarte?

Tan contenta estaba de que quisiera tomar parte en mis sueños después de todo, de que por fin fuéramos a convertirnos en las exploradoras que habíamos fingido ser de pequeñas, que sentí deseos de abrazarla. Pero un problema inesperado estaba complicando mis planes.

—Claro que quiero que me acompañes —dije—. Pero el dispositivo de mensajes que me envió mi madre ha desaparecido. No sé dónde lo he dejado. Me temo que alguien puede haberlo robado. No dispongo de una aplicación pase hackeada...

El sonrojo empezó a apoderarse de la cara pálida de Sanja, que no podía parar quieta.

—Noria —comenzó—. Tengo que confesarte algo. —Metió una mano en la bolsa y sacó el dispositivo de mensajes—. Siento no haberte dicho nada. Quería darte una sorpresa. —Me devolvió el dispositivo y lo acepté sin decir una sola palabra.

Se me quitó un peso de encima al ver que no se lo había llevado nadie del pueblo, pero me molestó que lo hubiese cogido sin pedir permiso, y me inquietó que se las hubiera apañado para apropiárselo sin que me diera cuenta. Conecté el dispositivo.

—No te preocupes, está exactamente igual que antes —aseguró Sanja. Volvió a hurgar en la bolsa y sacó otro dispositivo de mensajes, un poco más viejo y estropeado—. Mira. —Se puso a mi lado y tocó la pantalla con el dedo. Surgió una luz blanca como el papel y un instante después apareció un nombre: «Lumi Vanamo.» Como ciudad natal figuraba Rovaniemi y la fecha de nacimiento era poco más de un año después de la de Aino Vanamo.

—Tú naciste en Xinjing —dijo Sanja—. Pero nuestros padres, Outi y Kai Vanamo, ya habían decidido regresar a su tierra natal cerca de Rovaniemi. Se trasladaron hasta allí cruzando el continente cuando eras muy pequeña, y yo nací apenas un año después. Después de que nuestros padres fallecieran en un accidente, ahogados en los campos de algas, cursamos los tres últimos años de estudios en Kuusamo, donde vivíamos con unos parientes. Ahora regresamos a un pueblecito a las afueras de Rovaniemi, a la casa de la familia que nos dejaron nuestros padres. —Levantó la mirada del dispositivo de mensajes y me ofreció una sonrisa.

—No está mal —la felicité, impresionada.

Sanja se encogió de hombros.

—Ya había ideado dos maneras alternativas de hackear el dispositivo que podían surtir efecto. Me hacía falta el tuyo para comprobar cuál daría mejor resultado. Al final, no me llevó mucho tiempo. —Apagó el dispositivo de mensajes—. Lo más difícil fue hacerme con otro dispositivo de segunda mano.

—Eres genial —le dije.

—No. Solo curiosa, y trabajo hasta que me sangran los dedos —respondió—. Bueno, ¿cuándo nos vamos?

Luego, cuando Sanja estaba comprobando los ajustes del dispositivo de mensajes, observé los movimientos de sus dedos y aquella expresión abstraída de su rostro que a mí me era imposible desentrañar. Aunque se había llevado el dispositivo de mi cuarto en secreto, quería obturar la brecha que había abierto el recelo en mi interior. Le conté mi plan de cabo a rabo y le hablé del heliocoche y los lugares adonde quería ir. Como sumida en un sueño noté en la piel el agua que corría, esperándonos limpia e incesante, ahora casi a mi alcance. No importaba nada más.

No le pregunté qué le había hecho cambiar de parecer, y Sanja no me lo dijo.

16

Los inquilinos de la casa de ladrillo rojo fueron ejecutados el día que todo estaba listo para nuestra partida, dos semanas después de que hubiera conseguido el heliocoche. No lo presencié. Vi las manchas color óxido en la grava del patio anterior, y los muebles que habían dejado fuera. A cierta distancia, de un vistazo, vislumbré la puerta donde una tabla clavada transversalmente sobre el marco dividía el círculo azul en dos.

—No mires —dijo Sanja, pero miré de todos modos, y luego me arrepentí de haberlo hecho. Eso era lo que teníamos por costumbre de un tiempo a esta parte: procurábamos apartar la mirada de lo que ocurría, y no lo lográbamos, y luego intentábamos seguir viviendo como si no lo hubiésemos visto. Entretanto, esas cosas permanecían con nosotras, anidaban bajo nuestra piel, en el vibrante espacio rojo oscuro del pecho, sus afiladas astillas arañando el corazón blando y húmedo. Cuando caminaba por la calle, veía gente que llevaba consigo esas escenas: enterradas, pero no lo bastante hondo para que no proyectasen un reflejo pospuesto sobre su semblante, alterándolo como un cambio gradual de la iluminación.

Íbamos camino del cementerio del plástico. El cielo era una barrera brumosa de color blanco y gris y azul pálido, cambiante como el mar, pero no estaba claro si se estaba encapotando y anunciaba tormenta o se estaba despejando para dejar paso a un torrente de luz cruda. Los discos plateados me pesaban en la bolsa.

—Tendríamos que esconderlos —había dicho Sanja—. En algún lugar donde a nadie se le ocurra buscar pero alguien pueda encontrarlos. Los que grabaron su historia querían que alguien la conociera. Sabían que podría cambiar todo lo que sabía la gente sobre las guerras del Petróleo y el mundo pretérito. Deberíamos ofrecer esa misma oportunidad a otros. Solo por si acaso.

Entendí a qué se refería. No lo habíamos dicho de viva voz: «Por si no regresamos.» Pero yo había pensado en ello, y estaba convencida de que ella también.

Caminamos por el cementerio del plástico, donde los esqueletos huecos de frágiles desechos crujían bajo las suelas gruesas de nuestras sandalias. Llegamos a la carrocería del vehículo pretérito cerca del lugar donde había encontrado el primer disco de color plata y el aparato pretérito que sospeché había pertenecido a la expedición Jansson.

Había precintado los discos en la misma caja de metal en la que estaban en el manantial, y la había envuelto en tela deshilachada y desperdicios plásticos hechos trizas. Saqué el paquete de la bolsa. Sanja cavó un agujero donde tendría que haber estado una de las ruedas traseras, y metimos allí los discos. Pensé en la voz de mujer de los discos y le di las gracias en silencio. Ella, la hija de un maestro del té de tiempos desconocidos, había decidido ir a explorar mucho tiempo atrás y nos había demostrado que era posible hacerlo. Sin ella tal vez no hubiera tenido el valor de poner en marcha mi plan. Acumulé unos cuantos desperdicios plásticos encima de los discos y lo cubrimos todo con un montón andrajoso de bolsas de plástico. No dejamos ningún indicio de que allí hubiera oculto nada importante.

Sanja se dio la vuelta para irse, pero le pedí que esperase.

Me subí a la cabina del vehículo y metí la mano en el agujero del salpicadero oxidado hasta las entrañas. Saqué una caja de plástico redonda. No pesaba mucho, y su contenido se desplazó con un susurro hacia un costado cuando la ladeé.

—¿Te acuerdas? —pregunté.

A Sanja le cambió el semblante, como si de pronto lo tuviera iluminado.

—¡Lo había olvidado! —exclamó—. ¿Qué guardamos en esa?

Se acercó y miró el año que pintamos en la tapa de la caja para señalar la fecha de apertura que habíamos planeado.

—Aún faltan más de veinte años —dije.

—Teníamos una cláusula —me recordó—. No abrir hasta la fecha acordada, salvo en circunstancias extremas.

—¿Crees que esto cuenta como circunstancias extremas?

Sanja sonreía, pero alcancé a ver la seriedad de fondo cuando contestó:

—Si esto no son circunstancias extremas, no sé qué podría serlo.

La miré. Me sostuvo la mirada y asintió ligeramente. Me cogió la caja y la sostuvo entre las manos. Hice girar la tapa hasta que el sello de lacre que habíamos fundido cuidadosamente sobre el reborde se agrietó y acabó por romperse. En el interior de la tapa figuraba una fecha de diez años atrás. Teníamos ocho años cuando recogimos los tesoros de esa cápsula del tiempo. Alargamos el cuello para examinar el contenido juntas. Había un candado metálico pequeño con manchas de óxido y una llave que no encajaba, una página amarillenta cubierta de letra pequeña —seguramente la arranqué de algún libro de mi madre—, unas cuantas piedras lisas y unas gafas viejas y rayadas con una patilla rota. Las lentes eran de colores distintos: una roja, otra azul.

—Me acuerdo de estas —dijo Sanja—. Las Gafas Mágicas.

Yo también recordaba el juego al que jugábamos con las gafas: como exploradoras clandestinas, nos turnábamos para ponérnoslas, mirar lugares ocultos detrás de las paredes y describirle a la otra lo que veíamos.

—¿Nos llevamos algo? —sugerí—. ¿Para que nos dé buena suerte?

—Hasta el último gramo de peso adicional nos retrasará —señaló Sanja, y tenía razón, claro. Volví a dejar las gafas en la caja, y estaba a punto de cerrar la tapa cuando detuvo mi mano y dijo—: Aún no.

Me devolvió la caja, se quitó de la muñeca una pulsera de algas desgastada por el uso y la dejó encima de los demás objetos.

—Tú también —dijo.

—¿Llevas la navaja?

Sanja buscó la navaja en el bolsillo y me la dio. Dejé la caja en el salpicadero, saqué la fina hoja y me corté un largo mechón de pelo.

—No tengo nada más —aclaré, y le devolví a Sanja la navaja.

Retorcí el cabello entre los dedos para enrollarlo y lo

posé sobre la pulsera, dentro del bucle irregular que formaba: mi pelo moreno y las algas secas que Sanja había llevado en la muñeca, unidas en un círculo ininterrumpido sin principio ni final. Sanja cerró la tapa con buen cuidado de que encajaran los bordes rotos del sello.

Era una suerte de precaución contra la mortalidad, como si hubiéramos lanzado un hechizo que no tuviera vuelta atrás. En el caso de que no regresáramos, quedaría algo de nosotras; aunque fuera anónimo, pueril y sin valor, sería lo que habíamos querido preservar, un indicio dejado a nuestro paso.

Eso pensé.

Creí que ella también lo pensaba.

Aún quiero creerlo.

Cuando nos fuimos del cementerio del plástico, Sanja dijo:

—Nos vemos esta noche.

Su cuerpo era esbelto y anguloso bajo el basto tejido de lino. La sombra de la capucha antiinsectos caía con suavidad sobre su rostro. Se alejó y no volvió la vista atrás.

Después de que se hubiera marchado Sanja, recorrí a paso lento el terreno abrupto hasta el heliocoche para comprobar una vez más que todo estuviera en orden. Debajo del puente olía a tierra mohosa y basura medio podrida. Revisé la carga del remolque acoplado al heliocoche. Había calculado minuciosamente la cantidad de comida y agua y añadido un poco más para ir sobre seguro, pero no mucho. No sabía hasta qué punto eran precisas las estimaciones que había hecho sobre la velocidad de nuestro viaje, ni cuál sería el estado real de las carreteras una vez que cruzáramos la frontera. Aunque albergaba grandes esperanzas, no me había permitido confiar plenamente en que encontraríamos agua, así que la mayor parte del espacio lo había reservado para llevar agua potable.

Reubiqué los sacos de pasas, semillas de girasol y almendras para dejar sitio a otro pellejo de agua, que había llevado a la espalda. El problema de transportar agua era lo que más quebraderos de cabeza nos había dado, porque éramos conscientes de que nos detendrían con toda seguridad si intentábamos llevar agua potable suficiente para varias semanas a la vista de todo el mundo. Habíamos sopesado todos los mecanismos para cometer fraudes contra el agua y todos los planes de contrabando elaborados a lo largo de las últimas semanas cuando los vecinos del pueblo habían estado llevándose agua a sus hogares de la casa del maestro del té. Sanja hizo unos ajustes minuciosamente planificados al heliocoche, y el resultado era su obra maestra: retiró los asientos, habilitó debajo un espacio vacío que quedaba cerrado y lo disimuló de un modo tan meticuloso que era imposible detectar que el vehículo había sido modificado. Bajo el fondo falso del remolque cabían odres con agua para una semana, y también habíamos construido varios compartimentos y recipientes secretos en los baúles para la comida. A fin de tapar el remolque, extendimos una cubierta doble de plástico y lona sobre una estructura que protegería el contenido y nos permitiría dormir debajo.

Una de mis preocupaciones eran las luciérnagas. No sabía cuántas conseguiríamos cazar por el camino; las que nos lleváramos al partir de la casa del maestro del té no vivirían hasta nuestro regreso. Estábamos a finales de verano, y la luz diurna seguía prolongándose durante casi todas las horas del día. No obstante, en cuestión de unas semanas las noches volverían a ser oscuras, y antes de que pasaran dos lunas llenas, la Fiesta de la Luna haría virar el año hacia el invierno. Aunque teníamos planeado regresar al pueblo mucho antes, que se apagasen los faroles de luciérnagas podía suponer un problema y demorar nuestro viaje. Pensar en su fulgor mermado también me incomodó por otro motivo: no sabía a qué profundidad en las venas de la tierra estaba oculta el agua, ni a qué clase de oscuridades tendríamos que descender para encontrarla. Sanja había apañado dos linternas de tecnología pretérita cargadas con energía solar, pero alumbraban menos que los faroles de luciérnagas, y una emitía constantes zumbidos y parpadeos.

—No he encontrado cables en buen estado —había dicho Sanja, contrariada, y tuvimos que contentarnos con lo que teníamos.

No le había contado a nadie nuestro plan, ni siquiera a sus padres. Dijo que no quería que se preocupasen. Yo sospechaba que tal vez no hubiera sido capaz de ceñirse a su decisión de acompañarme si le hubieran pedido que se quedase.

Tendí una lona de plástico agrietada para cubrir el heliocoche y el remolque y amontoné ramas secas y desechos encima. Cuando me satisfizo el camuflaje, salí a la luz del día. Habíamos llenado la entrada del espacio cavernoso con basura tirada por ahí, y bloqueé el hueco a mi espalda para que diese la impresión de que estaba cerrado.

El cielo era del color de la piedra y el liquen, y de las magulladuras recientes. Las primeras gotas cayeron sobre el lino de mi camisa en el linde del pueblo, convirtiéndose en manchas grandes y desiguales y contagiándome la piel con su humedad. Para cuando llegué al camino que llevaba a la cancela de entrada a la casa, tenía los bajos de los pantalones empapados de agua y la arena transformada en barro oscuro impregnaba la tela liviana. El aroma vigorizante como a madera de las algas húmedas flotaba en el aire oscurecido por la lluvia.

Por costumbre, había sacado los recipientes para recoger agua de lluvia al jardín por la mañana nada más levantar la vista al cielo, pese a que no tenía motivo para usarlos. Ya se llevarán el agua al día siguiente los vecinos del pueblo cuando vengan y se encuentren la casa vacía, pensé. Es lo último que podré ofrecerles en una temporada. Jukara los conduciría hasta la cueva de la colina rocosa antes de mi regreso, no me cabía la menor duda; sospechaba que ya iba allí en secreto a veces, aunque le había pedido que no lo hiciera, porque si los vecinos del pueblo empezaban a pasearse por la colina cada vez más a menudo sin duda los soldados repararían en ello.

Cerré los ojos y me quedé bajo la lluvia. Me quité las sandalias y pisé la hierba. Las briznas resbaladizas cedían y se alisaban, trazando celosías en las plantas de mis pies. El agua me resbalaba hasta la nuca desde el pelo, me mojaba la espalda y los brazos, me caía de la punta de la nariz. Me desprendí de la ropa como de una piel vieja, y me sentí pura y fuerte y dispuesta.

El cubo de madera para recoger agua que había dejado junto a los peldaños de la galería estaba casi medio lleno.

Entré en la casa, me puse ropa seca y me senté en el suelo.

Hasta entonces, había intentado mantener la casa tal como estaba en tiempos de mis padres, al menos superficialmente, pese a que me había percatado de que deseaba deformarse por efecto del cambio. Me esforcé por seguir haciéndolo, aunque por motivos distintos. Quería asegurarme de que, cuando vinieran los vecinos del pueblo después de nuestra marcha, no hubiera en las habitaciones ningún indicio de que nos habíamos ido lejos y quizás estuviéramos ausentes mucho tiempo. Puse ropa en el respaldo de algunas sillas, como si la hubiera dejado para cogerla poco después. Había un libro abierto boca abajo en el sofá de la sala de estar que no tenía intención de llevarme. La mitad de mi té matutino seguía en la taza sobre la mesa de la cocina; no la retiré. Quería dejar tras de mí un fotograma de una vida en el proceso de ser vivida: la ilusión de una cualidad inmutable que disimulara el gran cambio. Quería demorar las sospechas de los habitantes del pueblo tanto tiempo como fuese posible.

Hasta el anochecer, o la mañana siguiente.

Todo estaba preparado.

Cerré la puerta y barrí las losas de piedra que formaban el sendero a la casita de té. Las hojas y las briznas de hierba empapadas de lluvia se aferraban a las cerdas de la escoba. La dejé apoyada en la pared, en la galería de la cabaña.

Me acerqué a la orilla del jardín de piedras donde crecían las tres plantas de té. La lluvia había cesado y en las hojas estrechas relucían gotas de agua. La tumba de mi padre estaba cubierta de hierba y ahora su contorno no se distinguía del resto del césped. Quería decirle algo, pero mi boca solo contenía silencio.

La arena del jardín de piedras estaba revuelta por efecto de la lluvia. Cogí del suelo el rastrillo y la arrellané hasta que estuvo lisa. Las huellas de las púas de metal formaban ondas entre las piedras como el agua que corre en la oscuridad de la tierra sin aminorar o acelerar su ritmo.

Los cuadernos me pesaban en la bolsa y en el jardín las sombras eran cada vez más densas cuando cerré la cancela a mi espalda.

Al llegar al puente, me dio la impresión de que todo estaba como era debido. La abertura bloqueada estaba cubierta de desperdicios, y no había el menor indicio de que alguien hubiera pasado por allí después de que yo me hubiese ido a primera hora. Supuse que Sanja no había llegado aún. Aparté a un lado un sillón roto y un rollo de cable inservible a fin de introducirme en el escondite.

No entendí de inmediato lo que vi. Mis ojos tardaron un rato en acostumbrarse a la penumbra del espacio bajo el puente, y yo tardé más aún en asimilar lo que me estaban diciendo.

El heliocoche y el remolque de cuatro ruedas con su contenido se habían esfumado.

Se me cortó la respiración en el pecho y se me formó un pesado nudo en el fondo del estómago. Tuve la misma sensación que si me hubiera tragado un trozo de hielo grande y afilado.

Envié un mensaje al dispositivo de Sanja, y luego al dispositivo de su familia. No hubo respuesta. Como no sabía qué otra cosa hacer, eché a andar hacia su casa. Cogí un atajo a través del cementerio del plástico, donde mis pies resbalaban en las superficies empapadas de lluvia y se abrían grietas oscuras hacia la esencia misma del pasado enterrado. Me crucé con varias personas que habían estado sacando agua fangosa del arroyuelo cerca de la orilla del cementerio. Unos intentaban recoger en pellejos y cubos la lluvia que caía. Pasé por delante de unas casas y vi cómo la gente dejaba que el agua que caía de las nubes les lavara las caras, las manos y los cuerpos sedientos.

Doblé por la calle donde vivía la familia de Sanja y me detuve.

Había soldados de uniforme azul delante de la casa de Sanja. La puerta estaba abierta, y no me cabe la menor duda al respecto: no había ningún círculo azul pintado, solo el color gris desvaído que siempre había tenido. No vi a Sanja ni a sus padres, pero los soldados entraban y salían constantemente, y vi que dos de ellos se dirigían hacia el jardín trasero y el taller de Sanja.

Un soldado alto estaba plantado en el jardín delantero, y cuando volvió la cabeza le reconocí a pesar de la distancia. Era Muromäki, el suboficial rubio a las órdenes de Taro.

Me di la vuelta y me esforcé por no echar a correr. Notaba los pies pesados en el camino cubierto de barro, y las nubes pendían bajas, rozando las cimas oscuras de la colina para reventar por el peso del agua que contenían.

En ese paisaje donde todo había cambiado y el mundo se había descoyuntado, regresé a la casa del maestro del té, y aguardé.

Nadie pasaba por el camino angosto. Las luces de mis dispositivos de mensajes no se encendían. El mundo no giraba más aprisa ni más despacio.

Después de medianoche fui a mi cuarto y me acosté en la cama en la penumbra azul grisáceo de la noche sin sol, y no podía dormir, y no podía moverme. Ya casi de mañana concilié el sueño un rato, y cuando desperté, me costó respirar. Salí a la galería a que me diera el aire fresco.

Las nubes se habían retirado. La luminosidad del día me lanzó tajos a los ojos. Me llegué hasta la hierba húmeda del pozo de recogida de agua que había en mitad del jardín. Cuando me incliné para beber, vi fugazmente mi propio reflejo en la superficie del agua antes de que se quebrara.

Oí cerrarse la puerta lentamente, acompañada por el chirrido de las bisagras.

Me di la vuelta para entrar de nuevo.

La pintura del círculo azul de la puerta aún no se había secado y brillaba en la mañana luminosa igual que un círculo recortado del cielo.

Tercera parte

EL CÍRCULO AZUL

Un círculo no conoce más que su forma. Si le preguntas dónde empieza y dónde termina, permanecerá en silencio, intacto aún.

Wei Wulong, «El camino del té»,
siglo VII de la era del Antiguo Qian

17

El agua es el elemento más versátil. No teme arder en el fuego ni desvanecerse en el cielo, no vacila en hacerse añicos contra rocas afiladas en forma de lluvia ni ahogarse en la oscura mortaja de la tierra. Existe más allá de principios y finales. En la superficie nada cambia, pero en lo más hondo del silencio subterráneo, el agua se esconde y con dedos suaves va abriéndose un nuevo camino, hasta que la piedra cede y se acomoda lentamente en torno al espacio secreto.

La muerte es compañera íntima del agua, y no es posible separar de nosotros ninguna de las dos, pues estamos hechos de la versatilidad del agua y la cercanía de la muerte. El agua no nos pertenece, pero nosotros pertenecemos al agua: cuando ha pasado a través de nuestros dedos y poros y cuerpos, nada nos separa de la tierra.

Ahora la veo con claridad, la figura delgada y oscura junto al jardín de piedras, al lado de las plantas de té, o caminando entre los árboles. Su cara es paciente, y no me resulta desconocida. Ha tenido la misma cara desde el principio. Igual ha estado esperándome desde siempre, incluso cuando aún no la entendía.

Siento que el agua quiere abandonarme. Siento el peso de mi propio polvo.

Transcurrieron unos días antes de que entendiera la situación en la que me encontraba.

Esa primera mañana, después de darme la vuelta y ver el círculo azul en la puerta principal de la casa, permanecí inmóvil un buen rato. El agua de lluvia que había bebido del pozo me resbalaba por la barbilla y el cuello, se me colaba por dentro de la túnica. Me la enjugué con el dorso de la mano. El viento hacía aletear unas hojas de árbol, y pensé en las alas de las luciérnagas rozando los costados de vidrio de un farol. Contemplé el bucle infinito del círculo, que no tenía salida. La tierra seguía firme bajo mis pies y el cielo estaba en su lugar. El mundo seguía adelante con la vida más allá de la barrera invisible que se había levantado en torno a mí: la gente pensaba sus pensamientos, andaba por los caminos, hablaba con sus seres queridos. Por un momento la realidad vaciló a mi alrededor, difusa, desmenuzándose por los márgenes, y se rompió en dos. Parte de mí sigue caminando fuera de esos límites, pensé, viviendo la vida que me estaba destinada. Va camino de las Tierras Perdidas, y es casi tan real como lo soy yo, en algunos momentos más real, tal vez, pero mira hacia otro lado, y no va a regresar.

La noción se quebró, se difuminó y desapareció.

Estaba allí, y nada podría cambiar lo que veía.

Las ramas se mecían al viento; la luz coloreaba el denso entramado verde oscuro de la hierba, donde las briznas se adherían unas a otras formando marañas irregulares. La única sombra proyectada sobre el suelo era la mía, y en la quietud de la mañana no alcanzaba a discernir pasos y respiraciones, ni una sola palabra arrastrada por el viento. Me acerqué a la puerta y toqué el círculo. Se me quedó un poco de pintura pegada a las yemas de los dedos. Me limpié el color pegajoso en los pantalones, y tres franjas azules mancharon el tejido. Sabía que me sería imposible limpiarlas, lo que me dejó indiferente.

Las tablas del suelo crujieron cuando entré en la casa. Tenía la garganta seca como la arena; me hacía daño al tragar. Me detuve en la cocina, abrí el grifo y recordé de inmediato que había ido a la colina para cerrar la conducción dos días antes. No habría agua.

Había agua.

Llené una taza de té y la vacié. Bebí otra taza, luego otra más. El agua no dejaba de correr. Reconocí el sabor: provenía del manantial de la colina. Cerré el grifo y volví a abrirlo. Seguía habiendo agua.

El metal era frío y firme bajo mis dedos. Cerré el grifo, me senté en el suelo de la cocina con las piernas dobladas y apoyé la frente en las rodillas.

Me vinieron a la cabeza rostros de vecinos del pueblo, peticiones y palabras de gratitud pronunciadas con labios agrietados, manos levantando pellejos de agua llenos, sus huesos abanicos pálidos bajo la piel tensa. Sus pasos cargados hollaban la tierra cuando llevaban bajo sus ropas el peso del que dependía la vida de sus hijos, sus cónyuges o sus padres. Uno había entrado en mi hogar, se había sentado en mi cocina y se había llevado a casa mi agua; solo agua, me corregí, no «mi» agua. Al regresar al pueblo, había mirado los carteles colgados en las calles, la recompensa que se ofrecía. Y días o semanas después, con paso firme o vacilante, se había acercado a un guardia en la calle y le había dicho: «Sé algo que igual le interesa.»

¿Desde cuándo lo sabían los militares?

¿Habían estado siguiendo mis movimientos y mis preparativos de viaje? ¿Estaban al tanto del heliocoche y las aplicaciones pase falsas? Tal vez ya conocían la existencia del manantial desde hacía semanas, pero de algún modo averiguaron que iba a irme del pueblo, y esperaron. Quizás habían montado guardia en el escondrijo del heliocoche, observando cómo Sanja y yo llevábamos agua hasta allí. Y ayer, cuando Sanja había acudido al borde del cementerio del plástico para esperarme, salieron a su encuentro, tres soldados con sus botas pesadas y sus uniformes azules, tal vez solo dos; con uno habría bastado, porque Sanja no era corpulenta. Los vi cortándole el paso a la entrada del escondite a cobijo del puente, bajo el cielo oscuro poco más arriba, y desenvainando los sables. La lluvia difuminaba los filos convirtiéndolos en superficies reflectantes cubiertas de ampollas. Un soldado le ató las manos a la espalda mientras el otro accedía al espacio debajo del puente donde aguardaba el heliocoche, listo para el viaje. Se llevaron el vehículo y la comida y el agua cargadas en el remolque, y aprehendieron a Sanja, que no tuvo manera de escapar ni de ponerse en contacto conmigo.

Intenté no imaginar lo que le había ocurrido a Sanja.

En el trasfondo de mis pensamientos era consciente de que había otra posibilidad. Que no había sido detenida. Que los soldados no habían tenido que ir a por ella.

Pero no podía ni pensar en eso. No encajaría entre los límites de lo concebible sin hacerlos pedazos.

Pensé en todo lo que sabía acerca de lo acaecido en otras casas donde se cometieron delitos contra el agua en el pueblo. No era gran cosa: rumores, testimonios de oídas. Alguien había creído atisbar a los presos, distantes y mudos como fantasmas. Sangre seca en la arena del sendero del jardín.

Hubo un instante de terror hueco cuando caí en la cuenta de que tal vez no podría salir de casa, pero entonces recordé que ya había estado fuera y no había habido consecuencias. No tenía idea de cuánto podía alejarme de la casa. ¿Y qué ocurriría cuando llegara a esa frontera invisible levantada en torno a mi vida? ¿Me abatirían allí mismo o sería suficiente con una advertencia?

Solo había una manera de averiguarlo.

Me temblaban las piernas cuando salí a la galería.

El camino de la puerta principal de la casa a la cancela me resultaba tan familiar y corriente como la palma de la mano. Había hecho ese trayecto infinidad de veces, casi todos los días de mi vida, y podría haber descrito su forma con los ojos cerrados. Sin embargo, ahora ese trecho a través de la hierba me resultaba extraño y nuevo, el arco descrito por cada paso, tallado en luz, y cada movimiento del centro de mi cuerpo, pesado como una roca desarraigada. Vi una polilla atrapada en una telaraña bajo el alero donde no la había visto la víspera. Vi las ondulaciones de las losas, la forma irregularmente sesgada de sus cantos, los estratos con la oscuridad metálica del mineral, prensados unos contra otros por el tiempo. Vi mi propio pie, hecho de hueso quebradizo y piel fina, que se extendía pálido y vulnerable sobre el escudo de piedra en el terso marco de briznas de hierba.

Notaba la respiración apresurada, irregular, y a cada paso esperaba sentir en algún punto de mi cuerpo… ¿qué, exactamente? Había visto heridas de bala, vendajes teñidos de sangre seca con líquido amarillo y pegajoso alrededor, pero nunca había visto una bala abrirse paso hasta su víctima. No había visto el dolor en la cara de una persona, cuando el metal penetraba en la piel, rasgaba los tejidos y se hundía en el hueso. Imaginé una agonía punzante, candente, como una pequeña explosión en la carne y luego intenté imaginar ese mismo dolor centuplicado, porque estaba segura de que mi primera idea no se aproximaba siquiera a la realidad. ¿Hasta qué punto sería consciente de lo que ocurría? ¿Tendría tiempo de percibir cómo me abandonaba la vida lentamente, o terminaría todo tan rápido que el dolor lacerante causado por la herida apenas haría mella en mi conciencia?

La sangre me lastraba los pies cada vez que intentaba dar un paso. Las briznas de hierba cedían bajo las suelas de mis zapatos y se erguían hacia el cielo de nuevo cuando levantaba los pies.

Algo emitió un susurro en la dirección del bosque. No vi movimiento alguno entre los árboles. Me di cuenta de que me había parado. Me silbó el aliento, contenido en la garganta tensa. Relajé los músculos y dejé salir el aire de los pulmones a la mañana fresca y despejada que olía a la lluvia de la noche. La cancela no quedaba muy lejos ya. Un paso: la alcanzaría de unas cuantas zancadas largas. Un paso, y luego otro y otro: podía tocar el metal de la cancela, frío por efecto de la noche, con solo extender el brazo. Un último paso: estaba justo delante de la cancela.

Las hojas se rozaban y el viento tiraba de las ramas. Las sombras cambiaban sobre la arena del camino. El móvil de campanillas colgado del pino tintineaba suavemente a mi espalda.

Tomé aire, cerré los ojos y abrí la cancela.

No pasó nada.

Miré en torno y seguí sin ver nada que sugiriera la presencia de otra persona.

Di un paso y crucé la cancela.

Luego otro.

Al tercer paso cortó el aire un estallido brusco pero sorprendentemente tenue, como si hubieran partido en dos una tabla gruesa de un golpe metálico. Un puñado de arena saltó al aire a un par de dedos apenas de mis pies. Me quedé de piedra. El eco del estallido se fundió con el paisaje.

De niña acostumbraba a envolverme en una cortina en el rincón del estudio de mi madre y a esconderme durante las tormentas eléctricas, en la penumbra suave y acogedora donde la luz quedaba tamizada por la textura de la tela. Esperaba a que los amenazantes desgarrones en el mundo se cerraran y desaparecieran, y fuera de nuevo seguro caminar por la casa sin la protección que ofrecía la cortina. Ahora me sobrevino el mismo impulso. Todas y cada una de las fibras de mi cuerpo me gritaban que diera la vuelta y corriese de regreso a la casa tan rápido como me llevaran los pies, me hiciera un ovillo en el rincón dentro de la cortina, hasta que los desgarrones del mundo se cerraran de nuevo, para que no me colara por ellos y me sumiera en la oscuridad entrecruzada y hermética o en la luz blanquísima que todo lo abrasaba. Pero la cortina tenía las cenefas deshilachadas desde mucho tiempo atrás, el rincón estaba lleno de telas de araña y bolas de polvo, y no había lugar en la casa, en el jardín ni en la colina donde hubiera podido escapar de las grietas del mundo, abiertas y con bordes de cristal.

Di otro paso adelante.

El sonido rasgó el aire y a mis pies saltó la arena donde la bala alcanzó el suelo. Levanté la mirada y vi un movimiento a unos diez metros tal vez: una mancha azul entre los troncos de los árboles, el destello punzante del metal donde lo alcanzaban los rayos del sol.

Mi tercer intento confirmó lo que había empezado a sospechar. La arena volvió a esparcirse, lo bastante cerca para constituir una advertencia efectiva, pero fuera de mi alcance a propósito. Esos soldados sabían disparar, y querían hacerme saber cuáles eran mis límites. Aun así, todo indicaba que por alguna razón no tenían intención de hacerme daño.

Se cernió sobre el paisaje un silencio sofocante cuando retrocedí poco a poco hacia el jardín trasponiendo la cancela.

Cuando el sol viró hacia la tarde, había descubierto los límites de mi cautiverio: seguían la cerca del jardín por todas partes salvo detrás de la casita de té, donde no había cerca. El muro invisible se había levantado aproximadamente a diez pasos de la pared trasera de la cabaña, pero podía acercarme hasta allí con toda libertad. Llegué a la conclusión de que debía de haber varios francotiradores en las inmediaciones de la casa, siguiendo mis movimientos en todo momento.

Tras volver a la casa cerré la puerta y eché las cortinas de todas las ventanas. Ahora entendía por qué las ventanas de las demás casas marcadas con el círculo azul siempre estaban cubiertas. Cuando la vida se ciñe a unos límites tan estrechos, el más leve espejismo de libertad es valioso. La madera curada de la puerta y el frágil vidrio de las ventanas no mantendrían a raya a quienes me amenazaban, pero si aun así era capaz de ocultarles una pequeña porción de mi vida, hacerla mía por completo, no renunciaría a ese jirón de intimidad, probablemente el único que me quedaba.

Recordé los dispositivos de mensajes. Uno seguía

donde lo guardé con el equipaje para llevármelo a las Tierras Perdidas. El otro lo había dejado en la caja de madera en mi cuarto. Saqué el dispositivo hackeado de la bolsa, posé el dedo en la pantalla y esperé a que se iluminara. Parpadeó una hilera de puntos: el aparato buscaba una conexión a la red de dispositivos. Al final apareció el mensaje: «Sin red.» Escogí la opción «Buscar de nuevo» que había debajo. Un minuto después volvió a aparecer el mismo mensaje. Fui a mi habitación y saqué el otro dispositivo. La pantalla me indicó también que no había red disponible en la casa. Los que me tenían cautiva se habían asegurado de que no tuviese manera de comunicarme con el mundo exterior.

Hacia el anochecer empecé a preocuparme por la comida. Tenía agua, al menos de momento. Había llenado todos los odres en el grifo de la cocina por si me cortaban el suministro. No había mucho que comer, sin embargo. Pensando en el viaje, había cargado el heliocoche con todo aquello que se conservara más de un día. En el armario de la cocina encontré unas cuantas galletas saladas de amaranto y me comí una con té poco cargado. Me alegré de tener el huerto; las bayas, verduras y frutas estaban madurando. Aun así, aún tardarían varias semanas en ser comestibles. Me quedaban suficientes copos de avena para una semana tal vez, si comía con moderación.

Cuando el sol hubo descendido tanto como llegaría a hacerlo esa noche, rebusqué en los cajones de la cocina un cuchillo de hoja gruesa. Me acerqué a la puerta principal cerrada. Mucho tiempo atrás, habían clavado a esa puerta un perchero metálico con dos brazos. Acostumbraba a colgar allí la capucha antiinsectos. Dejé la capucha encima del estante de la pared y apoyé la punta del cuchillo en la madera, que estaba pintada de blanco.

Aprecié los brochazos, el movimiento de la mano de mi madre: lijó la pintura vieja y dejó la puerta lustrosa y como nueva otra vez. Desde entonces habrían transcurrido diez años, y la pintura estaba agrietada.

Hice presión con el filo contra la puerta y tracé una línea vertical en la madera, por mi lado, en el reverso del círculo azul. La pintura se descascarilló bajo el corte. Aún quedaba espacio de sobra para más líneas.

De nuevo en mi cuarto escondí el cuchillo debajo de la almohada. Me tumbé con la luz de finales de verano sobre la cara, los dispositivos de mensajes oscuros y mudos en la mesita de noche.

Por la mañana tracé otra línea vertical al lado de la primera. El aire de la casa parecía sofocante y cargado. Cuando abrí la puerta, vi que habían dejado una bandeja de comida en los peldaños de la galería. No había gran cosa: media hogaza de pan, un puñado de higos secos, un saquito de alubias. Lo puse todo a remojo en un cuenco de agua y dividí la comida minuciosamente en raciones, porque no sabía cuántos días tendría que sobrevivir con eso. La bandeja vacía la dejé donde la había encontrado.

Pensé en el agua que salía del grifo de la cocina cuando no debería haber salido, y en los francotiradores que apuntaban deliberadamente a mi lado, pero sin alcanzarme. Pensé en la comida que me habían dejado en la galería. Empecé a estar convencida de algo que no conseguía entender: alguien quería mantenerme con vida, al menos de momento.

También quería tenerme asustada.

La noche siguiente monté guardia ante la ventana para ver si entraba alguien en el jardín. El soldado llegó poco después de las seis de la mañana. Llevaba una bandeja con una porción de comida. Cuando la dejó en las escaleras de la galería, me puse en pie a pesar del cansancio que me lastraba las extremidades. Levantó la mirada cuando abrí la puerta.

—¿Por qué está marcada mi casa? —pregunté.

El soldado recogió la bandeja vacía y no contestó. Se dio media vuelta y echó a andar. Le seguí. Era consciente de que no convenía hacerlo, pero debía intentarlo.

—¿De qué se me acusa? —insistí—. ¿No podría hablar con alguien?

El soldado siguió andando sin decir palabra. Eché a correr para alcanzarlo y cortarle el paso. Se detuvo y echó mano a la empuñadura del sable. Solo entonces me di cuenta de que era el hijo del panadero con el que había ido a la escuela y al que había visto pintar carteles en el pueblo.

—Déjame hablar con alguien —dije—. Si tengo que vivir presa, quiero saber de qué se me acusa, por lo menos.

Se quedó allí inmóvil, tenso, y esperé a sentir la frialdad candente del sable contra la piel. Siguió sin hablar.

—Por favor —dije, y me asqueó mi tono suplicante. Al ver que no contestaba, pregunté—: ¿Por qué haces esto?

Mantuvo la mano sobre la empuñadura cuando dijo:

—No se te permite hablar con nadie, y no tengo respuesta a tus preguntas. Solo cumplo con mi deber.

Guardó silencio y me observó, y por un momento vi en él al chico que durante años vi corriendo a toda velocidad entre clases sin prestarle mucha atención.

—Debería rajarte la cara —continuó—, pero esta vez lo voy a pasar por alto. Es posible que los otros guardias no sean tan indulgentes. Más te valdría quedarte dentro cuando te lleven la comida.

Echó a andar de nuevo hacia la cancela. Me quedé donde estaba, porque su voz y su expresión me habían dejado la lengua de piedra y arraigado mis pies al suelo. Había visto una oscuridad detrás de sus ojos que me asustó: una oscuridad que no se derivaba solo de cosas que uno había tenido que ver pese a que quería apartar la mirada, sino más densa, más mordaz.

Una oscuridad derivada de hacer cosas de las que otros quieren apartar la mirada.

Sabía con toda certeza que si lo seguía o volvía a hablar con él, me lanzaría un tajo con su sable y me dejaría sangrar hasta que ya no me moviera. Lo seguí con la vista hasta que traspuso la cancela y desapareció entre los árboles, y solo un rato después la sangre volvió a correr por mis venas lo bastante ligera como para permitirme regresar a la casa.

La tarde del tercer día estaba a la orilla del jardín de piedras cuando vi movimiento en el camino que venía del pueblo. A lo lejos atiné a ver que la figura que iba a pie no llevaba uniforme azul. Parecía muy baja para ser Sanja. La figura se acercó, se confundió con las sombras de los árboles, y no salió nadie a cortarle el paso. Cuando se fue aproximando a la verja, caí en la cuenta de que era Mai Harmaja. Aproximadamente a diez metros de la cancela se detuvo y escudriñó la casa. Desplazó la mirada y me vio, y luego volvió la vista hacia la casa de nuevo, y no me cupo duda de que la tenía clavada en la puerta. Poco después miró en torno, se dio la vuelta y echó a andar de regreso al pueblo a paso ligero.

Conforme fue menguando su figura pequeña, entendí que ya no vería pasar a más vecinos por el camino entre los árboles que rodeaban la casa.

18

El filo arañó la pintura y dejó a la vista la madera clara que había debajo. La línea que acababa de trazar daba comienzo a la sexta hilera de marcas. Metí el cuchillo en una funda que no era de su tamaño, aunque era preferible a no tener funda en absoluto, y me lo guardé en el bolsillo, tal como había hecho todas las mañanas durante las cinco últimas semanas.

No había hablado con nadie a partir del día en que el hijo del panadero me dio la espalda y salió por la cancela sin volver la vista atrás. Cada mañana me encontraba la bandeja en las escaleras, y de vez en cuando había visto fugazmente un uniforme azul, pero no había tenido valor para volver a hablar con los soldados.

Solo cuando los límites de la vida son frágiles y cercanos queda clara la necesidad acuciante de aferrarse a ellos.

Todas las mañanas y todas las noches seguía conectando los dos dispositivos de mensajes. No hay nada más persistente que la esperanza: incluso después de haber ahuyentado el deseo de que se encendiera la luz en alguno de ellos, volvía a parpadear en mi interior, y una vez más tenía que desterrarlo a la oscuridad donde no tuviera espacio para vivir ni respirar. Cada vez que las luces de los dispositivos permanecían apagadas, el corazón me latía un poco más lento. Pero solo duraba un instante, y luego mi cautiverio volvía a ser una niebla opaca en la que me movía paso a paso, sin saber cuándo se aclararía el panorama o qué encontraría más adelante.

Ocupaba los días intentando conseguir comida en el huerto y almacenando todo lo que podía. Los grifos de la casa se habían vuelto impredecibles: unas veces había agua, otras no. Cuando no estaba recogiendo tubérculos o llenando pellejos y cacerolas, hacía suposiciones fútiles acerca de lo que podía estar ocurriendo en el mundo exterior. No sabía lo que pasaba en el pueblo, en qué parte del continente se estaban librando batallas o si estaban abiertas las rutas a Xinjing. Por lo que yo sabía, Xinjing podía haber sido arrasada hasta los cimientos, y no me habría llegado la noticia. Igual ya ni siquiera existía el pueblo. Tal vez lo único que quedaba era esta casa y el jardín, los árboles meciéndose al viento y el camino de arena que corría hacia el pueblo, las ásperas laderas de las colinas y el cielo más allá.

Igual mi madre ya no existía. Igual ni siquiera estaba ya Sanja.

Había momentos en los que el mutismo de la casa, la quietud de mi vida enclaustrada entre sus paredes, amenazaba con inmovilizarme por completo, hasta el punto de que tenía la sensación de estar convirtiéndome en piedra. Primero perdían flexibilidad las piernas, la piel se me ponía poco a poco de color gris lluvia y se endurecía, hasta que ya no se doblaban por las rodillas ni los tobillos, y no tenía fuerza para levantarlas. Incapaz de dar un solo paso observaba cómo la sustancia porosa de la roca se abría paso hasta mi interior, igual que una enfermedad, solidificándome las caderas, los costados y el pecho, filtrándoseme plomiza por las yemas de los dedos y las palmas de las manos, encadenándome las muñecas y los codos. Lo último que se me petrificaba era la cara: los párpados permanecían abiertos, y notaba que los ojos se me iban quedando secos, incapaz de parpadear, escuchando el eco del corazón en su caparazón de piedra, hasta que incluso eso se desvanecía.

Tenía que zafarme de los pensamientos que poseían la capacidad de inmovilizarme. No me podía detener, aún no.

Salí a coger la bandeja de comida de ese día de las escaleras y la llevé a la cocina, donde dejé la comida en la mesa. Hoy las provisiones eran escasas: un puñado de amaranto, una bolsita de pipas de girasol. Los soldados se habían percatado de que la cosecha del huerto estaba madurando. Tras un desayuno frugal volví a sacar la bandeja a la galería y fui al cuarto de baño a lavarme. Me desnudé y me metí en la ducha. En vez de una rociada de agua fría, solo cayeron de la alcachofa de la ducha unas cuantas gotas. Esperé un poco, cerré el grifo y lo abrí de nuevo. La tubería resolló un momento y se oyó un grave chirrido metálico procedente de las profundidades, como si la tubería se estuviera retorciendo. Al cabo, brotó el agua. Me rocié de arriba abajo de jabonera espumosa a toda prisa, porque ya estaba acostumbrada a que el suministro fuera irregular. Me acordé de la superficie del manantial y la marca blanca que se vislumbraba justo debajo la última vez que fui a supervisarla, pero noté que la sangre se me espesaba otra vez y ahuyenté el recuerdo. Al menos aún disponía de agua. Aunque era una delincuente marcada, no tenía que ir por ahí con ropa sucia y pasar semanas sin bañarme. Pese a que estaba cautiva, tenía más que la mayoría de los habitantes del pueblo que seguían libres.

Seguía sin entender el motivo de todo aquello.

Después de vestirme salí a barrer las losas de piedra que llevaban a la casita de té. El rocío nocturno que seguía aferrado a la hierba me rozó los pies por entre las tiras de las sandalias. El día estaba envuelto en nubes, pero no rezumaba la humedad de la lluvia. Recogí las hojas caídas en el sendero en un montón junto al rincón de la cabaña, escogí un puñado para esparcirlas sobre las piedras y llevé el resto al cubo de desechos para hacer fertilizante orgánico detrás de la cabaña, con buen cuidado de no acercarme más de la cuenta al límite de mi cárcel invisible.

Las bayas estaban rollizas y surcadas de venas rojas en los groselleros a estas alturas, curvando las ramas con su peso. Cogí un cuenco de la galería. Las grosellas repiquetearon contra el plástico, tranquilizadoras como la lluvia, su jugo dulce me estalló en la boca y las semillas crujieron entre mis dientes. Cuando llevaba el botín de bayas a la casa, los dedos doloridos por los pinchazos de los arbustos, vi que se acercaba por el camino un heliocoche. Al principio no le presté mucha atención. Los soldados iban de aquí para allá en torno a la casa, sobre todo a pie, pero de vez en cuando un heliovehículo los traía y se los llevaba. El cambio de guardia solía pasarme inadvertido: había momentos en los que casi podía fingir que no ocurría nada fuera de lo normal en mi vida, porque los soldados mantenían su presencia invisible en buena medida, siempre y cuando no intentara cruzar la línea.

Este heliocoche, en cambio, se detuvo bajo el entoldado de algas para los vehículos de los invitados, cosa que no había hecho ninguno de los anteriores. Dejé en el borde de la galería el cuenco de grosellas. Un hombre alto se apeó del vehículo. Cruzó la cancela de entrada al jardín, se detuvo delante de mí e hizo una reverencia.

No se la devolví.

—Comandante Taro —dije—. ¿Qué he hecho para merecer este inesperado honor?

Taro se me acercó tanto que alcancé a ver mi reflejo en sus ojos negros y duros pese a la malla de la capucha antiinsectos. Noté que se me avivaban los músculos, deseosos de retroceder, pero hice el esfuerzo de mantenerme donde estaba. Taro me estaba sopesando con la mirada. No bajé la mía.

—Veo que no ha cambiado desde nuestro último encuentro, señorita Kaitio —dijo. Las comisuras de la boca se le crisparon en una sonrisa que me hizo pensar en cuchillos y sables y algo más afilado aún—. ¿Qué opina de nuestra hospitalidad? —Barrió el aire con la mano como si cogiera la casa y el jardín con el puño—. Creo que hemos sido extraordinariamente amables: dispone de espacio abundante para hacer ejercicio, y le traen comida y agua con regularidad. Pocos presos disfrutan de semejantes lujos.

—No niego que me he preguntado por qué se me conceden esos privilegios —repuse—. Imagino que ha venido a aclarármelo.

Por lo visto a Taro le hizo gracia, pero su expresión era como una fina máscara superpuesta a sus rasgos. Detrás de los ojos no se movía nada.

—Sería una pena no sacar partido a unas aptitudes especiales como las suyas, señorita..., quiero decir, maestra Kaitio —se corrigió—. Así que le sugiero que mantengamos esta conversación tomando una taza de té. ¿Sería tan amable de celebrar una ceremonia en honor a mi visita?

A pesar de su tono formalmente cortés, comprendí que no era una sugerencia.

—Deme quince minutos, comandante Taro, para que pueda prepararlo todo. No hay dulces —señalé sin intentar suavizar el tono de mi voz—. Espero que acepte mis disculpas.

—Como usted desee, maestra Kaitio —replicó.

Lo dejé en el jardín y me fui a la casa. Tras asegurarme de que las cortinas estaban echadas del todo, saqué del armario el atuendo ceremonial de maestra del té y me lo puse. Lo noté más suave y familiar de lo que me pareció un lejano día de la Fiesta de la Luna que ahora formaba parte de una época y una vida distintas, cuando lo lucí por primera vez. Aun así me resultaba extraño, como si llevara puesta una piel que no era la mía propia, sino un mero préstamo. Ponerme el atuendo de maestra era un gesto irracional e inútil: sabía que Taro no lo esperaba de mí. Pero la forma intacta de la ceremonia del té vinculada a la cadena incesante de maestros era el único puente tangible que podía tender entre mi propia vulnerabilidad y la inviolabilidad de un maestro del té. El atuendo era un escudo detrás del que podía parapetarme.

Había varios juegos de té en la casa, y había barrido y aireado la cabaña a diario, incluso había fregado el suelo varias veces, así que solo me hacía falta llevar el agua. Diez minutos después salí de la casa con el atuendo y un odre que había llenado en el grifo de la cocina.

No vi a Taro de inmediato. Luego me fijé en que estaba delante de la cabaña, salpicando el césped con agua de la vasija de piedra que había allí. Humedecer la hierba con agua representaba la purificación simbólica de la casita de té y sus inmediaciones, y a nadie salvo a los maestros del té y sus aprendices le estaba permitido hacerlo. Noté una ira acre en la garganta y detrás de los ojos. Las suelas de mis sandalias palmearon suavemente contra las losas cuando fui hacia la cabaña.

—Me temo que tendrá que agacharse de nuevo para pasar por la entrada de los invitados —dije—. No modificamos la altura cuando reparamos la cabaña.

Taro se secó las manos húmedas en la gruesa tela de los pantalones y me ofreció su sonrisa afilada. La mirada de sus ojos negros como un movimiento que vacilara fugazmente en el espejo de una habitación en penumbra.

—Ya lo imaginaba —repuso.

Ninguno de los dos hicimos una reverencia. Rodeé la cabaña hasta la entrada del maestro.

Cuando hube encendido el fuego, vertido agua en el caldero para calentarla y dispuesto el juego de té en la bandeja, abrí levemente la puerta de la entrada de visitas. Poco después Taro entró de rodillas. Había dejado fuera la capucha antiinsectos. Sin pensarlo siquiera, impulsada por mi memoria muscular, hice una inclinación. Volvió a propagarse por su rostro una sonrisa y me devolvió la reverencia. Me dio la impresión de que exageraba el ademán por menosprecio, pero lo hizo tan levemente que no hubiera sabido decirlo con seguridad. La sangre se me subió a las mejillas. Respiré hondo y pensé en el agua: el agua que me llevaba y me vinculaba, el agua que me separaba del polvo, el agua que aún no me había abandonado, aún no.

Había diez burbujas en el fondo del caldero.

Preparé el té y le ofrecí la taza a Taro. La aceptó sin

prisas, sopló dentro, no bebió, porque el té seguía demasiado caliente, y la dejó en el suelo.

Me observaba con mirada firme, y supe que me estaba evaluando. El peso y la frialdad de su resolución me aterraron. Había venido con un objetivo en mente. Yo no sabía cuál era, pero mientras estaba ahí sentado, inmóvil y en silencio, comprendí que nada podría perturbarlo, nada quebraría ni arañaría siquiera su superficie dura y lustrosa. Taro no tenía prisa. Podía esperar y buscar mi punto débil hasta que lo encontrase.

Al final, tras un largo silencio, dijo:

—No me tienes miedo, Noria. ¿Por qué no?

Caí en la cuenta de que se había dejado de títulos y me había tuteado, lo que iba deliberadamente contra la etiqueta y era una manera poco respetuosa de dirigirse al maestro del té durante la ceremonia. No respondí y él no me quitó los ojos de encima.

—¿Eres consciente de que podría hacerte daño si quisiera? —continuó. No cambió de expresión—. O podría pedirle a alguien que te lo haga, y quedarme mirando.

Lo entendí, claro. Todo el mundo estaba al tanto de que ocurrían cosas en la oscuridad, esas cosas de las que era más fácil apartar la vista. Había pensado en ellas, tal vez más de la cuenta. En mi madre, las paredes a su alrededor, tal vez más gruesas y próximas que las que me rodeaban a mí; en el metal implacable que podía estar rozándole la piel delicada y frágil. En Sanja. La desterré de mi mente, una vez más, porque mis límites empezaban a temblar y desmoronarse, y no podía dejar que eso ocurriera, no ahora.

—Aun así, hablas en tono desafiante y no te inclinas ante mí —señaló Taro—. ¿Por qué?

Dije lo único que, hasta donde sabía yo, podía decir en esa situación, y cuando las palabras me salieron de la boca, me di cuenta de que eran ciertas.

—Ya no puede hacerme nada que tenga importancia.

Taro se llevó la taza a los labios, volvió a soplar dentro y tomó un sorbo.

—¿Nada de nada? —insistió. Sus ojos seguían ofreciendo la misma mirada como de valoración—. ¿Y si digo que puedo devolverte tu vida?

—No le creería —respondí.

—Sé lo del manantial —dijo Taro—. Pero seguro que ya te lo habías imaginado. Lo más prudente habría sido dar parte de ello. Tengo entendido que tu padre era terco al respecto, y te legó esa misma terquedad. Las tradiciones trilladas de los maestros del té son tediosas, a mi modo de ver. Pero naturalmente solo era cuestión de tiempo que se confirmasen mis sospechas.

Taro pasó el dedo por el borde de la taza. Mi madre me enseñó a hacer que una copa resonara por medio de ese mismo movimiento: al reseguir el borde con el dedo húmedo, se provocaba un extraño sonido aflautado que repercutía y me colmaba de inquietud igual que una noción esquiva que no alcanzara a entender. Mi madre me advirtió que si se manipulaba la copa de esa manera mucho rato seguido, se rompía. No me había atrevido a rozar una copa para que emitiera ese sonido desde entonces.

—Hasta la mayoría de los maestros del té lo han olvidado —continuó Taro—, porque llevan muchas generaciones viviendo en las ciudades, pero la esencia oculta de la profesión estriba en que los maestros del té eran antaño guardianes de los manantiales. Tu padre confió demasiado en la suerte. ¿Un maestro del té de un pueblucho de mala muerte que ha sido capaz de resistir la tentación de las ciudades, cuyo jardín florece y cuyo té sabe mejor que el de quienes compran agua de la mejor calidad? Era evidente qué secreto ocultaba.

Los dedos de Taro se detuvieron sobre el borde de la taza. Había escuchado cada vez con más impaciencia lo que decía, y al final no me pude contener.

—¿Qué sabe de la alianza entre los maestros del té y el agua? —pregunté, en un tono más acalorado de lo que era mi intención.

La sonrisa de Taro era como el sonido del vidrio.

—No hay necesidad de que te preocupes tanto. Tu padre no te mentía cuando te contó que era un conocimiento oculto —aseguró—. Es cierto. Solo aquellos que han sido educados como maestros del té lo saben.

Estuve a punto de preguntarle a cuántos había torturado para acceder a esa información secreta, pero las palabras se me atascaron en la boca y algo se avivó en mi memoria.

Desde el primer momento, la manera que tenía Taro de saltarse la etiqueta de la ceremonia había sido claramente deliberada. Me había encontrado con invitados a la ceremonia del té que cometían errores porque no estaban familiarizados con la etiqueta, o porque habían olvidado parte de la misma. Sus fallos estaban teñidos de confusión o ignorancia: les avergonzaba que sus errores delatasen su educación precaria, o ni siquiera sabían que hubiera de seguirse una etiqueta, y les traía sin cuidado. Taro, por el contrario, ya me había dado la impresión en su primera visita de que, de haber querido, podría haberse ceñido a la etiqueta a la perfección, pero la infringía adrede solo porque tenía el poder de hacerlo. Estaba familiarizado con la ceremonia del té hasta el último detalle en la misma medida que lo estaba yo, y por eso sabía precisamente cómo ofender al maestro del té y a los demás invitados.

Todos los recuerdos que tenía de él se revelaron bajo una luz nueva: cómo convirtió su primera visita para tomar té en un interrogatorio, cómo ordenó que desguazaran la cabaña a sabiendas de que sería imposible reconstruirla de la misma manera, cómo hizo que confiscaran los libros de los maestros del té de la casa pese a que debía saber que ningún maestro habría dejado constancia por escrito de la existencia de un manantial secreto. Cómo había salpicado la hierba con agua a pesar de que era tarea únicamente del maestro del té y el aprendiz, y si la realizaba cualquier otro la ceremonia quedaría mancillada.

Me miró fijamente, y aguardó. Aguardó a que yo entendiera.

—Es un maestro del té —dije.

Taro volvió la cabeza un poco. No alcancé a interpretar su expresión.

—Lo fui —respondió—. O, para ser más exactos, se suponía que iba a serlo. Aprendí de mi padre, que era un guardián del agua, uno de los últimos. Despreciaba a los maestros de las ciudades, los consideraba traidores a la profesión.

La humedad que emanaba del caldero flotaba en el aire de la casita de té, concentrándose en la ventana y en mi cara.

—Pero no practica —dije.

Taro se terminó la taza, la dejó en el suelo y la desplazó hacia mí. La llené.

—No después de que revelase la ubicación del manantial de mi padre a los militares —dijo—. También les hice saber que estaba interesado en hacer carrera en el ejército. Se mostraron muy amables conmigo a partir de entonces. Pero nos estamos yendo por las ramas —señaló—. Como decía, puedo devolverte tu vida, si quieres. —Se llevó la taza a los labios, pero el líquido seguía quemando, y la volvió a dejar—. Igual no exactamente tal como era, pero sí en buena medida.

Mantuve las manos sobre las rodillas, aunque quería enjugarme la humedad de la frente, y no dije nada.

—No te has enterado, ¿verdad? De lo de tu madre.

Era consciente de que no debería haber accedido a pactar con él, pero llevaba demasiados días escudriñando la pantalla vacía del dispositivo de mensajes, y mis pensamientos habían elaborado demasiadas historias que no quería desarrollar hasta sus últimas consecuencias. No tuve energía para atajar mis palabras.

—¿Qué sabe de mi madre?

La expresión de Taro no cambió.

—Hubo una rebelión en Xinjing. Tu madre lleva un mes desaparecida —dijo—. Se cree que ha muerto.

Había temido descubrir algo así, y sin embargo ahora, al afrontarlo, no sentí nada. La pena llegaría después, pero ahora sencillamente me abandonó, se disipó y no dejó tras de sí más que un vacío.

—No está en mi mano traer a alguien de entre los muertos —continuó Taro—. Pero ¿qué me dices de quienes aún siguen con vida?

Me vio sobresaltarme, y aprecié satisfacción en su semblante.

—¿No hay otra persona a la que salvarías si pudieras?

La respiración se me atascó en la garganta y el corazón empezó a latirme más deprisa.

—¿Dónde está? —pregunté.

Taro ladeó la cabeza y adoptó una firme expresión contemplativa.

—Me pidió que te diera un mensaje. Quiere que aceptes mi oferta.

Tragué saliva.

—¿Qué oferta?

—Podréis recuperar las dos vuestra libertad y seguir adelante con vuestra vida como hasta ahora, en paz, protegidas por los militares. Incluso podréis sacar más agua del manantial que el resto de los vecinos del pueblo.

Pensé en las semanas en que el manantial había sido solo nuestro. Taro contrajo una comisura de la boca, y supe que había visto mi cambio de expresión. Hice el esfuerzo de mirarle directamente a los ojos.

—¿Con qué condición?

—Basta con que accedas a que el manantial sea propiedad del ejército a partir de ahora, y a que las dos trabajéis para mí. —Hizo una pausa para dejar que calaran sus palabras—. Cometiste errores cruciales, claro, pero también demostraste inteligencia y astucia. Estuve a punto de creer durante un tiempo que no había ningún manantial. Muromäki tuvo que espiarte largo y tendido y hacer un sinfín de indagaciones antes de averiguar de dónde procedía el agua y cómo estaban pasándola de contrabando al pueblo. Nos vendría bien contar con espías hábiles.

Por segunda vez durante nuestra conversación las imágenes cambiaron de forma en mi recuerdo y los detalles se dispusieron de una manera distinta. La visita de Muromäki a tomar el té el día equivocado, el que se detuviera delante de la casa de Sanja y mantuviera una conversación con ella. Y un recuerdo que casi creía perdido, pero ahora resurgió, nítido entre los demás: el invitado rubio en el funeral de mi padre, la cara que me había resultado familiar pero cuyo nombre no me venía a la cabeza. En todo el tiempo transcurrido no había sido capaz de comprender cómo se estaba cerrando la red en torno a mí.

Todo estaba en silencio en la estancia, y no podía ver el sendero ante mí debido a la niebla que surgía de las semanas anteriores y su incomprensibilidad, las grietas del mundo, un espejo oscuro en el que no atinaba a discernir mi propio rostro.

—¿Y Sanja quiere que acepte?

—Dijo que ella aceptaría, si así podíais volver a veros.

Pensé en Sanja y noté que iba haciéndome a la idea. Estaba cansada. «Sí» era una palabra fácil en mis labios, y me resultaba imposible renunciar a la imagen detrás de mis ojos: su mano sobre la mía en el manantial, donde la corriente inquieta chocaba con nuestros contornos, nuestra marca para siempre jamás en la memoria del mundo y el agua.

Cerré los ojos y tomé aliento.

—Estaba convencida de que merecería la pena —continuó Taro con voz queda—. Por eso acudió a nosotros.

Abrí los ojos. Las palabras se esfumaron, y las imágenes, y todo aquello a lo que no podía dar visos de realidad por mucho que quisiera.

—Miente —dije.

El rostro de Taro se contrajo en una expresión que no era del todo una sonrisa, y algo se desprendió, una máscara, un plan minuciosamente elaborado; no hubiera sabido decir cuál de las dos cosas. Vi que se había abierto una grieta en su sólida resolución, y antes de que hubiera recompuesto su semblante en un lienzo en blanco una vez más, supe que estaba en lo cierto.

—Podría reconocer que así es —dijo Taro—. Pero tú

no lo sabes. Solo tienes mi palabra, y no confías en mí. —Guardó silencio. Nos miramos, y lo único que se movía en la estancia era nuestra respiración y nuestros pensamientos—. ¿Y si te dijera que Sanja no acudió a nosotros por ti, sino porque quería proteger a su familia? ¿Te resultaría más fácil creerlo?

Las sombras envolvieron a Sanja y la alejaron más aún de mí, hasta que ya no alcanzaba a verla. No levanté la mano. No dije ni una palabra para impedírselo. Se alejó y no volvió la vista.

Estaba sola, y dije lo único que podía:

—No aceptaré su oferta por nada del mundo.

Taro se llevó la taza de té a los labios, la vació lentamente, se enjugó la boca y la dejó en el suelo.

—¿Es tu última palabra? —preguntó—. Piénsalo bien. No tendrás otra oportunidad.

—Lo es.

Taro asintió. La irreversibilidad de su gesto resonó en las paredes del cuarto estrecho. Se puso en pie y su sombra recayó sobre mí. Por un momento se fundió conmigo como si fuera la mía propia.

Crucé la estancia hasta la entrada de invitados y se la abrí un poco a Taro. Volvió a arrodillarse y estaba a punto de salir a gatas a la galería cuando se detuvo y se volvió hacia mí.

—Tengo curiosidad —dijo, y por primera vez percibí en él algo parecido a un interés genuino—. ¿Por qué? ¿Crees que te espera alguna recompensa, en otra vida o en una vida después de la muerte, si haces lo que consideras que es más adecuado?

—No —respondí—. Creo que debemos tomar decisiones difíciles todos los días aunque sepamos que no hay recompensa ninguna.

—¿Por qué? —repitió.

—Porque si no hay nada más, es la única manera que tenemos de dejar con nuestra vida una huella que cambie las cosas.

Taro no asintió, no sonrió, no se mofó. Simplemente me miró, y se dio la vuelta para irse.

—Yo también tengo curiosidad —dije, y se detuvo—. Si no cree en recompensas, si es consciente de que incluso su poder se esfumará, ¿por qué se empeña en atesorarlo y hacer cosas a sabiendas de que están mal?

Taro no se inmutó al oír la pregunta. Permaneció en silencio. Oí su respiración en el aire húmedo de la cabaña e imaginé un estremecimiento casi imperceptible en su expresión, aunque probablemente me equivocara. Había apartado la mirada, y cuando volvió el rostro hacia mí de nuevo, no vi más que cristal frío y piedra.

—Porque si no hay nada más —dijo, al cabo—, más vale que lo disfrute mientras dure.

Seguimos sentados de rodillas, vueltos el uno hacia el otro, y nada nos separaba, y nada nos unía. Sus decisiones podrían haber sido las mías; todas las sombras son del mismo color, y todas desaparecen en la oscuridad.

—Adiós, comandante Taro —dije por fin—. No puedo hacer nada más por usted.

No me incliné a guisa de despedida. Taro, en cambio, hizo una reverencia, y esta vez no vi desprecio ni burla en su ademán, aunque tampoco percibí respeto. Esperé a que hubiera salido de la cabaña y los pasos de sus botas en la galería o en las losas del sendero se hubiesen alejado.

Esa noche conté las rayas que había hecho en la puerta, y conté los días que, hasta donde sabía yo, habían transcurrido en otras casas acusadas de delitos contra el agua entre la aparición del círculo azul y la ejecución de los inquilinos.

Cuando salí a llenar de luciérnagas el farol, vi una figura oscura y delgada junto a la esquina de la casita de té, donde las sombras se estaban espesando. No le vi la cara, aún no, pero sentí que la figura me miraba de hito en hito antes de darse la vuelta y esfumarse detrás de la cabaña, más allá de los límites que me habían sido impuestos.

19

Seguía oscuro fuera cuando me levanté para prepararme el té matinal. La conducción de agua estaba dando problemas, como había hecho prácticamente todos los días durante las últimas tres semanas: primero el agua salía a chorro contra la cazuela, luego disminuía hasta el goteo y al final se convertía en un hilillo fino. Las tuberías de metal se dilataron y el sonido menguó en las entrañas de la casa. Dejé la tetera debajo del grifo.

Ahora no quedaba mucho tiempo.

Mientras se llenaba la tetera, fui a trazar otra raya en la puerta. Era la sexta de la séptima hilera. Había pasado poco más de una semana desde la visita de Taro. Noté el brazo pesado, y el filo era reacio a moverse y resquebrajar la superficie pintada; pero aunque detuviera el movimiento y dejara la séptima hilera en blanco, no podría impedir que las horas siguieran transcurriendo en torno a mí.

Volví a la cocina y vi que el hilillo de agua se había agotado por completo. Miré el interior de la tetera: no estaba ni siquiera medio llena. Eché la gota de agua que quedaba en el penúltimo odre que aún contenía algo.

Tendría que intentar llenar el pellejo luego, si la conducción accedía a funcionar. No cerré el grifo, sino que puse una cazuela grande debajo. Si el agua empezaba a correr de nuevo, lo oiría. Mis oídos habían tenido tiempo de volverse sensibles a un sonido que antes era tan común que no le había prestado la menor atención.

Me abroché la chaqueta de punto, me puse calcetines de lana y cogí el chal del estante en la pared de la entrada. La mañana era fría, mucho más fría que la mayoría de las mañanas del octavo mes del año. Abrí la puerta y aspiré del aroma del jardín recuperándose de su desnudez nocturna. El aliento formó una nubecilla en el aire.

Cuando me agachaba para recoger la bandeja de comida de las escaleras, vi el brillo acuático de una media luna creciente sobre la colina rocosa. La Fiesta de la Luna estaba próxima. Dentro de poco los vecinos del pueblo hornearían tartas de fiesta dulces y pringosas y colgarían faroles de luciérnagas pintados de infinidad de colores de los aleros de sus casas. Ya se había construido el Dragón para el desfile, y el cementerio del plástico estaría atestado de gente en busca de accesorios para los adornos de la fiesta y los disfraces de los niños. Este año probablemente no habría fuegos de artificio; se considerarían demasiado peligrosos, sin agua de sobra para apagar las chispas. Habría que buscar luz en otros fuegos. Tal vez los Dragones del Océano rondarían de nuevo la noche de la Fiesta de la Luna y proyectarían sus reflejos de vivos colores sobre la bóveda oscura del cielo.

Tal vez alguien se sentaría en el Pico y los contemplaría. Tal vez habría alguien sentado a su lado, posando una mano en su brazo, y nada tendría por qué ser distinto.

Me llamó la atención un ruido procedente de la dirección de la cancela. Alguien hablaba en voz baja. Me volví para mirar pero solo vi una mancha azul que desaparecía hacia el interior del bosquecillo. Las voces, sin embargo, seguían flotando en el amanecer: dos soldados hablaban. Uno reía.

Irían al pueblo esa misma tarde, o cuando quiera que terminase su guardia. Sacarían lustre a las botas y comprarían pan o tal vez loto azul en el mercado, y dormirían la noche entera o permanecerían en vela sin contar las horas de sus vidas. El viento azotaría sus capuchas antiinsectos y el sol brillaría sobre sus nudillos, y ni siquiera se apercibirían de la frescura del ambiente o el calor balsámico.

No sabía cómo se llamaban, ni de dónde venían, o qué aspecto tenían, y nunca había odiado a nadie como les odié en ese momento.

La bandeja venía ligera. No había nada más que un puñado de alubias secas en un pequeño cuenco de loza. Mis pasos vacilaron solo un poco cuando la llevé dentro y cerré la puerta a mi espalda.

Me sorprendió la intensidad de la furia que se apropió de mí. Me sorprendió el movimiento de mi brazo, y el ruido que emitió el cuenco cuando se estrelló contra la pared y se hizo añicos.

El tejido de la realidad cambió de forma a mi alrededor de tal modo que me fue imposible desviar la mirada. Hebras de vida fueron entretejiéndose a través y en torno a otras, se entreveraron y volvieron a separarse, formando una red que mantenía la unidad de la existencia. Vi con claridad las grietas que tenía, las fibras que se soltaban y se alejaban de mí. El mundo seguía creciendo, palpitante de historias, pero yo ya no tenía un lugar en él.

Y detrás de todo ello había un vacío que ahora casi

alcanzaba a palpar: un espacio frío de silencio y nada, un lugar al que llegamos cuando nos desvanecemos de la memoria del mundo.

El lugar donde morimos de veras.

Sentí deseos de alejarme, pero seguía retenida por la cadena de acontecimientos que me había llevado hasta allí, el pasado que yacía a mi espalda grabado en piedra y nunca cedería, nunca se quebraría, nunca cambiaría de forma. Lo estaría contemplando hasta que ya no contemplase nada en absoluto. Las historias sobre ese pasado podían decantarse en un sentido u otro, pero la verdad que escondían era inmutable. No se doblegaba ante otro poder que el suyo propio.

La quemazón surgió de un lugar más profundo que mi garganta y mi pecho, y escapó de mi boca en un sollozo intenso y quebrado. Se me atragantó el aire y mi cuerpo entero se hizo un ovillo en torno a la ira y la pena, y luego los sollozos me fueron arrancados en una sucesión tan rápida que fui incapaz de contenerlos. Me desplomé contra la puerta y dejé que siguieran llegando.

El polvo flotaba silenciosamente en un haz de luz en contraste con la penumbra gris de la casa. Notaba las extremidades pesadas. Estaba tendida en el suelo. Unas tensas vetas saladas se me estaban secando sobre las mejillas y en el rabillo de los ojos, y notaba un sabor a metal caliente en la boca.

Podría quedarme aquí, pensé. Los soldados vendrán mañana. Los odres están casi vacíos. Podría quedarme aquí hasta que me abandone el agua por completo.

El silencio se espesó sobre mi piel. Quería entregarme a él. Cerré los ojos.

Algo se movió en la quietud muerta y seca como el hueso.

Ojalá dejara de zumbar esa mosca, pensé. Así podría dormir.

Pero no dejaba de zumbar: siguió chocando contra el cristal, incapaz de entender por qué no podía salir al aire libre. Abrí los ojos y vi su sombra rebotando en el escaso espacio entre la ventana y las cortinas que la cubrían.

Algo se estremeció en lo más hondo de mi memoria: otra mosca, su cuerpo pesado y reluciente de color verdinegro, las alas bordoneando mientras pululaba arriba y abajo por una tensa pared de malla, en busca de una abertura.

Volví la cabeza y vi la bolsa de algas que había dejado apoyada en la pared debajo del colgador. A través de la superficie entretejida vi el rectángulo de mi cuaderno.

El recuerdo siguió desplegándose. La mosca renunció a la pared de malla y se posó en una mesa cubierta de herramientas y trozos de cable. La superficie del disco de color plateado rebosó de luz cuando Sanja lo puso en la cavidad del aparato pretérito y cerró la tapa. Los altavoces crepitaron. Un reguero de palabras que no me dejaba en paz brotó a la deriva en el aire caliente y manso.

Mi mente intentaba captar algo, una hebra invisible que atravesaba años, épocas y vidas.

El recuerdo cambió: un libro encuadernado en cuero, pesado entre mis manos, y en sus páginas palabras que tendían un puente al pasado, que de otro modo se hubiera perdido. Los caracteres escritos del puño de un maestro del té fallecido mucho tiempo atrás me arrastraron, y de algún modo él seguía allí, vivo entre esas tapas, gracias a lo que había dejado tras de sí. Las frases me atraparon y me rescataron del silencio que me amortajaba.

Pero esta es mi última historia, y después de dejarla por escrito en estas páginas, mi agua ya puede secarse a voluntad.

Son solo acontecimientos a los que las personas dan forma de historias a fin de entenderlos mejor.

Muchas historias se pierden, y de las que quedan muy pocas son ciertas.

Pese al frío que entraba por la ranura debajo de la puerta, el suelo de madera estaba templado cuando apoyé las palmas de las manos y me incorporé poco a poco. Era como plantar cara a un fuerte viento: tuve que hacer un esfuerzo para mantenerme sentada y no ceder al cansancio que me lastraba e intentaba tumbarme de nuevo. La bolsa estaba a un metro escaso. Levanté la mano y la alargué, tanteé en busca de la correa y estuve a punto de perder el equilibrio. Al final me las arreglé para agarrar el material firmemente entretejido y tirar de la bolsa hacia mí. Saqué el libro del maestro del té. Noté el cuero de la tapa suave contra las yemas de los dedos.

Mi letra surcaba las páginas inclinada y estrecha. Las entradas describían obedientemente las ceremonias y los juegos de té utilizados, el tiempo, cómo iban vestidos los invitados y cómo se comportaban. No obstante, la mayor parte del espacio la ocupaba el diario de la expedición Jansson, que había escrito a partir de los discos plateados: fragmentario, incompleto, pero aun así fiel a su esencia. Seguí pasando las páginas y llegué al contenido del último disco que escuché con Sanja una tarde nublada de verano.

Era un relato de ruina y devastación, de océanos que avanzaban hacia el centro de los continentes, engullendo tierra y agua dulce. Millones de personas que huían de sus casas, guerras por recursos petrolíferos que habían aflorado al fundirse el hielo, hasta que las venas de la tierra quedaron secas. Gente que infligía heridas a su mundo hasta que lo perdió.

Luego se convertía en un relato de verdades forjadas, mentiras contadas y de la historia cambiada para siempre: un relato de libros convertidos en una bruma de jirones de papel en el fondo del mar y sustituidos por dispositivos de lectura fácilmente modificables, tanto así que con solo pulsar unas cuantas teclas cualquier suceso podía borrarse de la memoria del mundo, hasta que la responsabilidad de las guerras, los accidentes o los inviernos perdidos ya no recaía sobre nadie.

Era un relato que quienes ostentaban el poder en el Nuevo Qian habían querido destruir, tal como destruyeron prácticamente todo lo que tenía que ver con el mundo pretérito. Y aun así la tenía entre las manos: no toda la verdad, porque la verdad nunca sobrevive en su totalidad, pero sí algo que no se había perdido por completo.

Miré fijamente las frases en las páginas y empecé a entender lo que debía hacer.

Podía quedarme tendida y esperar hasta que el polvo derrotase al agua. Podía dejar que algún otro contara mi historia, si es que alguien la contaba: alguien que la retorcería y la dejaría irreconocible, y tal vez la supeditara a sus propios objetivos. Si dejaba mi historia a aquellos que habían pintado el círculo azul en mi puerta, ya no sería mía. Yo ya no figuraría en ella. Ya no estaría en ninguna parte.

Podía dejar que eso ocurriera. O podía intentar dejar mi huella en el mundo, darle mi propia forma.

El último tercio del libro del maestro del té seguía en blanco.

Las piernas apenas me sostuvieron cuando me puse en pie.

La ventana de mi cuarto estaba cubierta por gruesas cortinas. A la luz del crepúsculo abrí el libro de maestro del té por una página en blanco, me senté en la cama y acerqué el farol de luciérnagas en la mesita de noche para que iluminase lo suficiente las hojas.

La tinta relucía en la punta de la pluma y dejó una mancha en forma de estrella sobre el papel cuando puse manos a la obra.

Las palabras tardaron en llegar al principio, tenues y lánguidas en la oscuridad donde habían estado guardadas durante mucho tiempo. Pero a medida que iba reclamándolas, empezaron a parpadear y brillar y acudir a mí, y sus formas fueron cobrando claridad. Cuando por fin brotaron a la superficie, lustrosas y audaces, atrapé las que pude y dejé que fueran saliendo a borbotones.

Escribí acerca del manantial oculto sobre el que nadie había escrito nunca. Escribí sobre los fuegos acuáticos que oscilaban en el océano del cielo cual grandes bancos de peces lanzando destellos con sus escamas y en los que se podía ver la forma de dragones si se sabía mirar. Escribí acerca del cementerio del plástico, los secretos soterrados en sus estratos, los objetos pretéritos aplastados que antaño pertenecieron a alguien y tuvieron un sentido, todos y cada uno de ellos.

Las frases sobre el papel trascendieron el círculo del

lugar y el tiempo. El agua empezó a correr de la colina rocosa hasta la casa otra vez, y mi padre caminaba por las habitaciones. Vi cómo extendía los dedos después de rastrillar el jardín de piedras y dejaba el rastrillo apoyado en la barandilla de la galería, y cómo fruncía el ceño cuando alargaba el cuello sobre el caldero para contar las burbujas que brotaban en el fondo. Mi madre estaba sentada en su estudio, y la vi retirarse el cabello hacia atrás, absorta en sus pensamientos, y ladear la cabeza mientras intentaba recordar dónde había dejado la pluma. Olí el aroma a lavanda y menta de su jabón casero, y el estofado de cebollas que preparaba mi padre de vez en cuando. Oí sus pasos: los de uno más lentos y firmes, los del otro enfáticos e impacientes. Sus voces llenaron la cocina de nuevo y flotaron por el jardín, y ya no estaba sola.

Escribí acerca de Sanja. El rubor que afloraba a su cara cuando sacaba una por una las piezas de las entrañas de un aparato pretérito en su taller, memorizando el orden y disponiéndolas pulcramente sobre la mesa. La manera en que levantaba una comisura de la boca un poco más que la otra cuando sonreía, y cómo siempre sabía qué decir o no decir para que me sintiera mejor. Su costumbre de recogerse el cabello moreno con un pañuelo, los contornos de sus manos, las grietas y la piel despellejada de las yemas de sus dedos. El aspecto de sus extremidades a través del agua oscura allí donde no llegaba la luz del día.

Afuera cambió el cielo y se oscureció, pero en el interior de la habitación era como si las sombras se encogieran y se acurrucasen, y el libro proyectara su propio brillo, más pleno y luminoso que el del farol de luciérnagas. El haz de hojas en blanco fue haciéndose más fino. Evoqué los espíritus que me rodeaban y los atrapé entre las cubiertas con todas las demás cosas desaparecidas, hasta que hube escrito hasta el último centímetro cuadrado de papel y me dolía la muñeca.

Cuando por fin dejé la pluma y apoyé la frente en el cuero de la contracubierta, la noche ya estaba menguando al otro lado de las cortinas. Sentí el cuerpo como una cáscara vacía: tan liviano que hubiera podido arrastrarme cualquier brisa, libre del peso del agua y las palabras.

Me puse el atuendo de maestra del té. Lo noté holgado y suave sobre la piel, y percibí el aroma de mi propio sudor sin lavar en él. Los calcetines me resbalaban sobre el suelo de madera cuando fui a la cocina con el libro en la mano. La bolsita de tela ligerísima estaba en el armario de la cocina donde la había dejado. Aflojé el lazo que la mantenía cerrada y miré dentro. Quedaban unas cucharadas de té en el fondo, el mismo que escogí en el mercado de Kuoloyarvi para mi ceremonia de graduación. El aroma era más tenue por aquel entonces, pero aún percibí el mismo flujo: la humedad que revivía el polvo de la tierra, el viento que sacudía las ramas de todo aquello que crecía, el leve temblor del agua.

Levanté el último odre del suelo. Su peso escaso emitió un ligero murmullo. Apoyé la boquilla del pellejo contra el metal del grifo. Le hablé con palabras amables y palabras malsonantes, y es posible que incluso gritara y llorase, pero al agua le traen sin cuidado las penas humanas. Corre sin aminorar o acelerar su curso en la oscuridad de la tierra, donde solo las piedras la oyen.

Hay siete veces siete líneas verticales en la puerta de mi casa, y la pintura del círculo azul en el exterior se secó hace tiempo ya.

Ahora todo está preparado.

Esta mañana el mundo está tal como lo dejamos, y, sin embargo, no lo he reconocido de inmediato cuando he abierto la puerta y salido al jardín. No solo era diferente el color, sino también el aroma, y el silencio: conozco muchos silencios, pero este me era desconocido.

Por un momento pensé que había nacido de nuevo.

Me ceñí el chal y estiré las mangas de la chaqueta de punto para cubrirme las manos. Podría haber bajado de la galería con los zapatos y los calcetines puestos, pero quería notar la hierba helada contra los pies descalzos. Las briznas crujieron y su frialdad quebradiza como el papel me traspasó cuando iba hacia el jardín de piedras.

Salió el sol de detrás de una nube y me deslumbró. Había imaginado la luminosidad de los inviernos del mundo pretérito, pero esta luminosidad era diferente. Un delicado manto de nieve reposaba sobre las ramas de las plantas de té y sobre la hierba y en los pliegues de la arena del jardín de piedras, y en las hojas de los árboles y el tejado de la casita de té. Cuando cayó sobre él la luz, me lloraron los ojos, y tuve que cerrarlos.

Todos los pellejos de la galería estaban vacíos. La escarcha blanca cubría sus costados cubiertos de arañazos. Llevé el último odre de la cocina a la galería de la cabaña, cogí la escoba y barrí de las losas de piedra los espectros surcados de venas blancas de las hojas que empezaban a ablandarse lentamente al sol. Escogí un puñado para volver a esparcirlas sobre las piedras para que no saltara a la vista que el sendero estaba recién barrido. Era una de las cosas en las que siempre había insistido mi padre.

Noté la entrada de los invitados estrecha y angulosa en torno a mí cuando la traspuse, metiendo el odre por delante. Vacié el agua en el caldero y fui a por turba seca del cobertizo. En el lavadero saqué el libro del maestro del té de debajo de la chaqueta y lo dejé en el suelo bajo un estante reservado para los servicios de té. Dispuse una tetera grande de metal, una tetera más pequeña de loza y una sola taza en una bandeja. Llevé la bandeja junto al hogar, eché las hojas que quedaban en la bolsita a la tetera de loza y encendí el fuego bajo el caldero.

Pensé en mi padre, que estaba solo en mis huesos y en mi sangre, y en mi madre, de la que no quedaba nada salvo yo.

Pensé en Sanja.

Lo supe, como en un sueño en el que sabes que la otra persona que está contigo es alguien conocido, aunque no reconoces su cara, o como se reconoce el amor.

Empezó a brotar vapor del caldero y esperé hasta que alcancé a contar diez burbujas en el fondo.

Llené la tetera de metal de agua caliente, preparé el té poco cargado en la tetera de loza y lo usé para calentar la taza. Luego llené de nuevo la tetera pequeña y eché encima el té de la taza, hasta que quedaron humedecidos los costados pardos y porosos. Mis movimientos fluían sin esfuerzo, flexibles como un árbol combado al viento o una ola surcando el lecho del océano.

El té era claro y pálido en la taza, su aroma suave a mi alrededor.

Le abrí la puerta a la que venía, y me acomodé en mitad del suelo de la casita de té para poder ver a través del marco de la puerta los árboles arqueados sobre el sendero y la luz que rociaba el sol sobre las piedras tersas y húmedas.

No es el final que había imaginado para mí. Aun así, es el único que tengo. O quizás eso no sea del todo verdad: supongo que podría salir corriendo por la puerta y seguir corriendo hasta que oyera un estallido atravesando del aire y notara una intensa quemazón en alguna parte del cuerpo. Tal vez sería más rápido que esperar a los soldados que ya deben de estar acercándose, los filos de sus sables, la sangre que no veré secarse en las losas de piedra. Pero así solo cambiaría el trayecto, no el desenlace. No hay escapatoria. Aun así, he decidido seguir respirando tanto tiempo como pueda. Es posible que yo toque a mi fin aquí, pero habrá otros que seguirán transmitiendo esta historia. Tal vez una pequeña parte del mundo sea más plena tras su paso.

La ceremonia se termina cuando no queda más agua.
  No veo más allá de este jardín. No sé si las ciudades se han derrumbado y no sé quién se considera amo de la tierra a día de hoy. No sé quién intenta poner límites al agua y al cielo sin darse cuenta de que pertenecen a todos y a ninguno. No hay cadena forjada por el hombre que pueda contenerlos.
  No necesito ver más allá de este jardín, ya no.
  Muy pronto ya, mientras siga sola en la casita de té, iré al lavadero, meteré la mano debajo del estante y palparé hasta que encuentre una pequeña hendidura en la tabla del suelo del rincón. Es una de las tablas de la cabaña antigua, más oscura que las otras. Introduciré el dedo en la hendidura y levantaré la tabla, que no está clavada al suelo. Haré cuña con la otra mano cuidadosamente hasta que consiga apartar la tabla. Debajo hay un nicho oscuro del que emana la frialdad de la tierra.
  La cubierta de cuero del libro es suave y cálida, casi como algo vivo al tacto. Nadie me verá dejar el libro con cautela en el hueco a través del agujero y desplazarlo hacia

un lado, bajo las tablas del suelo sólidas, de manera que no lo detecten los ojos ni los dedos de quien lo busque.

La visita está abriendo la cancela ahora mismo, la cruza para entrar en el jardín, busca el sendero que lleva a la casita de té. Sus pies no dejan huellas sobre la nieve fina. Se levanta viento y las plantas de té se agitan esparciendo el polvo reluciente de las ramas. Los copos luminosos caen flotando al suelo, donde la nieve ya se está convirtiendo en agua que corre en forma de un arroyuelo estrecho enhebrando la luz. Los sigo conforme van ocupando su lugar, cada vez más hondo en la corriente, donde no hay principio ni final.

El té me deja un regusto dulce en la boca.

He intentado no pensar en Sanja, pero se filtra en mis pensamientos, y me pregunto: ¿me filtraré yo en los suyos, en lo que pueda quedar de ella?

Esta imagen emerge ante mis ojos sin que yo la invite, y vuelve a emerger, y no se desvanece: Sanja está en la cueva de la colina junto al estanque. Contempla el agua espumosa, y me gustaría pensar que viene hacia mí. Sin embargo, veo a otra Sanja, que me da la espalda y no regresa. No sé cuál es real y cuál un reflejo en el agua clara, tan intenso que casi podría tomarse por real.

Puedo escoger mi propio final, el que yo quiera.

Fuera, el día es de una luminosidad candente, y en el marco de la puerta la veo acercarse, hacia mí.

Le tiendo la mano.

Epílogo

Cruza el umbral.

—¿A qué viene, señorita? —pregunta un portero vestido de azul sentado en su cabina con tabiques de vidrio. En la entrada del edificio de la universidad reina el silencio a primera hora del día.

—Vengo a ver a la profesora Kaitio —dice la chica. A la tenue luz artificial del vestíbulo, parece cansada y delgada, no mayor de veinte años—. No he concertado una cita, pero ¿puede decirle que he venido, por favor?

—¿Me permite ver su aplicación pase? —pregunta el portero, que abre la ventanilla en el tabique de cristal.

La chica le entrega el dispositivo. Lee la identificación en la pantalla, levanta de la horquilla el auricular del interfono y marca un número breve.

—¿Profesora Kaitio? —dice por el micrófono—. Hay aquí una joven que quiere verla. La señorita Vanamo. —Sopesa a la chica con la mirada, y aflora a su rostro algo parecido a una sonrisa—. Muy bien. —Cuelga el auricular—. Ahora sale a recibirla. —Le devuelve el dispositivo de mensajes.

La chica ve que a Lian Kaitio se le congela la expresión un momento fugaz cuando llega al vestíbulo. El portero no las mira, ocupado como está enredando con su juego de mahjong, y no hay nadie más por allí.

—Sígueme, por favor —dice Lian, y la chica obedece.

Cuando entran en el despacho de Lian, esta cierra la puerta a su espalda, echa la llave, coge a la chica por los hombros y pregunta:

—¿Dónde está Noria? ¿Se encuentra bien?

Lee la respuesta en la expresión de Sanja y la toma entre sus brazos, y las dos se quedan sin palabras.

Sanja le cuenta todo, después.

Le cuenta cómo los militares se apoderaron del pueblo y el agua le fue arrebatada a la gente, y el manantial se convirtió en un secreto compartido.

Le cuenta que Noria quería ir a buscar agua a las Tierras Perdidas y que tenían planeado ir juntas.

Le cuenta cómo vio una patrulla del agua detrás de la casa de su familia el mismo día que iban a partir, cómo fue corriendo al escondite del heliocoche y llevó el vehículo al Bosque Muerto, donde permaneció escondida durante semanas. Envió a Noria un mensaje tras otro, pero todos le fueron devueltos. Al cabo, entró en el pueblo en secreto, solo para encontrarse con que su familia había sido detenida por los soldados y había un círculo azul en la puerta de la casa del maestro del té.

Le cuenta que decidió cruzar el continente hasta Xinjing porque no tenía otro lugar adonde ir.

Cuando le ha contado todo, se hace el silencio en el despacho, y Lian retuerce un pañuelo húmedo en la mano.

—No sé qué querrá hacer usted, señora Kaitio —dice Sanja por fin—. Pero yo sé lo que tengo que hacer. —Guarda silencio un momento—. Le he traído una cosa. —Saca un rollo de tela raído de la bolsa y lo deja encima de la mesa. Deshace el nudo.

Siete discos de color plateado relucen sobre la tela gastada.

Esta mañana el mundo está cubierto de polvo y cenizas, pero no desprovisto de esperanza.

Índice

Prólogo 7

Primera parte. Los guardianes del agua 9

Segunda parte. El espacio silencioso 131

Tercera parte. El círculo azul 253

Epílogo 299